AF169656

MAX KORN

WOLFS GIER

Thriller

WILHELM HEYNE VERLAG
MÜNCHEN

Der Verlag behält sich die Verwertung der urheberrechtlich geschützten Inhalte dieses Werkes für Zwecke des Text- und Data-Minings nach § 44 b UrhG ausdrücklich vor.
Jegliche unbefugte Nutzung ist hiermit ausgeschlossen.

Penguin Random House Verlagsgruppe FSC® N001967

2. Auflage
Originalausgabe 03/2024
Copyright © 2024 by Oliver Kern
Copyright © 2024 dieser Ausgabe
by Wilhelm Heyne Verlag, München,
in der Penguin Random House Verlagsgruppe GmbH,
Neumarkter Straße 28, 81673 München
Redaktion: Joscha Faralisch
Umschlaggestaltung: Sandra Taufer, München,
unter Verwendung von Motiven von © Trevillion Images (Natasza Fiedotjew),
Shutterstock.com (PixDeluxe)
Satz: GGP Media GmbH, Pößneck
Druck und Bindung: GGP Media GmbH, Pößneck
Printed in Germany
ISBN: 978-3-453-44185-9

www.heyne.de

TEIL 1

DU HAST DAS AUGE

1

Der Schlag war dumpf. Simon riss unwillkürlich das Steuer herum. Das Wohnmobil geriet ins Schlingern, so schnell konnte er gar nicht denken. Er trat auf die Bremse, viel zu stark. Während er wild am Lenkrad kurbelte, kreischte Maggie neben ihm in einer Tonlage, die er in den fünf Jahren, die er sie nun kannte, noch nie von ihr gehört hatte. Er selbst war damit beschäftigt, das träge reagierende Gefährt auf der immer schmaler werdenden Straße zu halten, während sein Verstand zu begreifen versuchte, dass er gerade etwas überfahren hatte. Etwas, das aus dem Nichts gekommen war. Schnell und unsichtbar. Ein grauer Schatten, der aus dem Unterholz herausgeschossen kam, bis zuletzt verborgen durch dichtes Strauchwerk.

Endlich bekam er das Wohnmobil zum Stehen. Maggie verstummte. Nur das Radio dudelte unberührt weiter einen ihm unbekannten Popsong. Simon empfand tiefe Erleichterung. Nicht wegen der Musik, sondern wegen der plötzlichen Stille drumherum. Und natürlich, weil sie nicht im Graben gelandet waren oder in der Kühlerhaube eines entgegenkommenden Verkehrsteilnehmers. Wobei Letzteres ohnehin unwahrscheinlich gewesen wäre, da seit einer gefühlten Ewigkeit niemand mehr an ihnen vorbeigefahren war. Weder in die eine noch in die andere Richtung.

»Was war das?«, fragte er kraftlos.

»Ein Hund«, antwortete Maggie, obwohl sie in der Sekunde des Aufpralls ebenso wenig auf die Straße geschaut hatte wie er. In der Sekunde, als der Schatten von rechts aus dem Wald gebrochen war, hatte Maggie ihn angesehen und er sie. Er hatte in ihre zornigen Augen geblickt, die noch dunkler waren als sonst. In ihre Augen und nicht auf die Straße. *Leck mich*, war ihr dabei über die Lippen gekommen, und mit dem Ausrufezeichen hinter diesem *Leck mich* war der Schlag erfolgt. Vorne rechts hatte er das Tier erwischt.

»Ein Hund«, wiederholte er und spürte, wie sich die Kälte, die durch seinen Körper jagte, mit dem heißen Adrenalin mischte, das laut wummernd durch seine Adern pumpte.

Hätte ich auf die Straße gesehen, hätte ich ausweichen können. Allerdings lägen wir dann vielleicht tatsächlich im Straßengraben ...

Simon sah es vor sich: Er selbst eingeklemmt zwischen Airbag, Lenkrad und Sitz, die gesplitterte, eingedrückte Windschutzscheibe unmittelbar vor seinem Gesicht. Dazu einen Ast, der nicht nur das Verbundglas, sondern auch seinen Brustkorb durchbohrt hatte. Und Blut überall ...

Er biss sich auf die Zunge, blinzelte die Horrorszene aus seinem Schädel und schielte rüber zu Maggie, deren schlanke Finger sich immer noch um den Sicherheitsgurt krallten. Er beschloss, über ihre erneute Provokation hinwegzusehen. Stattdessen wollte er die Hand nach ihr ausstrecken, sie berühren. Ihr mit einer Geste signalisieren, dass alles gut war. Doch er tat es nicht. Nichts war gut. Er hatte eben ein Tier angefahren. Simon schaute in den Außenspiegel. Hinter ihnen war eine leere Landstraße zu erkennen. Und der Wald.

Dichter undurchschaubarer Tann, der fast bis an das Asphaltband herangewachsen war. Zur Linken öffnete sich auf ihrer Höhe die dunkelgrüne Wand. Dort erstreckte sich eine Wiese den Hang hinab, bevor sich nach rund hundert Metern erneut Baum an Baum reihte. Nicht, dass er sich besonders gut mit Botanik auskannte, aber es sah auf die Entfernung alles nach Sumpf oder Moor aus. Was war noch mal der Unterschied? Ein Stück weiter wurde der Wald wieder dicht und finster. Eng an eng wuchsen dort die Tannen. Oder waren das Fichten? Er hatte keine Ahnung. Jedenfalls stand fest, es gab weit und breit kein Gebäude, nirgendwo schimmerte ein rotes Ziegeldach durchs Geäst. Lediglich die rissige Teerdecke, die diese Wildnis teilte, ließ ihn weiterhin an eine Zivilisation glauben.

Er hatte den Motor abgewürgt. Auf dem Armaturenbrett leuchteten diverse Signallämpchen. Seine Hand zitterte, als er sie vom Lenkrad nahm und die Warnblinkanlage aktivierte. Im Radio spielten sie jetzt eine Nummer von a-ha. »Hunting High and Low«, wie passend.

Kraftlos zog Simon am Türöffner.

»Was machst du?«, fragte Maggie. Sie stand zweifelsohne noch mehr unter Schock als er.

»Nachsehen«, murmelte er. Der Schreck über den Zusammenstoß hatte ihren Streit in den Hintergrund gerückt. Auch wenn er sich nach wie vor im Recht fühlte. Ihre Einstellung gegenüber dem Job, selbst wenn sie ihn nicht mochte, war einfach nicht richtig. Einfach krank zu machen, nur weil man keinen Bock mehr hatte, das ging gar nicht ... Aber wieso hatte er seinen Unmut über ihre laxe Arbeitseinstellung ausgerechnet während ihres Urlaubs zur Sprache bringen müssen?

Eigentlich hatte er sich vorgenommen, während der Reise nicht über ihre finanzielle Situation nachzudenken. Darüber, dass sie gerade ziemlich klamm waren, nachdem sie sich vor einem halben Jahr eine Eigentumswohnung geleistet hatten. Eine von Kreditgebern gestützte Investition, die seinen vorzeitigen Haarausfall förderte. Verflucht noch mal, was machte er sich eigentlich vor? Den Schuldenberg, den sie sich da aufgehalst hatten, würde er nie und nimmer vollständig aus dem Kopf bekommen. Dafür war er nicht der Typ. Viel zu uncool, wie Maggie meinte. Verdammt, sie hatte ja damit angefangen. Hatte irgendeine Bemerkung fallen lassen, wie spießig er sich hin und wieder benahm. Und dass er nicht von Work-Life-Balance faseln sollte, wenn er das Prinzip nicht verstand. Womit eins zum anderen geführt hatte.

She's the sweetest love I could find, sang Morten Harket.

Simon rutschte vom Sitz. Er kletterte vom Bock, wie sie es scherzhaft nannten, seit sie mit dem Gefährt unterwegs waren. Mit weichen Knien ging er vorne herum. Kurz musste er sich an der Motorhaube abstützen. *Wer steht hier unter Schock, Alter?*

Maggie stieg ebenfalls aus und schlug die Beifahrertür zu. Es wäre ihm lieber gewesen, sie wäre im Wagen geblieben, bis er die Lage sondiert hatte.

She's the sweetest love I could find.

Das Glas des rechten Scheinwerfers war gesplittert, die Stelle drumherum verformt, die Stoßstange wies einen Riss auf. Eine Blutschliere zog sich um die Rundung. Und da klebten Haare. Hundehaare? Simon rieb sich über das unrasierte Kinn. Maggie trat neben ihn. Er wartete auf einen Kommentar darüber, dass sie sich von Lars ein mächtiges Donnerwetter anhören müssten. Lars war Maggies Bruder und überaus pingelig mit allen seinen Dingen. Ihnen sein heiliges Wohnmobil zu leihen, hatte ihn immense Überwindung gekostet. Simon hatte keine Ahnung, wie Maggie ihn überredet hatte, es aus der Hand zu geben. Jedenfalls hatte sie tausendmal versprochen, dass sie aufpassen würden. *Nicht einen Kratzer, weder innen noch außen.* Mit Argusaugen würde sie darauf achtgeben ... Simon war klar, wer das hier jetzt ausbaden und vor Lars zu Kreuze kriechen durfte.

Er sah sich um. Ertappte sich erneut dabei, nach einem Haus oder Gehöft Ausschau zu halten. Doch sie waren allein auf weiter Flur. Niemand kam angerannt, der mit dem Hund unterwegs gewesen war. Bisher war er irgendwie der Meinung, dass die Leute auf dem Land ihre Köter an der Kette oder in Zwingern hielten. Hatte er einen Streuner überfahren?

Simon suchte den Blick seiner Frau, die immer noch nichts zu sagen wusste. Sie war blass, hatte ihren Mund leicht geöffnet. Atmete auffällig laut. »Bist du okay?«

Maggie starrte ihn an, als sähe sie ihn zum ersten Mal. »Lars wird ...«, setzte sie an.

»Lars ist mir gerade scheißegal«, zischte Simon und ließ sie stehen. Er ging am Wohnmobil entlang nach hinten. Seine Beine waren immer noch wie Gummi, weshalb er zweimal neben die Fahrbahnbefestigung trat und ungeschickt vorwärtsstolperte. Er war überzeugt, dass er zum Zeitpunkt der Kollision mit dem Hund nicht schneller als siebzig gefahren war. Trotzdem musste er ein halbes Fußballfeld hinter sich bringen, bis er die Stelle fand, an welcher das Tier im Straßengraben lag. Beim Anblick des Hundekörpers durchflutete ihn Bedauern. Gleichzeitig verspürte er Erleichterung darüber, dass sich dort unten im Graben nichts mehr rührte. Dass nichts jaulte, knurrte oder rasselnd röchelte. Dass ihn kein wässriger, vorwurfsvoller Blick traf. *Schau, was du mir angetan hast!* Stattdessen herrschte zwischen dem hohen Gras Stille. Totenstille. Die Schnauze war blutig, die Augen waren leer. Bereits getrübt, weil kein Leben mehr in dem Tierkörper steckte. Neben Simons Ohr klickte ein Handy. Er zuckte zusammen. Maggie, die ihm leise gefolgt sein musste, knipste ein weiteres Bild.

»Was machst du da?«, entfuhr es ihm.

»Dokumentieren«, sagte sie, ging in die Hocke und hielt aus der geänderten Perspektive die Handykamera auf den Kadaver gerichtet.

»Lass das!«, fauchte Simon.

»Das glaubt uns doch sonst keiner«, verteidigte sie sich. Sie klang aufgeregt, fast euphorisch, was ihn noch mehr verstörte.

»Ich hab nicht vor, damit anzugeben, einen Hund totgefahren zu haben.« Ungläubig sah er dabei zu, wie seine Frau zu dem Tier in den Graben stieg, um weitere Fotos zu machen.

»Das ist kein Hund«, erwiderte sie, ohne den Blick von dem reglosen Körper im Straßengraben zu wenden. »Du hast einen Wolf gekillt.«

2

Ein Wolf!
Das gab ihm den Rest. Als wäre es nicht schon schlimm genug, einen Hund zu überfahren. Aber einen Wolf? Das fühlte sich unverzeihlich an. Und unwirklich. Er zwang sich, genauer hinzusehen. Maggie könnte recht haben. Das graue Fell mit ein bisschen rotbraun und weiß dazwischen. Die Kopfform. Der buschige Schwanz. Gab es außerhalb des Nationalparks Wölfe im Bayerischen Wald? Frei lebende Wölfe? Berichte von Wolfssichtungen kursierten ab und an in den Medien, nur hatte er nie hingehört, wo genau das war. Niedersachsen vielleicht, aber das war weit weg. Er hatte nie etwas mit Raubtieren zu tun gehabt. Und jetzt hatte er eines totgefahren. Würden sie damit einfach so davonkommen? Er verstand nicht, wie Maggie so ruhig bleiben konnte. Hektisch blickte er sich um. Wie lange standen sie schon hier? Er schaute rüber zum Wohnmobil, das fast zwei Drittel der schmalen Straße blockierte. Sie waren etwa vor einer Viertelstunde darauf abgebogen, auf der Suche nach der Straße, die hoch zum Dreisessel führte. Plötzlich war er unsicher, ob sie überhaupt richtig waren. Die hohen, dicht stehenden Nadelbäume versperrten den Blick auf die Bergrücken, die im Osten eine bis zu tausendzweihundert Meter hohe Barriere nach Tschechien bildeten.

Erneut folgte sein Blick dem Straßenverlauf, eine lang gezogene Biegung, die er nach beiden Seiten etwa hundert Meter einsehen konnte. Noch immer war kein Auto vorbeigekommen. Nicht einmal ein Traktor, auch wenn da vorhin kurz ein Geräusch war, das sich nach Landmaschine angehört hatte. Er versuchte abzuschätzen, wann sie die letzten paar Häuser passiert hatten. Wie viele Kilometer dies zurücklag. Und ein Stück voraus würde der nächste Ort kommen, das hatte er auf dem Navi gesehen. Doch dazwischen gab es nur Bäume. Er hatte gelesen, dass der Bayerische Wald und der Böhmerwald auf der tschechischen Seite das größte zusammenhängende Waldgebiet in Mitteleuropa waren. Und sie steckten mittendrin. Bis auf die sumpfige Wiese links vom Wohnmobil umgab sie dunkles Gehölz, das die Sommersonne zu verschlucken schien, obwohl diese hoch am Himmel stand. In Passau waren sie morgens zeitig losgekommen. Der Tag war noch jung, auch wenn er sich für Simon im Moment nicht so anfühlte. Es war seine Idee und vor allem sein Wunsch, in dieser Gegend Urlaub zu machen, aber im Moment war ihm ziemlich mulmig zumute. *Wo genau sind wir?*

»Sollen wir ihn mitnehmen?«, schlug Maggie vor und holte ihn damit aus seinen Gedanken.

»Mitnehmen? Spinnst du?«

Sie sah ihn verständnislos an. »Wir können nicht einfach weiterfahren.«

»Nein, natürlich nicht. Aber der ...« Er schaffte es nicht, das Tier beim Namen zu nennen. »Angefahrenes Wild einzupacken, das geht gar nicht. Wir müssen die – wie heißt das? – die Forstverwaltung informieren. Einen Jäger oder zumindest die Polizei.«

Maggie sah auf ihr Handy, drehte sich einmal im Kreis und hielt es dann hoch über ihren Kopf. »Kein Netz«, sagte sie. Er verstand nach wie vor nicht, wie sie so ruhig bleiben konnte. Oder warum ihn selbst die Situation so überforderte. *Ein Wolf! Verdammt, ich habe einen Wolf getötet. Und jetzt gibt's hier nicht mal Netz.*

Simon rannte zum Wohnmobil zurück und fischte sein Telefon aus der Ablage über dem Schaltknüppel. Auch bei ihm stand da nur ein E in der Ecke rechts oben. Seit sie entlang der tschechischen Grenze fuhren, waren ihm immer mal wieder Funklöcher aufgefallen. Noch vor fünf Minuten hatte er diese ungewohnte Offline-Zeit irgendwie genossen. Sie waren im Urlaub und einfach nicht erreichbar. Das war ein gutes Gefühl gewesen. Bis zu dem Moment, als der Wolf aus dem Wald gesprungen war. Er wollte die mangelnde Netzabdeckung nicht wahrhaben und vollführte den gleichen Reigen, den Maggie auf der Suche nach einer Verbindung getanzt hatte.

Maggie stand immer noch an der Unfallstelle und starrte abwechselnd in den Graben und auf ihr Handy. Simon war sich plötzlich sicher, dass sie die Bilder des toten Wolfs auf Instagram gestellt hätte, wenn sie nicht im Funkloch stecken würden. *Hashtag Wildnis, Hashtag Jagdausflug, Hashtag Mein-Mann-der-Wolfkiller.* Simon schüttelte den Kopf. Nein, das hätte sie nicht gemacht. So war sie nicht. Nicht aufmerksamkeitssüchtig. Und auch nicht nachtragend, selbst wenn sie sich nicht immer einig waren. Ihm war bewusst, dass sie diesen Urlaub nur ihm zuliebe über sich ergehen ließ. Wandern, den Kopf freibekommen. Eine raue, noch unberührte Landschaft auf sich wirken lassen. Nicht groß vorausplanen. Abenteuer fühlen. Kraft tanken. So hatte er ihr den Urlaub im

Bayerischen Wald im letzten halben Jahr immer wieder schmackhaft gemacht. *Komm, das ist mal was anderes als immer nur am Strand liegen. Tagsüber Sonnenbrand und am Morgen Katerfrühstück nach einer durchzechten Klubnacht mit zu vielen Moscow Mules. Diesmal bitte nicht! Wir leihen uns lieber das Wohnmobil deines Bruders.*

Das Wohnmobil, das jetzt einen kaputten Scheinwerfer hatte und an dem Fellreste und Wolfsblut klebten. Kaum war dieser Gedanke erneut zurück in seinen Kopf geschwappt, drang ein Heulen aus dem Wald. Er zuckte zusammen. Versuchte mit weit aufgerissenen Augen zu lokalisieren, woher das ausgedehnte Jaulen kam. Es hörte sich weit entfernt an und dennoch viel zu nahe. *Nur der Wind*, betete er, doch dann vernahm er ein Knacken im Unterholz. Diesmal sehr nahe. *Sie leben im Rudel*, dachte Simon. *Im Rudel! O mein Gott, der Wolf war nicht allein unterwegs.* Er dachte an eine ausgehungerte Meute, an gelbe Fänge und kalte Augen. Daran, wie die grauen, struppigen Jäger ihre Beute umzingelten, bis es keinen Ausweg mehr gab. Der Wald war zu dicht und dunkel, um etwaige Bewegungen darin erkennen zu können.

Maggie kam angerannt, mit einem panischen Ausdruck in ihren dunklen Augen. Erkannte sie endlich den Ernst der Lage? Simon unterdrückte den Fluchtreflex, beherrschte sich lang genug, bis seine Frau bei ihm war. Er öffnete ihr die Tür und wartete, bis sie auf ihrem Sitz saß, ehe er um die Front des Wohnmobils herumhetzte und sich gleichfalls darin in Sicherheit brachte. Keuchend hockten sie nebeneinander und starrten durch die Windschutzscheibe hinaus, dem Waldsaum entgegen.

3

Wie hatten sie einen Wolf überfahren können? Noch dazu am helllichten Tag. Wie war so etwas möglich? Maggie fühlte sich seltsam. Elektrisiert. Und irgendwie neben sich. So als würde sie einen Film sehen, in der eine Maggie mitspielte, die Dinge tat, die sie selbst nicht tun würde. Das tote Tier war schon schlimm genug. Warum war sie so unberührt gewesen, als sie Bilder davon gemacht hat. Nein, nicht unberührt. Fasziniert. Sie könnte sich jetzt damit herausreden, dass sie genau das studiert hatte. Fotografie. Das, und nichts anderes wollte sie damals nach dem Abi machen. Und genau wie ihre Hochzeitspläne hatte sie auch ihr Studium gegen alle Widerstände ihrer Eltern durchgezogen. Worauf sie immer noch stolz war, auch wenn sie hinterher nicht viel damit anzufangen wusste. Womit die Prophezeiung ihres Vaters zutraf. Das entzweite sie noch mehr. Sie wollte ihm nicht zugestehen, dass er recht behalten hatte.

Nun, immerhin wusste sie jetzt, welche Blende sie zu verwenden hatte und wie man optimal belichtete. Vom künstlerischen Aspekt eines Motivs ganz abgesehen. Zu ihrem Leidwesen meinte heutzutage jeder, fotografieren zu können. Und es existierte eine Unzahl digitaler Hilfsmittel und Apps, mit denen man Fotos im Nachgang ansehnlich machen konnte.

Zudem war der Bedarf an Profifotografen noch nie sonderlich hoch gewesen. Nicht einmal damals, als diese Berufssparte noch im analogen Zeitalter von Zelluloid, Dunkelkammer und Entwicklungsbädern steckte. Ein Handwerk, das sie sich ebenfalls noch angeeignet hatte. Aber egal, ob analoge oder digitale Fotografie, sie wusste von Anfang an, dass sie sich für einen Studiengang entschieden hatte, der ihr keine gesicherte Zukunft bot. Und wie vorhergesehen, war die Nachfrage, seit sie ihren Bachelor of Arts in der Tasche hatte, nicht gewachsen, eher im Gegenteil. Sie hatte davon geträumt, ihre Fotos im National Geographic zu sehen. Oder auf überdimensionalen Werbetafeln. Wie naiv sich das alles rückblickend anhörte. Als diese Traumblase endgültig platzte, brachte sie es auch nicht über sich, ihr hart anstudiertes Wissen für die bezahlte Dokumentation von Familienfeiern und Hochzeiten zur Verfügung zu stellen. Hochzeitsfotografen gab es wie Sand am Meer, und viele, die sich in diesem Metier tummelten, hatten nicht einmal eine richtige Ausbildung, womit diese Dienstleistung dermaßen verwässert wurde, dass man nur noch schmerzhaft lächerliche Honorare verlangen konnte. Von Simon bekam sie deswegen immer mal wieder Vorhaltungen zu hören. Dass sie nichts aus ihrer akademischen Ausbildung gemacht hatte. *Du hast das Auge!* Das war so ein Lieblingsspruch von ihm, der im ersten Moment ein Kompliment war. Nur dass er sie damit auch gerne darauf hinwies, dass sie ihr Talent, ihr Auge für Perspektive und besondere Motive, verschwendete und stattdessen für ein inakzeptables Gehalt in einem Fitnessstudio arbeitete. Dabei sollte er froh darüber sein. Immerhin hatten sie sich dort kennengelernt, als er einen Spinning-Kurs bei ihr belegte.

»Fahr endlich!«, hörte sie sich sagen. »Fahr endlich los, verdammt!«

Simon suchte ihren Blick. Wirkte hilflos. Womöglich sollte sie besser ans Lenkrad, solange ihre Hände noch nicht zitterten. Sie beobachtete ihn dabei, wie er auf den Startknopf drückte, ohne dass etwas passierte. Erst beim dritten Versuch kam er dahinter, dass er dabei auf die Bremse treten musste. Plötzlich befürchtete sie, dass der Motor nicht mehr ansprang ... Dass sie aufgrund irgendeines unerklärbaren technischen Versagens dazu gezwungen wurden, zu Fuß weiterzugehen.

Zu ihrer Beruhigung kam es anders. Der Motor brummte in gewohnter Manier, so wie er es die zurückgelegten sechshundert Kilometer getan hatte, seit sie damit vor zwei Tagen aufgebrochen waren. Lars hielt das Gefährt immer tipptopp in Schuss, darauf war Verlass.

Es knirschte im Getriebe, weil Simon die Kupplung nicht ordentlich durchdrückte. Ihm schien jede Kraft in den Beinen zu fehlen. Wäre er mal besser Mitglied im Fitnessstudio geblieben statt zu kündigen, kaum dass er ihr Herz erobert hatte. Seit sie verheiratet waren, machte Simon überhaupt keinen Sport mehr. Nicht einmal zum wöchentlichen Kicken mit seinen Arbeitskollegen konnte er sich regelmäßig aufraffen.

Ruckelnd setzten sie sich in Bewegung. Gott sei Dank, sie fuhren endlich wieder. Maggie merkte, dass sie nicht mehr atmete, ohne sich erinnern zu können, wann sie damit aufgehört hatte. Gierig sog sie Luft in ihre Lungen, wie beim Durchstoßen der Wasseroberfläche im Schwimmbad, nachdem sie eine ganze Bahn getaucht war. Simon warf ihr einen besorgten Blick zu.

»Schau auf die Straße«, fauchte sie, ohne zu wissen, woher die erneute Wut kam. Zwischen ihnen lief es gerade nicht gut. Ihre immer noch junge Ehe entwickelte sich irgendwie in die falsche Richtung. Wäre sie erst mal in Fahrt gekommen, hätte Maggie sich sicher über so einiges ausgekotzt, während sie durch diesen elend langen einsamen Wald kutschierten. Doch dazu war es nicht mehr gekommen. Und jetzt war da nicht nur mehr der aufgestaute Zorn, über den sie sich hatte Luft machen wollen, der ihre Nerven vibrieren ließ. Jetzt rollte auch eine Panik heran, dunkelgrau und grollend wie ein Unwetter.

4

Die Abzweigung lag im Ausgang einer nicht einsehbaren Kurve. *Heindlsäge, 3 Kilometer.* Simon bog ab, ohne ihr Einverständnis einzuholen und ohne zu blinken. Falls dieses Heindlsäge nur aus einem halben Dutzend Häusern bestand, bedeutete das einen Umweg, aber sie sagte nichts. Ihr wäre es lieber gewesen, sie wären weitergefahren, bis nach Zwiesel oder Bodenmais oder wie die Städtchen hießen, die man irgendwann schon mal gehört hatte. Kleinstädte wohlgemerkt, bei denen man aber trotzdem davon ausgehen konnte, dass es dort eine Polizeistation gab. Oder irgendeine andere Anlaufstelle, bei der man einen Wildschaden melden konnte. Allerdings hörte sich Heindlsäge nicht so an, als würde man ihnen dort weiterhelfen.

Die Straße wurde schmaler und kurvenreicher. Der Wald rückte noch näher heran. Ab und an streifte ein Ast die Seitenwand, was sie jedes Mal zusammenzucken ließ. *Keine Kratzer, Schwesterherz! Tut mir leid Lars!*

Schlaglöcher und aufgerissene Stellen im Asphalt malträtierten das Fahrwerk. Sie sah Simon an, dass er auf einen Kommentar von ihr wartete. Darüber, dass er abgebogen war, ohne sich mit ihr zu beraten. Aber vor allem darüber, dass er für ihr Empfinden viel zu schnell fuhr. Als wollte er das

Leben, das er unweigerlich ausgelöscht hatte, irgendwie doch noch retten. Womöglich hoffte er auch darauf, dass sie ihm Einhalt gebot. Ihn erneut anschrie und fragte, ob er jetzt auch sie umbringen wollte. Doch sie schwieg, klammerte sich nur noch fester an den Türgriff, immer wenn das Wohnmobil bedrohlich schlingerte. Wie lang konnten drei Kilometer sein?

Nach einer weiteren engen Kurve, in der sie ordentlich durchgerüttelt wurden, tauchte endlich das Ortsschild auf. Der Wald endete abrupt und gab den Blick auf Wiesen und Äcker frei. Mitten in die hügelige Landschaft war eine Siedlung eingebettet. Darüber erstreckte sich ein stahlblauer Himmel, durchzogen von einzelnen Schäfchenwolken. In nicht allzu weiter Ferne ragte sonnenüberstrahlt die Mittelgebirgskette auf. Bewaldete Gipfel in bläulichem Weichzeichnerdunst.

Das Ortsschild war gelb, nicht grün wie Maggie befürchtet hatte. Grüne Schilder dienten nur als Orientierungshilfe. Es war nicht einmal nötig, die Geschwindigkeit zu reduzieren, so als wären die Häuser an der Straße und die Leute, die darin wohnten, nicht weiter wichtig. Man brauchte keine Rücksicht auf sie zu nehmen. Aber gelb, gelb war prima. Hier waren Ge- und Verbote zu beachten, und das bedeutete nicht nur Ordnung, sondern verhalf ihr auch zu ein klein wenig mehr Zuversicht, dort tatsächlich Hilfe zu finden. Auch wenn es sich um ernüchternd wenig Häuser handelte, die sich entlang der Straße reihten. Nicht, dass sie mit einer Stadt gerechnet hatte, aber das, was sich vor ihnen erstreckte, konnte man kaum Dorf nennen. Maggie hielt nach einem Kirchturm Ausschau, der für sie sinnbildlich die Ortsmitte markierte, konnte aber keinen entdecken.

Simon trat plötzlich hart auf die Bremse, wodurch sie heftig nach vorne geworfen wurde. Der Sicherheitsgurt schnitt ihr schmerzhaft in die Seite.

Langsam rollten sie die Dorfstraße entlang. Es gab keine Gehwege, die Grundstücke grenzten direkt an die Fahrbahn. Wohnhäuser mit Vorgärten wechselten sich mit Bauernhöfen ab, deren Ummauerungen aus schweren Granitsteinen die Durchfahrt verengten. Dann passierten sie endlich auch ein öffentliches Gebäude. Ein Wirtshaus. *Gasthaus Emerenz* stand dort direkt auf die Fassade über dem Eingang gemalt, eingerahmt von zwei Lichtkästen, die das Logo einer Brauerei trugen. *Jandelsbrunner Bräu.* Das hatte sie noch nirgendwo sonst gelesen, aber sie war auch keine Biertrinkerin.

»Haben wir uns das Wolfsheulen nur eingebildet?«, fragte Simon unvermittelt.

Maggie suchte seinen Blick. Sie dachte nach. Konnte er recht haben? War es einfach nur der Wind gewesen, der über eine Felskante hinwegpfiff? »Aber so windig war es doch gar nicht«, wandte sie ein.

Simon nickte. »Außerdem war der Wolf ja echt«, murmelte er. Die Durchgangsstraße machte einen Knick, und sie fuhren direkt auf eine Autowerkstatt zu. *Otto Schiermaier, Kfz-Reparaturen, alle Fabrikate* war dort auf einem ausgeblichenen Schild zu lesen, das nicht ganz waagerecht über dem Werkstatttor angebracht war. Das Tor, von dem großflächig der graue Lack blätterte, war geschlossen, aber durch die verdreckte Scheibe schimmerte Licht. Simon lenkte das Wohnmobil auf die betonierte Zufahrt, die auf der rechten Seite durch mannshoch gestapelte Altreifen und einen rostigen, hochwandigen Container begrenzt war.

Simon stieg aus, Maggie folgte ihm. Obwohl die Sonne sie begleitete, seit sie morgens in Passau losgefahren waren, war die Luft hier in den Höhenlagen des Bayerischen Waldes empfindlich kühl für einen Frühsommertag. Simon war nah an den Altmetallcontainer gefahren, aber das Heck des Wohnmobils ragte trotzdem einen halben Meter in die Straße hinein. Sie hoffte, dass niemand zu schnell und eng um das Hauseck bretterte, sonst wäre die nächste Delle an Lars Heiligtum vorprogrammiert. Sie schaute sich um. Wer in Heindlsäge geraniengeschmückte Hausfassaden erwartete, wurde enttäuscht. Die umliegenden Gebäude waren alt, grau und trist. Das Dorf bot einen Anblick, den sie so bislang noch nicht gesehen hatte auf ihrer Reise durch die bayerische Provinz. Heindlsäge besaß nichts, was einen dazu hinreißen könnte, hier Urlaub zu machen. Gelbes Ortsschild hin oder her. Alles, was Maggie empfand, war Beklemmung.

Simon stand vor der ins Tor eingelassenen Tür, auf deren Griff zahllose Abdrücke von ölverschmierten Händen zu sehen waren. Von drinnen dröhnten schwere dumpfe Schläge. Metall traf in einem gleichbleibenden Rhythmus auf Metall. Simon zögerte, vielleicht wegen des Lärms oder weil er seine Finger nicht schmutzig machen wollte. Maggie schloss zu ihm auf, langte an ihm vorbei, packte nach der fettig glänzenden Klinke und öffnete die Tür. Perplex zuckte er zurück. Offenbar war er nervlich immer noch nicht wieder auf der Höhe. Sie stellte sich darauf ein, das Reden zu übernehmen.

Sie betraten eine Halle aus nacktem Beton, die von verdreckten Neonröhren in ein schummriges Licht getaucht wurde. Es gab eine Hebebühne und eine Grube, über der ein alter Golf mit geöffneter Motorhaube stand. Dasselbe Modell, das ihre Mutter früher besessen hatte, als Maggie noch ein Teenager und oftmals auf den elterlichen Fahrdienst angewiesen war. Einer ohne Schnickschnack und Gepiepse, wie Mama immer zu sagen pflegte, einer, bei dem man alles noch selbst machen musste. Sogar die rote Farbe passte, auch wenn bei diesem hier der Lack stumpf und ausgeblichen war. Maggie zwang sich, den Blick von dem roten Golf abzuwenden, auch um den Gedanken an ihre Mutter loszuwerden. Sie schaute über eine vollgestellte Werkbank und weitere Reifenstapel hinweg zur Hebebühne, auf der ein radloses, irgendwie ausgebeint aussehendes Vehikel gebockt war, das nicht den Eindruck erweckte, als könne es je wieder fahrtüchtig werden. Aus dieser Ecke donnerte der nächste Schlag, der sich ohne die Dämpfung durch das Werkstatttor nun schmerzhaft an ihrem Trommelfell entlud. Maggie kniff die Augen zusammen.

In einer Ecke stand ein gedrungener Mann in einer speckigen Latzhose und bearbeitete mit einem Vorschlaghammer und wuchtigen Schlägen ein Stück Eisen auf einem Amboss. Es ging eine geradezu archaische Kraft von ihm aus.

Die dämpfige Atmosphäre mit den stechenden Gerüchen nach Maschinenfett, Gummi, korrodiertem Metall und Altöl hatte etwas Bedrohliches. Die von dunkelbraunen Spritzern besprenkelten Wände waren mit Werkzeug und zugestellten Regalbrettern vollgehängt. Gleich mehrere Kalender präsentierten barbusige junge Frauen, welche sich in fragwürdigen Stellungen auf Motorhauben rekelten oder ihre nackten Hintern gegen polierte Kotflügel pressten. Sie zählte vier Stück der Hochglanzdruckwerke, und kein einziges zeigte den richtigen Monat an. Bei einem stimmte zumindest die Jahreszahl.

Erst jetzt bemerkte Maggie, dass der infernale Lärm verstummt war. Mit über den Kopf erhobenem Hammer starrte der Mann sie unverhohlen an. Zwei, drei Sekunden verstrichen, dann senkte er langsam das massive Werkzeug, während er gleichzeitig etwas zu ihnen sagte. Das Echo der Schläge hallte weiterhin in Maggies Ohren nach, doch das war nicht der Grund dafür, dass sie kein Wort verstand. Der Mechaniker benutzte eine ihr vollkommen fremde Sprache. Sie tauschte einen Blick mit Simon, der ebenso ratlos schien.

»Wir hatten einen Wildunfall«, sagte Maggie ohne jede Einleitung.

»Geh ah, Preissn«, stellte der Mann fest und grinste breit. Er musterte sie ausgiebig von Kopf bis Fuß, wogegen er Simon völlig ignorierte. »Was war's, a Reh?«, fragte er, bemüht um eine verständliche Aussprache, was ihm nur schwer gelang.

»Kein Reh«, entgegnete Maggie. »Wo können wir das melden?«

»Habts einen Schaden?«

»Vorne rechts«, bestätigte Simon, der endlich seine Sprache wiedergefunden hatte. »Wollen Sie sich das mal ansehen?«

Besser nicht, dachte Maggie, schaffte es aber nicht, den Einwand laut auszusprechen. Der Mechaniker stellte den Hammer auf den Amboss, zog einen Stofflappen aus seiner Hosentasche und versuchte erfolglos, damit seine Finger zu säubern. Dann kam er ihnen entgegen, und für zwei Sekunden hatte sie die Befürchtung, er würde ihr seine schmierige Hand hinstrecken und erwarten, dass sie seinen Gruß erwiderte. Doch als er vor ihnen stand, stopfte er die Hände zusammen mit dem Stofflappen in seine ausgebeulten Hosentaschen. Trotz all der Werkstattgerüche drang Maggie eine Wolke saurer Körperausdünstungen in die Nase. Jetzt aus der Nähe wurde seine Kompaktheit noch deutlicher. Er war einen halben Kopf kleiner als sie, aber das stete Schwingen des Vorschlaghammers hatte ihm breite Schultern, einen Stiernacken und muskulöse Oberarme beschert, die nicht zu übersehen waren, da er neben der Latzhose nur ein Feinrippunterhemd trug, das vor langer Zeit vermutlich einmal weiß gewesen war. Seine kleinen, etwas rot geränderten Augen drängten sich eng an den breiten Zinken. Das Gesicht war aufgedunsen und nicht weniger dreckig als seine Hände. Offenbar hatte er sich mit seinen schmierigen Pranken heute auch schon mehrfach über seinen runden, geschorenen Kopf gewischt und dort deutliche Schmutzspuren hinterlassen. Der Mechaniker konnte in ihrem Alter sein oder in dem ihrer Eltern. Maggie tendierte zu Letzterem. Es war die Art, wie er sich bewegte, die sie zu diesem Schluss brachte. Etwas behäbig und unrund, als zwickte ihn die Hüfte oder der Rücken. Sein Blick wanderte mehrfach unschlüssig zwischen ihren Augen und ihren Brüsten auf und ab. Schließlich ging er ohne ein weiteres Wort an ihr vorbei nach draußen. Aus Simons Miene las sie einen stillen Hilferuf. *Du hast ihn dazu aufgefordert,* lag ihr auf der Zunge, doch auch damit hielt sie an sich. Ihr war zuwider, dass der Mann mit seinen dreckigen Pratzen das Wohnmobil ihres Bruders anfasste, doch daran würde sich jetzt nichts mehr ändern lassen. Simon wirkte seltsam ungelenk, als er dem Mann aus der Werkstatt folgte. Maggie verharrte noch ein, zwei Sekunden, bevor auch sie hinterherging.

»Na sauber«, sagte der Mechaniker, der bereits vorm Wohnmobil stand. Er hatte sich nach vorne gebeugt und stützte sich mit den Händen auf seinen Knien ab. In dieser Position begutachtete er den Schaden, um schließlich mit spitzen Fingern ein Büschel Haare aus einem der Risse im Scheinwerferglas zu zupfen und zu inspizieren. »Schaut nicht nach Reh aus«, stellte er fest.

»Es war ein Hund«, sagte Simon. »Kann ich bei Ihnen die Polizei rufen, ich habe hier kein Netz.«

»Es war ein Wolf«, berichtigte ihn Maggie, weil sie der Meinung war, dass ein streunender Hund nicht ausreichte, um den Mann in der Latzhose von der Dringlichkeit ihres Anliegens zu überzeugen.

»Schmarrn!«, kommentierte der Mechaniker. »Wölf ham wir hier nicht!«

»Ist ja auch egal«, wandte Simon ein. »Jemand muss den Schaden aufnehmen, wegen der Versicherung.«

Auf der anderen Straßenseite hatten sich zwei Senioren eingefunden, die ungeniert zu ihnen herüberglotzten. Beide trugen Arbeitsklamotten, Gummistiefel und aus der Mode geratene Cordhüte. Einer der beiden stützte sich auf eine Mistgabel. Ein Haus weiter versteckte sich jemand nicht besonders sorgfältig hinter einer Gardine im ersten Stock. Maggie hoffte, dass sie schnell wieder hier wegkamen, bevor sie noch mehr Aufmerksamkeit auf sich zogen.

»I bin da Otto«, sagte der Mechaniker unvermittelt. »Einen neuen Scheinwerfer kann i euch b'sorgen«, fügte er geschäftstüchtig an. »Könnt bis morgen da sein.«

Maggie fasste Simon am Oberarm, doch der nickte bereits zustimmend. »Wenn das geht.«

»Freilich. Wir san hier ja nicht aus da Welt«, erwiderte Otto und zeigte zwei gelbe Zahnreihen. Wieder rieb er seine Hände an dem speckigen Lappen. »Ich brauch den Fahrzeugschein.«

»Machen wir«, beschloss Simon, ohne ihren wortlosen Einwand zu berücksichtigen. »Aber vorher will ich telefonieren.«

»Mit da Schmier?«, hakte Otto nach.

»Mit der Polizei«, bestätigte Simon, darauf bedacht, sie nicht anzusehen.

»Wegen einem toten Hund?«, fragte Otto und schob seine wulstige Unterlippe nach vorne.

»Ich brauche was Offizielles für die Versicherung«, sagte Simon. »Sonst probieren wir es im nächsten Ort.«

Maggie hatte plötzlich die Hoffnung, dass sie zurück nach Passau fahren könnten. Zurück in die Zivilisation. Und sie würden für die Strecke auch keine drei Stunden brauchen, wie auf ihrem Weg hierher. Weil sie nicht erneut zwanzigmal anhalten müssten, um die Landschaft zu bewundern, so wie Simon das getan hatte, nachdem sie aus dem Donautal abgebogen und hier herauf in den Wald gefahren waren. *Jetzt mach doch mal ein Foto, Maggie!*

»Im nächsten Ort«, wiederholte Otto auf eine Art, die ihr vermittelte, dass dieser Versuch keinen Erfolg in Aussicht stellte.

»Im nächsten Ort«, beharrte Simon und verschränkte demonstrativ die Arme vor der Brust. Otto rollte mit seinen Augen, die hier draußen in der Sonne in einem hellen Blau aus einem schmutzigen Gesicht leuchteten. Vielleicht sah er gewaschen gar nicht so unheimlich aus? »Telefon hängt drin«, sagte er nach drei Atemzügen und deutete zur Werkstatt. »Die Nummer vom Revier steht auf der Liste daneben.«

Simon nickte, wandte sich ab und ging auf das Tor zu.

»Sagst besser nix von einem Wolf!«, rief Otto ihm hinterher.

5

Den Hörer des antiquierten Wählscheibentelefons anzufassen, das rechts vom Werkstatttor über einem mit losen Zetteln und einer kuriosen Kugelschreibersammlung übersäten Regalbrett an die Wand geschraubt war, kostete Überwindung. Die Ziffern in den Löchern der Plastikscheibe waren nicht mehr vorhanden oder lagen unter mehreren Schichten Schmutz und Lackresten verborgen. Wie von Otto versprochen, pinnte an der nackten Wand neben dem Fernsprecher ein vergilbter Karton, auf dem in krakeliger Handschrift diverse Nummern aufgelistet waren, die entweder Vornamen oder kryptischen Abkürzungen zugeordnet waren. Das Wort Polizei konnte er nirgends finden, aber er entdeckte hinter dem Namen Volker den Zusatzvermerk *Bulle*. Durch die offene Tür sah Simon, dass Otto weiterhin zusammen mit Maggie vor dem Wohnmobil stand. Er hätte rufen müssen, um sich zu vergewissern, was ihm jedoch unangenehm war. Überhaupt war ihm der Mechaniker nicht so recht geheuer, ohne dass er sagen konnte, was genau ihn an diesem Mann störte. Ganz gewiss die ungenierte Art, wie er Maggie anstarrte. Aber das war es nicht allein. Ohne es näher erklären zu können, verspürte er ein wenig Furcht vor dem grobschlächtigen Hinterwäldler. Vielleicht hatte er in seinem Leben einfach zu viele

Horrorfilme gesehen, in denen genau ein solcher Kerl seinen Hammer plötzlich nicht mehr nur gegen ein Stück Eisen drosch, sondern damit Schädel zertrümmerte. Auf den Handel mit dem Scheinwerfer hatte er sich nur vordergründig eingelassen, weil er befürchtet hatte, sonst nicht ohne Weiteres telefonieren zu dürfen. Natürlich war Maggie sofort anzusehen, was sie davon hielt, diesen Otto mit der Reparatur des Wohnmobils zu beauftragen. Er nahm sich vor, das klarzustellen, sobald er mit der Polizei – *mit Volker dem Bullen* – gesprochen hatte.

Angeekelt griff er sich den Hörer, darauf bedacht, ihn nicht direkt ans Ohr zu legen, und wählte die Nummer, die zum Glück nur aus vier Ziffern bestand. Es läutete siebenmal, und er hatte schon Zweifel, ob es sich bei Volker tatsächlich um den hiesigen Ordnungshüter handelte oder nicht doch um den Metzger oder einen Viehzüchter. Doch dann hatte er plötzlich jemanden in der Leitung.

»Ja?«

»Bin ich mit der Polizei verbunden?«, fragte Simon verhalten.

6

Maggie hatte kurz die Hoffnung gehegt, dass Otto ihren Mann nicht unbeaufsichtigt in die Werkstatt lassen würde. Doch offensichtlich verspürte der Mechaniker keinerlei Bedenken gegenüber Simon, jedenfalls wich er ihr nicht von der Seite. Er fischte eine Zigarettenschachtel aus der Tasche, die auf dem Latz seiner Arbeitshose genäht war, und bot ihr einen der filterlosen Glimmstängel an. *Salem N°6* las sie auf der zerknautschen grünen Packung. »Is von den Tschechen«, kommentierte Otto, als wäre das ein besonderes Qualitätsmerkmal. Sie sah die Enttäuschung in seinen Augen, als sie ein wenig zu heftig den Kopf schüttelte. Er schob sich eine Salem zwischen die Lippen, steckte die Packung wieder zurück und zauberte stattdessen ein Benzinfeuerzeug daraus hervor, das er auf affektierte Weise aufschnappen ließ und mittels einer flinken Bewegung seines kurzen Daumens entzündete. Er schob die Zigarettenspitze in die Flamme und brachte sie zum Glühen.

»Wo wollts'n hin?«, fragte er, nachdem er seinen ersten Zug einmal bis tief hinab in seine Lungen hatte wandern lassen, um den Rauch mittels eines rauen Husters hoch in den blauen Himmel zu befördern.

»Bisschen rumfahren.« Maggie hatte keine Lust, mit Otto über ihre Urlaubspläne zu plaudern. Abgesehen davon, dass nur Simon die genauen Reisepläne kannte. Die Orte, die er sehen, die Berge, auf die er hinaufwollte. Er hatte zwar alles vorab mit ihr besprochen, allerdings hatte sie bei der Auswahl der einzelnen Ziele nie besonders aufmerksam zugehört. »Sauber«, erwiderte Otto und inhalierte erneut. Allem Anschein nach interessierte es den Mechaniker ebenso wenig wie sie, welche Route sich Simon vorgenommen hatte. Maggie beschäftigte sich längst mit etwas anderem. Sie überlegte, unter welchem Vorwand sie ins Wohnmobil steigen konnte, um dieser Unterhaltung zu entkommen. So, wie Otto sie unentwegt musterte, hatte er sie ohnehin bereits mehrfach mit seinen Blicken ausgezogen. Es war längst überfällig, dem ein Ende zu machen.

»Ich könnt gleich bestellen, wenn ich den Schein hätt. Dann wär er sicher morgen da, der Scheinwerfer«, sagte Otto zu ihrem Busen. Die Zigarette klebte an seiner Unterlippe und wippte auf und ab, während er sprach. Weil ihr immer noch kalt war, wusste sie plötzlich sehr genau, was er dort zu sehen bekam. Schnell verschränkte sie die Arme vor der Brust und wünschte, sie hätte sich ihre Softshelljacke übergestreift, bevor sie vorhin ausgestiegen war. Allerdings war seine erneute Frage nach dem Fahrzeugschein genau die Steilvorlage, die sie brauchte, um sich seinen stierenden Blicken zu entziehen.

»Ich schau mal«, sagte sie, wandte sich ab und kletterte in die Fahrerkabine. Schnell zog sie die Tür hinter sich zu. Alle Unterlagen waren im Handschuhfach verstaut, doch sie gab vor, danach suchen zu müssen. Otto beobachtete sie durch die Windschutzscheibe. In Gedanken verfluchte sie ihren Ehemann, der ihr diese befremdliche Begegnung mit seinem Wunsch nach einem *Abenteuerurlaub* eingebrockt hatte.

Die wenigsten hatten es verstanden. Weder ihre Eltern noch

die meisten ihrer Freunde. Doch davon hatte sie sich nicht abhalten lassen und Simon vor zwei Jahren geheiratet. *Du bist doch erst vierundzwanzig, Kind.* Diesen Satz hatte sie von ihrer Mutter in dem halben Jahr bis zum Hochzeitstermin bestimmt an die hundert Mal gehört. Aber trotz aller Widerworte hatte es sich für sie richtig angefühlt. Oder vielleicht auch gerade deswegen. Und es fühlte sich auch heute noch wie die richtige Entscheidung an, wenn sie auch nicht mehr durchweg so felsenfest davon überzeugt war wie zu Beginn ihrer jungen Ehe. Aber gehörten gesunde Zweifel nicht auch zu einer funktionierenden Beziehung?

Du hast mich doch nur wegen meines Geldes geheiratet, sagte Simon manchmal im Scherz. Dann lachten sie darüber, auch wenn sie gelegentlich der Eindruck beschlich, dass in dieser flapsigen Behauptung das eine oder andere Körnchen Wahrheit steckte. Das machte es schwierig, dieses Gefühl in dem Moment wegzulachen. Sie lebten von dem, was er verdiente. Nach seinem Informatikstudium hatte Simon eine gut bezahlte Stelle bei einem Mittelständler angetreten und finanzierte damit ihre Gemeinschaft. Das bisschen, was sie mit ihrem Job im Fitnessstudio beisteuerte, reichte nicht einmal, um die Kosten für ihren monatlichen Lebensmittelverbrauch zu decken. Und jetzt, nachdem sie ihre Unterschrift unter den Kaufvertrag einer Eigentumswohnung gesetzt hatten und die Kredite dafür abzahlen mussten, war die Situation noch deutlich angespannter.

Allein stemme ich das nicht auf Dauer, sagte Simon seitdem immer wieder.

Ein Klatschen direkt neben ihrem Kopf schreckte sie schmerzhaft aus ihren Gedanken. Direkt auf Höhe ihres Ohrs klebte Ottos ölverschmierte Hand am Seitenfenster.

7

Der Anblick, der sich ihm bot, als er aus der Werkstatt ins Freie trat, verursachte ihm eine Gänsehaut. Maggie saß im Wohnmobil. Vielmehr hatte sie sich dort hineingeflüchtet, wie ihr entsetzter Gesichtsausdruck ihm signalisierte, den sie ihm durch die Windschutzscheibe hindurch entgegenwarf. Geflüchtet vor dem schmierigen Mechaniker, der vor der Beifahrertür stand und mit erhobenen Händen gestikulierte. Für einen kurzen Moment flammte wieder das Bild des schweren Hammers vor Simons Augen auf und wie der Mechaniker damit die Scheibe zertrümmerte. Zuerst die Scheibe und danach ihren Schädel ...»Polizei ist unterwegs«, rief er lauter als nötig und Otto wandte sich ihm zu.

»Ja verreck!«, kommentierte der Mann in der Latzhose. Er zupfte einen Zigarettenstummel aus seinem Mundwinkel und zerrieb die immer noch glühende Kippe zwischen Daumen und Zeigefinger. Maggie stieg wieder aus, machte einen großen Bogen um Otto und rückte nahe an seine Seite.

»Alles klar mit dir?«

Sie nickte. Otto kam auf sie zu und streckte ihr die ölige Handfläche hin. Maggie legte den Fahrzeugschein dort hinein, ehe Simon einen Einwand vorbringen konnte.

»Endlich geht was weiter«, verkündete Otto triumphierend und eilte auf seinen kurzen Beinen zurück in die Werkstatt.

»Warum hast du ihm den gegeben?«, zischte Simon. Maggie sah ihn aus großen Augen an. »Du hast doch zugesagt, er kann das Licht reparieren«, entgegnete sie empört. »Das war nur so dahergeredet, damit er mich telefonieren lässt, verdammt«, knurrte er.

»Na toll«, kommentierte Maggie auf eine Art, die ihm zu verstehen gab, dass er Schuld an der Misere hatte, egal was er zu seiner Verteidigung vorbrachte. »Wieso hat der Anruf überhaupt so lang gedauert?«

»Verständigungsprobleme«, bemerkte Simon, doch die Ironie missglückte. Weder Maggie noch ihm war nach Lachen zumute. »Sie wollten, dass ich mich an einen Jäger wende. Ich musste förmlich darum betteln, dass sie eine Streife schicken. Der Bulle hat mehrfach versucht, mir zu erklären, dass sie nur bei Personen- oder Sachschaden ausrücken. Nicht aber bei einem Wildunfall. Erst als ich gesagt habe, dass ich einen Hund erwischt habe und wir keinen Besitzer ausmachen konnten, hat er eingewilligt zu kommen, dieser Arsch.«

Maggie zog ihre Stirn kraus. »Wie redest du denn?«, fragte sie sichtlich überrascht. Simon zuckte nur mit den Schultern. Eine Weile standen sie schweigend da. Simon starrte im Wechsel auf die eingedellte Front des Wohnmobils und hinauf in den kalten, wolkenlosen Himmel. Hatte seine Wetter-App heute am frühen Nachmittag nicht zweiundzwanzig Grad versprochen? So hoch lag dieses Dorf jetzt auch nicht, dennoch fühlte es sich für ihn an, als stünden sie auf einem der nahen Berggipfel. Vielleicht lag es am Wind, der zwar nicht allzu scharf, dafür aber fortwährend durch die Häuserzeile pfiff.

»Soll ich uns Kaffee machen, solange wir warten?«, fragte er. So richtig ausgenutzt hatten sie den Komfort von Lars' mobilem Heim ohnehin noch nicht. Alles, was sie bisher darin getan hatten, war schlafen. Nur einmal hatten sie Teewasser aufgesetzt, um den Gasofen zu testen. Sonst waren sie bei jeder Gelegenheit in einem Restaurant essen gewesen. Selbst zum Frühstücken hatten sie bisher immer irgendwelche Cafés aufgesucht.

»Ich mach schon«, sagte Maggie, als hätte sie nur darauf gewartet, sich erneut im Wohnmobil zu verschanzen. Diesmal benutzte sie den hinteren Zugang, der direkt in den Wohnbereich führte und von dem er dachte, dass er verriegelt wäre. Sie zog die Tür kräftiger als nötig hinter sich zu. Er sah sich nach Otto um, doch die ins Werkstatttor eingelassene Tür war geschlossen. Auch die Leute von gegenüber schienen das Interesse an den Durchreisenden verloren zu haben. Zumindest entdeckte er niemanden mehr, weder auf der Straße noch in einem der Fenster der gegenüberliegenden Häuser. Er überlegte, ob in all der Zeit, die sie hier vor Ottos Reparaturservice standen, ein Auto vorbeigefahren war, konnte sich aber an keines erinnern. Hier in Heindlsäge lag sprichwörtlich der Hund begraben. *Oder der Wolf.* Was würden die Polizisten sagen, wenn sie erkannten, was er da wirklich totgefahren hatte?

8

Die Ordnungshüter hatten es nicht eilig. Der Kaffee war bereits getrunken, und Simon hatte zum vierten Mal in den Kühlschrank geschaut, ohne etwas Essbares zu finden. Die kargen Vorräte, die sie vor der Abreise eingekauft und dort verstaut hatten, waren längst aufgebraucht. Der Plan war, im Laufe des Nachmittags bei einem Supermarkt zu halten, der zufällig auf der Strecke lag. Doch bis zur Kollision mit dem Wolf waren sie an keinem vorbeigekommen, und Heindlsäge erweckte nicht den Anschein, als gäbe es hier einen Laden, durch den man in gewohnter Manier einen Einkaufswagen schieben konnte. Jetzt mussten sie sich damit abfinden, hier erst am nächsten Tag wegzukommen, und darauf hoffen, dass es in dem Gasthaus, das sie vorhin passiert hatten, später noch was zu essen gab. Kurz hatten sie vorhin auch über Ottos Aussage diskutiert, dass der Scheinwerfer bis morgen geliefert wurde. Hieß das, das Ersatzteil traf gleich in der Früh ein? Und, falls ja, wie lange benötigte der Mechaniker dann für den Austausch? Vielleicht würde die Lieferung aber auch erst später am Tag eintreffen. Würden sie dann eine zweite Nacht vor einem Alteisencontainer campieren?

Weder Simon noch Maggie fanden die Kraft, auszusteigen, um deswegen bei Otto nachzufragen. Selbst der Kaffee, der wirklich stark gebrüht war, reichte nicht aus, um Maggies plötzliche Müdigkeit zu vertreiben. Simon schien es nicht anders zu gehen. Auch er gähnte unentwegt. Zum wiederholten Male spähte Maggie durch den Spalt in der Jalousie am Fenster über dem Esstisch. An dem Schattenspiel auf dem Vorplatz der Werkstatt erkannte sie, dass über ihnen die Wolken rasch hinwegzogen. Otto hatte offenbar ebenfalls Kaffeepause, es drang kein Lärm mehr aus seiner Werkstatt. Eine ungewöhnliche Stille hatte sich über das Dorf gelegt. So kam es, dass sie den sich nähernden Wagen sofort hörte. Simon rannte nach hinten und riss die Tür auf. »Endlich«, raunte er und sprang nach draußen.

Maggie folgte ihrem Mann und fühlte sich gleich deutlich wacher, als sie wieder unter freiem Himmel stand. Gemeinsam beobachteten sie, wie sich die zwei Polizisten aus ihrem Streifenwagen mühten. Zumindest trugen sie schon die neuen blauen Uniformen. Das war das Erste, was Maggie registrierte, und ihr wurde bewusst, dass sie bis zu diesem Moment davon ausgegangen war, noch senfgelbe Hemden und waldgrüne Jacken zu sehen zu bekommen. Allerdings vermochte die *moderne* Arbeitsbekleidung die unförmigen Leiber der Beamten nicht zu kaschieren. Keiner von ihnen sah aus, als könnte er einen Flüchtenden mehr als dreißig Meter verfolgen, ohne an seine konditionelle Grenze zu geraten. Wie einstudiert richteten sie synchron ihre Gürtel zurecht, über denen zwei stattliche Bierbäuche hingen.

»Polizeiobermeister Gruber«, stellte der Größere der beiden sich vor. Sein aschblondes, borstiges Haar hinterließ den Eindruck, als wäre er gerade aufgestanden. Er schien über keinen nennenswerten Hals zu verfügen, es sah aus, als wäre sein

Kopf direkt aus dem Rumpf gewachsen. Die Art, wie er seinen Oberlippenbart trug, war vermutlich seit dreißig Jahren aus der Mode. Maggie schätzte, dass er um die ein Meter neunzig groß sein musste. Ein Berg in Uniform.

Der kleinere Kollege war keineswegs schlanker, sah aber jünger aus. Auf seinen teigigen Backen blühten ungesund aussehende rote Flecken, während der Rest seines Gesichts auffällig blass war. Sein Haar war militärisch kurz geschnitten und schimmerte rötlich in der Junisonne.

»Haben wir telefoniert?«, fragte Gruber, darum bemüht, seinen schweren Dialekt verständlich über seine Zunge rollen zu lassen. In seinen nussbraunen Augen hing ein leichter Silberblick, der es schwer machte, einzuschätzen, ob er sie wirklich direkt ansah. Simon, der ähnliche Probleme damit zu haben schien, nickte verhalten und zeigte etwas unbeholfen auf die beschädigte Frontpartie des Wohnmobils. Gruber zuckte leicht mit seinem tonnenförmigen Kopf, woraufhin sein Kollege zu dem Fahrzeug eierte und die Stelle begutachtete.

Das Auftauchen der Polizei in Heindlsäge sorgte dafür, dass sich wie durch Zauberhand plötzlich wieder Leute auf der Straße herumdrückten. Durchweg ältere Personen, Rentnerinnen und Rentner, für die es keinen Grund mehr gab, das Dorf unter der Woche zu verlassen. Weder, um zur Arbeit zu fahren, noch die nächstgelegene Schule zu besuchen.

»Wo genau ist das passiert?«

»Vo da Haidmühl her«, tönte Otto, der von irgendwoher aufgetaucht war, ohne dass Maggie es bemerkt hatte. Er deutete in die Richtung, aus der sie gekommen waren, so selbstverständlich, als wäre er selbst Zeuge bei dem Unfall gewesen. Sofort begann Gruber mit dem Mechaniker eine Unterhaltung, der Maggie nicht folgen konnte, weil sich das Gesprochene erneut fremd und absolut unverständlich anhörte. Nur das Offensichtliche blieb, dass sich Otto und der Polizist gut kannten und dass sie ihr Aufeinandertreffen durchaus amüsierte. Der eine lachte über das Gerede des anderen und umgekehrt. Und als der zweite Polizist mit seiner Unfallschadensbegutachtung fertig war und sich dazugesellte, steuerte auch dieser ein helles Kichern bei.

»Wie geht's jetzt weiter?«, fragte Simon lauter als nötig. Wenn er sich aufregte, bekam er schnell rote Wangen, was nun deutlich zu sehen war. Maggie hoffte, dass er sich wegen der überstrapazierten Nerven jetzt nicht im Ton vergriff. Es war wichtig, dass diese Geschichte hier so reibungslos wie nur möglich verlief, damit sie bald weiterfahren konnten. Also morgen, so wie sich die Lage zurzeit darstellte. Morgen, aber keinen Tag später.

»Pressiert's?«, fragte Gruber zurück, deutlich bissiger als eben noch gegenüber seinem Dorfkumpanen. Offenbar war ihm wieder eingefallen, dass er es Simon zu verdanken hatte, dass er hierher hatte ausrücken müssen.

»Nein!«, beeilte sich Simon zu sagen. »Aber das Tier liegt halt dort im Straßengraben, und vielleicht findet es jemand und ...«

»'S wird schon nicht wegkommen. Oder kennt ihr einen, der einen überfahrenen Hund einpackt?«, warf Gruber in die Runde, was zu erneutem Gelächter führte.

Simon suchte Maggies Blick. Erwartete er, dass sie ihm den Rücken stärkte? Sich ebenfalls einmischte und damit den Testosteronspiegel dieser Hinterwäldler noch weiter nach oben trieb? Dafür wollte sie keinesfalls sorgen.

»Ihr Kollege hat auch noch keine Fotos vom Schaden gemacht«, beschwerte sich Simon offensichtlich zu unsensibel, um die Stimmung zwischen ihm und den Polizisten richtig zu deuten.

»Hast g'hört, Hannes, zefix, Fotos sollst machen«, feixte Gruber sarkastisch und grinste breit. Ebenso wie Hannes und Otto.

»Gut, wir machen es so«, begann Gruber. »Wir nehmen jetzt erst einmal Ihre Personalien auf, damit alles seine Ordnung hat. Und wenn wir danach noch lustig sind, schauen wir nach Ihrem Hund, einverstanden, der Herr?«

9

Der jüngere Polizist sammelte ihre Personalausweise ein und ging damit zum Streifenwagen. Obwohl Simon mit Gewissheit sagen konnte, dass es keinerlei Aktenvermerk über ihn gab, dass er jeden Strafzettel bezahlt hatte, den er sich je eingefangen hatte, und auch nicht über Punkte in der Verkehrssünderdatei in Flensburg verfügte, drängte sich ein mulmiges Gefühl seine Speiseröhre nach oben. Plötzlich befürchtete er, dass die Ordnungshüter dennoch irgendeine Sünde aus seiner Vergangenheit ausgruben. Hoffentlich bemerkte niemand, wie Simon zu schwitzen begann. Gelassenheit sah jedenfalls anders aus.

Der Polizist, den Otto vorhin mit Hannes angesprochen hatte, ließ sich alle Zeit der Welt. Simon hatte zunehmend den Eindruck, als zelebrierten die Uniformierten seine Verunsicherung, um damit ihre Machtposition zu demonstrieren. Seinetwegen hatten sie hier antanzen müssen, und irgendwie wollten sie ihn das jetzt spüren lassen. Er bemerkte, dass Maggie seine Hand genommen hatte. Hatte sie irgendwann etwas ausgefressen, wovon er nichts wusste? Nein, Maggie war so sauber wie er. Es gab nichts in ihrem Leben, das für sie jetzt in diesem Kaff zum Problem werden konnte. Das war einfach unmöglich.

Endlich wuchtete sich Hannes wieder aus dem Streifenwagen, ein älteres BMW-Modell, das überhaupt nicht danach aussah, als wäre es mit einer Technik ausgerüstet, die eine mobile Überprüfung von Personendaten möglich machte. Und soweit Simon sehen konnte, hatte der Polizist auch weder telefoniert noch den analogen Funk benutzt.

Der Mann mit der blassen Haut und den roten Haaren reichte ihm wortlos die Ausweise zurück und nickte dann Gruber zu.

»Sauber«, kommentierte dieser, wobei Simon klar war, dass er damit nicht Maggies und sein Strafregister meinte.

»'S wird gut sein, dass der Herr Schiermaier sich um Ihren Schaden kümmert, weil mit dem defekten Licht ist das Wohnmobil fahruntüchtig«, erklärte Gruber. Aus heiterem Himmel hielt er mit einem Mal die Fahrzeugpapiere in der Hand. Simon war entgangen, wie und wann Otto sie dem Polizisten zugesteckt hatte. »In welcher Verbindung stehen Sie zu dem hier eingetragenen Fahrzeughalter?«

»Das ist mein Schwager«, erklärte Simon, was Maggie mit einem Nicken unterstrich.

»Der Schwager, aha. Und das würde mir der Herr ...« Gruber schaute auf den Fahrzeugschein. »Der Herr Förster, der würde mir bestätigen, dass er Ihnen das Gefährt geliehen hat, wenn ich ihn anrufe?«

»Natürlich würde Lars das bestätigen«, ging Maggie dazwischen.

Gruber hob pikiert seine Hände. »Tschuldigens, dass ich g'fragt hab. Ihr Gatte hat auf eine Aufnahme der Sachlage bestanden«, erinnerte er sie. »Also mache ich meinen Job so gründlich, wie Sie das doch sicher erwarten.«

»Ja, alles gut!«, sagte Simon beschwichtigend. »Können wir jetzt einfach weitermachen?«

»Selbstverständlich«, säuselte Gruber. Dann wurde er von einer auf die andere Sekunde todernst. »Die Dame bleibt hier, und Sie fahren mit uns zur Unfallstelle!«, bestimmte er.

Simon spürte, wie Maggie seine Hand noch fester drückte. Die Geste war ein stilles Flehen, sie nicht allein zu lassen. Ihre Finger fühlten sich eiskalt an. Seine Gedanken rasten. Was, wenn er Gruber jetzt widersprach und damit diese leidige Geschichte weiter in die Länge zog? Denn das hier hinter sich zu bringen, das hatte ja wohl Vorrang. »Du kannst doch im Wohnmobil warten«, schlug er deutlich zu unentschlossen vor und baute dennoch darauf, dass sie verstand.

»Nein, bitte, Simon«, entgegnete sie und nahm ihm damit die Hoffnung auf eine Entscheidung ohne Diskussion.

»Ihre Gattin meint wohl, dass Sie die Stelle ohne sie nicht mehr finden«, sagte Gruber, was Hannes und Otto gleichermaßen erheiterte.

Simon wandte sich ihr zu. »Stell dich jetzt bitte nicht an, sonst kommen wir hier nie zu einem Ende«, murmelte er in ihr Ohr. Weil er aber nicht zu offensichtlich flüstern wollte, war ihm bewusst, dass alle Umstehenden es hören konnten. Maggie löste ihren Griff. Ihm graute bereits vor der Unterhaltung, die er wegen seines Spruches später wohl mit ihr führen musste. Doch jetzt hieß es standhaft bleiben. Sie sah ihm in die Augen. Ihr vorwurfsvoller Blick ließ keine andere Interpretation als die zu, dass sie sich von ihm kläglich im Stich gelassen fühlte. Er musste sich von ihr abwenden, um nicht doch noch gegen das angeordnete Vorgehen der Polizei zu protestieren. Danach ging alles ganz schnell. »Auf geht's jetzt, pack mas!«, tönte Gruber und versetzte Simon einen leichten, aber bestimmten Schubs hin zum Streifenwagen. Hannes stand dort schon parat und öffnete ihm die hintere Tür. Er rutschte auf die Rückbank. Die Tür schlug zu, und er starrte auf ein Gitter zwischen ihm und den Vordersitzen. Fast panisch zog er am Türöffner, ohne dass dieser entriegelte. Natürlich nicht. Wer in einem Einsatzwagen saß, konnte diesen nicht ohne das Wohlwollen der Polizei wieder verlassen.

Gruber wuchtete seinen massigen Körper hinter das Lenkrad. Der Sitz ächzte unter seinem Gewicht. Ebenso der von Hannes auf der Beifahrerseite. Der Motor sprang an, und sie setzten zurück, hinaus auf die Dorfstraße. Durch die leicht beschlagene Seitenscheibe konnte Simon einen letzten schnellen Blick auf Maggie erhaschen, die mit großen Augen zu ihm zurückstarrte. Otto war neben sie getreten und sah ihm ebenfalls nach. Mit einem schiefen Grinsen im Gesicht und dem öligen Lappen zwischen seinen Mechanikerpranken. Seine wulstigen Lippen bewegten sich, als formulierte er einen Abschiedsgruß. Es war nur ein kurzer Satz, und Simon konnte ihn nicht hören. Doch auf unerklärliche Weise hallten die Worte klar und deutlich in seinem Kopf wider. Die Botschaft des Autoschraubers war einfach und verstörend.

Lass dir Zeit!

10

Zuerst war er nicht einmal sicher, ob sie die richtige Richtung eingeschlagen hatten. Nach dem Ortsschild erkannte er nichts mehr wieder. Alles sah anders aus. Aber dann beruhigte er sich damit, dass er auf der Herfahrt kein Auge für die Umgebung gehabt hatte. *Ich war in Panik!* Nun, irgendwie war er das immer noch. Maggie ging es sicher ähnlich. Vermutlich würden sie morgen bereits darüber lachen. Morgen, wenn sie wieder unterwegs wären, weiter entlang der Grenze ... Weg aus diesem Heindlsäge.

»Sagens bittschön rechtzeitig Bescheid!«, tönte es von vorne. Gruber betrachtete ihn im Rückspiegel. Sie waren auf die Landesstraße eingebogen, auf der er besser hätte bleiben sollen, bis sie in einen richtigen Ort gekommen wären. Der Polizist hatte natürlich recht, er musste sich auf die Strecke konzentrieren. Sich erinnern. War die Unfallstelle nicht gleich hinter der nächsten Kurve?

»Fahren Sie langsam, ich glaube, es kommt gleich«, sagte Simon alles andere als sicher. Der Straßenabschnitt kam ihm völlig fremd vor, was auch daran lag, dass er vorhin aus der anderen Richtung hergefahren war. Jetzt befand sich der bewaldete Berg links. Und war da rechts nicht die Wiese, die sich den Hang runter erstreckte und in dem Feuchtgebiet endete?

»Stopp!«, rief er lauter als nötig. Gruber bremste. »Herrschaft!«, kommentierte Hannes das Manöver.

Simon zeigte nach vorne. »Da!«

Die Polizisten drehten sich beide zu ihm um, und Simon nickte. Gruber ließ das Polizeiauto noch ein Stück weiterrollen, bevor er stoppte und einen Schalter betätigte. Sofort kreiselte draußen ein bläulicher Schimmer um sie herum. »Dann schau ma mal!«, sagte er.

Hannes stieg als Erster aus. Wieder zog und schob er an seinem Gürtel. Das hellblaue Uniformhemd war ihm aus der Hose gerutscht. Für einen Augenblick konnte Simon seinen nackten, haarigen Bauch sehen. »Sie bleiben erst mal sitzen!«, entschied Gruber und folgte seinem Kollegen.

Sehr witzig, dachte Simon. Er wusste, dass er die Tür nicht selbst öffnen konnte.

Von seinem Platz auf der Rückbank beobachtete er, wie die beiden Polizisten nebeneinander am Straßenrand entlanggingen. Nachdem sie sich etwa dreißig Meter vom Einsatzwagen entfernt hatten und immer noch nicht stehen blieben, war Simon überzeugt, dass sie den Kadaver übersehen hatten. Oder schlimmer noch, das Tier lag nicht mehr im Graben. Konnte sein, dass jemand angehalten und den Wolf mitgenommen hatte? Obwohl es im Wagen deutlich wärmer als draußen war, lief es Simon eiskalt den Rücken runter. Ihm kam in den Sinn, dass noch eine weitere Möglichkeit blieb, warum die Polizisten keine Spur mehr von dem vermeintlichen Hund entdeckten. Der Aufprall hatte den Wolf gar nicht getötet, sondern für geraume Zeit einfach nur besinnungslos gemacht. Und während sich Simon mit den Widrigkeiten in Heindlsäge rumärgern musste, hatte das Vieh wieder das Bewusstsein erlangt. Gruber und sein Kollege würden sich dadurch erst recht verarscht vorkommen … An der Reaktion der Uniformierten erkannte Simon sofort, dass er den Gedanken über einen Wolf, der sich schwer verletzt zurück in den Wald geschleppt hatte, nicht weiterzudenken brauchte. Sie hatten das Tier entdeckt, so angewurzelt, wie sie plötzlich verharrten. Beide traten einen Schritt weiter vor, runter vom Asphalt ins Gras, das dort fast kniehoch aus dem Graben wuchs. Jetzt würden sie erkennen, dass es doch nicht nur ein Hund war. Gruber sah in seine Richtung, als wollte er überprüfen, ob er noch im Auto saß. Währenddessen stieg Hannes runter in den Graben, was bei seiner Leibesfülle komisch aussah. Simon fand trotzdem keinen Grund zu lachen. Etwas hatte sich verändert. Das Desinteresse, das Gruber und sein Kollege seit ihrem Aufeinandertreffen an den Tag gelegt hatten, war schlagartig verschwunden. Selbst auf die Entfernung und durch die verschmierte Windschutzscheibe war ihre plötzliche Anspannung zu erkennen. Der Wolf hatte sie in fast schon übertriebene Aufruhr versetzt. Erneut warf Gruber einen Blick in seine Richtung. Dann holte er sein Handy aus einer der aufgenähten Taschen seiner Uniformhose und begann zu telefonieren. Gruber gestikulierte dabei wild herum. Schließlich nickte er seinem Kollegen zu, ohne das Gespräch zu unterbrechen. Hannes kletterte schwerfällig aus dem Graben und kam auf Simon zu. Jetzt waren nicht nur seine feisten Backen, sondern sein ganzes Gesicht tiefrot. Die rechte Hand lag auf dem Griff seiner Dienstwaffe, mit links öffnete er die Tür.

»Langsam aussteigen!«, befahl er.

Simon rutschte von der Rückbank und suchte Halt am Türrahmen, um sich aufzurichten. Der Polizist fixierte ihn aus starren Augen, seinen Mund zu einem schmalen Schlitz zusammengepresst. Simon unterdrückte den Impuls, die Arme hochzunehmen.

»Geh ma!«, sagte Hannes und wies mit seinem Doppelkinn rüber zu Gruber, der nach wie vor das Handy am Ohr hatte. Als er sah, dass Simon mit Geleitschutz auf ihn zukam, drehte er ihnen den Rücken zu.

»Halt!«, befahl Hannes hinter ihm, nachdem sie sich bis auf drei Meter der Stelle genähert hatten, an der das Raubtier im Straßengraben verendet war.

»Ich weiß, ich hätte was sagen sollen ... Also, dass es wahrscheinlich kein Hund ist«, stammelte Simon.

»Schnauze!«, zischte Gruber. Das Telefonat war beendet.

»Handschellen?«, fragte Hannes.

»Handschellen!«, entschied Gruber. Sein Dauergrinsen war verschwunden.

»Hey, Leute«, versuchte Simon zu intervenieren. Der Schweiß war entlang seiner Wirbelsäule zu Eis gefroren.

»Ganz still jetzt, Birscherl!«, knurrte Gruber. »Hände auf'n Rücken!«

Simons Kopf wollte sich weigern, doch seine Arme befolgten die unmissverständliche Anweisung sofort. Er spürte kaltes Metall, hörte das Ratschen der Bügel, die sich schmerzhaft eng um seine Handgelenke schlossen. »Wirklich, Herr Gruber, ich ... Wir waren uns wirklich nicht sicher, ob's ein Wolf ...«

Gruber legte seinen Zeigefinger auf seine wulstigen Lippen, und die Geste brachte Simon zum Schweigen. Dann machte er eine kaum vernehmliche Bewegung mit dem Kopf hin zu der Stelle neben der Straße. Eine wortlose Aufforderung an Simon, einen Blick zu riskieren. Simon musste zwei weitere Schritte in diese Richtung machen, bis er sah, was er sehen sollte. Ohne Vorwarnung wich sämtliche Kraft aus seinen Beinen, und hätte Hannes nicht seinen Oberarm gepackt, wäre er vermutlich der Länge nach auf den spröden Asphalt gestürzt, ohne die Möglichkeit, sich mit den Händen abzufangen. So ungebremst und hart aufzuschlagen, wäre ihm in dieser Sekunde sogar lieber gewesen als die durch fremde Hilfe erzwungene aufrechte Haltung. Denn so blieb sein panischer Blick auf den toten Körper gerichtet, der noch immer dort unten im Graben zwischen all dem Unkraut lag. Nur dass es kein Wolf mehr war, sondern eine nackte Frau.

TEIL 2

MEI, DIE MARIA

11

Der Drang, wieder zurück ins Wohnmobil zu fliehen, war übermächtig. Es kostete sie viel Willenskraft, dem nicht nachzugeben. Aber wenn sie jetzt Schwäche zeigte, signalisierte sie doch nur, was für eine hilflose Frau sie war. Und diesen Eindruck wollte sie Otto nicht vermitteln, der sich erneut eine Zigarette angesteckt hatte. Diesmal machte er sich nicht die Mühe, den Rauch von ihr wegzublasen. Er stand da und lauerte. *Gib ihm keinen Grund, die Anzüglichkeiten loszuwerden, die ihm aus seinen Schweinsaugen leuchten.* Doch es war nicht nur Ottos anmaßendes Verhalten, das den Zorn in ihr befeuerte. Sie verwünschte auch Simon, der sie hier einfach so widerstandslos allein gelassen hatte. Maggie hatte nicht vor, weiterhin den Eindruck der gefügsamen Ehefrau zu hinterlassen. »Gibt es einen Bäcker im Ort?«

Otto runzelte seine fliehende Stirn. »Bäcker?«

»Ja, Bäcker! Sie wissen, was das ist, oder?«

Der Mechaniker grinste. Die Provokation amüsierte ihn. Er zog an seiner Salem, blickte dabei hinauf in den Himmel und kniff die Augen zusammen, als beurteilte er am Sonnenstand, wie spät es war. »Semmeln kriegst vorn bei der Emerenz. Wennst Glück hast«, verriet er ihr.

»Emerenz?«

»'S Wirtshaus.«

Jandelsbrunner, dachte Maggie. »Alles klar. Dann versuche ich mal mein Glück«, sagte sie und ging zum Wohnmobil. In der Spiegelung der Windschutzscheibe sah sie, dass Otto ihr hinterherstierte. Maggie war froh, die Tür hinter sich zuzuziehen und verriegeln zu können. Es war ihr egal, dass Otto das mitbekam. Maggie nahm ihren Rucksack, den sie zwischen die Sitze geschoben hatte. Außerdem zog sie den Zündschlüssel ab, den hatte Simon vorhin einfach stecken lassen. Dann ging sie nach hinten, dorthin, wo Otto sie nicht mehr sehen konnte. Sie fischte ihr Handy aus der Tasche, weil sie für den Moment dachte, dass sie Lars wegen des Schadens an seinem Wohnmobil Bescheid sagen müsste. Aber sie hatte keinen Empfang, was ihr gar nicht unrecht war. So konnte sie die Unterhaltung mit ihrem Bruder noch etwas aufschieben. Ohne bestimmten Grund rief sie ihren Bilderordner auf. Maggie sah sich die Fotos an, die sie von dem Wolf gemacht hatte.

Dass es eine Fähe war, das war freilich nur ein Gefühl. Selbst wenn das Tier nicht tot und widernatürlich in sich verdreht im Gras gelegen hätte, hätte sie vermutlich keine Bestimmung des Geschlechts vornehmen können. Trotzdem war sie davon überzeugt. Woher wusste sie überhaupt, dass man einen weiblichen Wolf *Fähe* nannte? Sie konnte sich nicht erinnern, wo und wann sie das jemals aufgeschnappt oder gelesen haben könnte. *Haben wir zwei eine besondere Verbindung?* Trauer übermannte sie. Sie war nie sonderlich an Tieren interessiert gewesen, hatte ihre Eltern früher weder um einen Hund oder eine Katze angebettelt. Auch reiten wollte sie nicht, obwohl viele ihrer Schulfreundinnen damals auf Pferde regelrecht versessen waren. Doch der Tod der Wölfin bedrückte sie. Sehr sogar. *Es tut mir leid, dass wir dir das angetan haben.*

Schnell steckte sie ihr Handy weg. Es war Zeit, sich mit etwas Sinnvollem zu beschäftigen. Vorsichtig schielte sie durchs Fenster nach draußen. Der geteerte Platz vor der Werkstatt war leer. Otto hatte sich verzogen, was sie aufatmen ließ. Eilig sprang sie nach draußen. Sie betätigte die Zentralverriegelung und hörte die Schlösser knacken. Ohne sich erneut nach dem Mechaniker umzusehen, schulterte sie den Rucksack und überquerte die Straße. Nachdem sie um die Ecke des Nachbargebäudes gebogen war, konnte sie ein langes Stück der Dorfstraße einsehen. Das, was sie bei ihrer Ankunft in Heindlsäge schon bemerkt hatte, fand Bestätigung. Das Dorf bestand nur aus zwei Häuserzeilen rechts und links der Straße. Zwischen den Lücken in der Bebauung konnte sie die dahinterliegenden Wiesen sehen, die wiederum zu beiden Seiten von Wald begrenzt wurden. Von irgendwoher bellte ein Hund. Dazu mischte sich leise, aber schrill das Kreischen einer Säge. Es war keine Menschenseele unterwegs, dennoch fühlte sie sich aus den dunklen Fenstern heraus beobachtet, an denen sie vorüberging. Erneut prüfte sie, ob sie Empfang hatte, doch die Verbindung ließ auf sich warten. Lag es an ihrem Anbieter, oder lebten die Leute in diesem abgeschiedenen Ort alle ohne Mobilfunknetz?

Etwa hundert Meter voraus entdeckte sie das Schild des Wirtshauses. Als sie vorhin daran vorbeigefahren waren, war ihr die Distanz bis zu Ottos Werkstatt nicht annähernd so weit vorgekommen. Zwangsläufig dachte sie an Simon und hoffte, dass er die Sache mit der Polizei irgendwie geregelt bekam. Je länger das Aufeinandertreffen mit den Polizisten vorhin andauerte, desto mehr hatte sie der Eindruck beschlichen, dass die Beamten nur darauf warteten, dass Simon oder sie eine Dummheit begingen. Etwas, das den Uniformierten als Anlass dienen konnte, sie festzunehmen. Aber vielleicht interpretierte sie da auch gerade was hinein. Schließlich waren sie nicht irgendwo im Wilden Westen oder in einem autokratischen Staat, in dem Willkür über dem Gesetz stand. Das hier war immer noch Europa ...

Maggie erreichte das Wirtshaus, das ein wenig von der Straße zurückversetzt war. Pflastersteine säumten den Eingangsbereich. Das Gebäude war alt und hätte durchaus Charme haben können, doch alles sah heruntergekommen und verwahrlost aus. Nicht nur, dass der Fassade ein Anstrich gut getan hätte. Von den Fensterrahmen blätterte die Farbe, und aus den Blumenkästen darunter ragten nur die vertrockneten Stängel des vor langer Zeit verwelkten Blumenschmucks. Erneut las sie den von der Brauereiwerbung eingerahmten Namen über dem Eingang. *Gasthaus Emerenz*. Das klang, als wäre das Lokal nach einer Frau benannt. Hätte ihr Handy funktioniert, hätte sie es gegoogelt. Jetzt, da sie direkt davorstand, fiel ihr zudem eine uralte, von Rissen durchzogene Emailletafel auf. *Hauseigene Schlachtung* verkündete das Schild, das neben dem Eingang an die Wand geschraubt worden war, von der der schmutzgraue Rauputz bröckelte.

Maggie streckte ihre Hand vorsichtig nach dem schmiedeeisernen Knauf aus. Obwohl die Tür massiv und schwer aussah, ließ sie sich ohne großen Widerstand aufdrücken. Die Kühle, die ihr beim Eintreten aus dem gekachelten Gang entgegenwehte, verursachte ihr eine Gänsehaut. Der rund gemauerte Flur verlor sich im Zwielicht. Es roch nach kaltem

Rauch, verschüttetem Bier und angebratenen Zwiebeln. Nach Röstaromen, aber nach denen von der ekligen Sorte. Und da war noch ein Geruch. Fleisch. Totes, kaltes Fleisch. Nun, vielleicht bildete sie sich Letzteres auch nur ein, denn über all den unangenehmen Aromen, die da in der Luft hingen, schwebte auch noch der beißende Gestank von Ammoniakreiniger, der nur von den Gästetoiletten stammen konnte, die sehr wahrscheinlich am Ende des Gangs lagen. Nach fünf Schritten zweigte eine Tür ab, in deren oberen Teil bräunlich irisierendes Ornamentglas verbaut war. Das Schild auf Sichthöhe wies auf die Gaststube hin. Maggie trat ein und ließ dabei ein verhaltenes *Hallo* ertönen. Der Schankraum war nicht sonderlich groß. Eine durchgängige, mit der Wand verschraubte Bank erstreckte sich über zwei Seiten des Raumes. Daran aufgereiht waren vier Tische mit je sechs Stühlen. Gleich vor den Tresen hatte man einen weiteren, deutlich größeren Tisch gerückt. Eindeutig der Platz, an dem die Stammgäste hockten, wenn Betrieb in der Wirtschaft war. Jetzt gab es niemanden, der ihr hätte antworten können. Sie war allein bis auf ein halbes Dutzend ausgestopfter Jagdtrophäen, die auf an die Wand gedübelten Holzpodesten drapiert waren und mit leblosen Glasaugen auf sie herabstarrten. Ein Fuchs, ein Hase, ein Dachs, dazu zwei Raubvögel mit ausgebreiteten Schwingen und ein Auerhahn. Die präparierten Tiere schienen schon seit Jahrzehnten ihr eingefrorenes Dasein in diesem Lokal zu fristen und warteten allesamt trotz der taxidermischen Behandlung auf ihre baldige Auflösung. Egal ob Fell oder Gefieder, die ehemals konservierten Hüllen der Wildtiere waren nur noch erbärmlich anzusehen. Vielleicht würden die Wirtsleute in der Ecke neben den Butzenglasfenstern, die aktuell noch von einem kränklich aussehenden Gummibaum und einem nach Wasser lechzenden Benjamini beansprucht wurden, demnächst einen Wolf präsentieren, kam Maggie in den Sinn. Im selben Moment vernahm sie die schlürfenden Schritte in ihrem Rücken und fuhr erschrocken herum. Fast war ihr, als wäre einer der seelenlosen Tierkörper zu ihr herabgestiegen, und betrachtete sie nun aus einem blinden Auge heraus. Doch die milchig trübe Iris gehörte einer uralten, gebeugten Frau, die scheinbar aus dem Nichts gekommen war. Sie war dürr und wirkte ähnlich vertrocknet wie der Ficus am Fenster. Maggie war sicher, nie zuvor einem älteren Menschen gegenübergestanden zu haben. Die Greisin musste mindestens hundert Jahre alt sein. Die Kittelschürze mit dem ausgeblichenen Blumenmuster war ihr drei Nummern zu groß. Darunter hervor ragten zwei dürre, in löchrigen Wollsocken steckende Beine mit speckigen Filzpantoffeln an den Füßen. Ihr schlohweißes Haar verbarg sie größtenteils unter einem erdfarbenen Kopftuch. »Mei, die Maria, kommst die Milch holen?«, fragte sie mit krächzender Stimme. Offenbar fehlte es auch dem zweiten, noch intakt aussehenden Auge an ausreichend Sehkraft. Allerdings waren die Lampen in der Gaststube aus, und auch die Bleiverglasung der Fenster ließ nicht sonderlich viel Tageslicht herein. Da konnte man sich schon einmal in einer Person irren, vor allem wenn man so steinalt war.

»Sie verwechseln mich«, sagte Maggie.

»Was redest denn«, widersprach die Alte.

»Nein, ehrlich, ich bin nicht Maria. Ich bin nur hier, weil man mir gesagt hat, dass ich hier Brötchen ... ich meine Semmeln kaufen kann.«

Die Frau kam noch einen Schritt näher und sog, von einem Röcheln unterlegt, scharf die Luft ein. Das gesunde Auge zuckte mehrmals auf und ab. Maggie fragte sich, ob es sich bei der Alten um jene Emerenz handelte, nach der das Wirtshaus benannt war. »Semmeln«, wiederholte sie. »Fünf Stück, wenn Sie hätten.«

Die Greisin hob ihre Hand und streckte ihr einen von dicken Arthritisknoten gekrümmten Zeigefinger entgegen. Maggie konnte nicht umhin, sich leicht nach hinten zu beugen, als die kalte Fingerkuppe nach ihrer Wange tastete und zweimal sanft daran auf- und abstrich. Sie hielt ganz still und ließ die vertrauliche Berührung über sich ergehen.

»'S tut mir leid«, murmelte die Seniorin.

»Ist nicht schlimm«, erwiderte Maggie, wagte aber nicht zu fragen, ob es noch anderswo im Ort eine Möglichkeit zum Einkaufen gab. Von irgendwoher aus dem Durchgang neben der Theke war ein Knarzen zu hören.

»Geh jetzt!«, verlangte die Frau, nachdem ihre vom Alter und von lebenslanger, harter Arbeit zerschundene Hand in der ausgebeulten Tasche ihrer Schürze verschwand. Maggie nickte, doch bevor sie sich abwenden konnte, gab ihr die Greisin, die vielleicht Emerenz hieß, noch ein paar letzte Worte mit auf den Weg. »Geh und schau dich nicht um!«

12

Sie gaben ihm keine Zeit für Erklärungen. Andererseits hätte er auch nicht gewusst, was er sagen sollte. Wie konnte man etwas rechtfertigen, wenn man es nicht verstand? Woher kam diese Frau? Er steckte in einem Albtraum.

Auf Befehl von Gruber brachte Hannes ihn zurück zum Streifenwagen und verfrachtete ihn mit einem groben Griff in den Nacken zurück auf die hinteren Sitze. Die Tür schlug zu, und er war wieder eingesperrt. Wegen der hinter dem Rücken gefesselten Hände konnte er sich nicht anlehnen und versteifte sich damit noch mehr. Er beobachtete, wie Hannes breitbeinig zurück zu seinem Kollegen ging. Dann standen sie über der Leiche und schienen zu diskutieren. Augenscheinlich waren auch sie überfordert mit der Situation, denn sie verhielten sich nicht, wie Ordnungskräfte dies in einer derartigen Krise tun sollten. Sie riegelten nicht die Straße ab, brachten keine Absperrbänder rund um den Fundort an und bedeckten die Tote auch nicht mit einer Plane, so wie er das aus Fernsehkrimis kannte. Sie standen einfach nur da, gestikulierten und redeten, ohne dass Simon etwas davon hören konnte. Immerhin hatte Gruber vorhin telefoniert, weshalb er davon ausging, dass demnächst Verstärkung eintraf. Kompetente Leute, die wussten, was zu tun war und mit denen sich vernünftig reden ließ. Vermutlich hatten sie auch einen Rettungswagen bestellt, den die Frau im Graben aber eindeutig nicht mehr brauchte. Sie war nicht mehr zu retten, da war er sich so sicher wie bei dem Wolf, den er angefahren hatte. Das hatte er gesehen, auch wenn die Polizisten ihm nur einen kurzen Blick gestatteten. Er nahm an, sie hatten ihm die Tote nur gezeigt, um eine Reaktion von ihm zu provozieren. Was hatte Gruber erwartet? Er hoffte, sein Entsetzen und sein Unverständnis waren ihnen nicht entgangen.

Wie hatte dieser herrliche Urlaubstag nur in so einem Fiasko enden können? Und vor allem, wie sollte er glaubhaft versichern, dass er auf keinen Fall eine Frau überfahren hatte? Noch dazu eine nackte? Die Panik rollte in Wellen heran, und in jedem dieser Wellentäler, in denen die Vernunft noch einigermaßen Luft bekam, versuchte er, seine herumwirbelnden Gedanken unter Kontrolle zu bekommen. Maggie würde seine Aussage freilich bestätigen. Aber ließen die Beamten das gelten? Wieso trug sie nichts am Leib?

Als Gruber die Fahrertür öffnete, schreckte er zusammen. Der Polizist setzte sich hinters Steuer. Sein Kollege war an Ort und Stelle geblieben.

»Was passiert jetzt?«, fragte Simon kleinlaut. Statt zu antworten, startete Gruber den Wagen und begann auf der Landstraße zu wenden.

»Kennen Sie die Frau?«

Gruber hörte auf, am Lenkrad zu kurbeln, und suchte seinen Blick im Rückspiegel. »Das sollt ich Sie fragen!«

Simon schüttelte heftig den Kopf. »Mir ist völlig schleierhaft, wer das ist, und ich habe sie auch nicht überfahren«, sagte er und versuchte dabei, so bestimmt und ruhig wie möglich zu klingen.

Gruber sah ihn ungläubig an.

»Sie haben doch die Tierhaare gesehen, die sich in dem gesprungenen Scheinwerferglas verfangen haben. Und das Blut, das testen Sie doch, oder? Dann klärt sich alles auf.«

»Schau ma mal«, brummte Gruber, drosch den Rückwärtsgang rein und führte sein Wendemanöver fort.

»War sie aus dem Dorf?«, hakte Simon nach.

»Maul jetzt da hinten!«, herrschte Gruber ihn an. Er brachte den Wagen endlich in Fahrtrichtung Heindlsäge und gab Gas, dass die Räder durchdrehten. So verhielten sich überdrehte Cops in schlechten amerikanischen Filmen, aber nicht deutsche Polizeibeamte. Was sich hier abspielte, war doch nicht normal. Der Verdacht, dass irgendwas absolut verkehrt lief, wurde immer stärker. Plötzlich war er davon überzeugt, dass Gruber sehr wohl wusste, wer die Tote im Straßengraben war. Simon hatte nur keinen Plan, wie ihm diese Erkenntnis weiterhalf. Außerdem zwang ihn Grubers rasante Fahrweise augenblicklich zu ganz anderen Dingen. Wegen der Handschellen konnte er sich nicht festhalten und wurde auf der kurvigen Straße wild hin- und hergeworfen. Trotz der Eile, die der Polizist an den Tag legte, nahmen die paar Kilometer bis ins Dorf kein Ende. Wobei er nicht einmal sicher war, ob er nicht unverzüglich ins nächstgelegene Polizeirevier verfrachtet wurde, was unter den gegebenen Umständen durchaus denkbar war. Als Gruber wieder vor Ottos Werkstatt hielt, beschwichtigte das ein wenig sein Gemüt. Simon war nassgeschwitzt, und gefühlt schmerzte ihn jeder Muskel, den er in den letzten Minuten dazu eingesetzt hatte, sich unter den erschwerten Bedingungen einigermaßen auf dem Rücksitz zu halten. Allerdings war er auch wieder bei Maggie. Er rappelte sich auf und sah nach draußen, konnte sie aber nirgendwo sehen. Vermutlich hatte sie sich vor Otto im Wohnmobil in Sicherheit gebracht. Beim Gedanken an seine Frau fiel ihm noch etwas ein, das seine Aussage belegte. »Maggie hat Fotos gemacht, von dem Wolf«, sagte er. »Das, zusammen mit dem Blut und den Haaren, das beweist doch, dass ich die Wahrheit sage.«

Gruber mühte sich wortlos aus dem Wagen. Auch er schwitzte stark. Mit einer Mischung aus Misstrauen und Verzweiflung beobachtete er, wie der Polizist zum Wohnmobil ging, um sich erneut den Unfallschaden anzusehen. Ohne sich Einweghandschuhe überzustreifen, betatschte er den eingedellten Bereich an der Stoßstange. Verdammter Dilettant!

Wo steckte Maggie? Wieso kam sie nicht heraus? Simons Nerven lagen blank. Gruber kam zurück und machte ihm die Tür auf. Grob zerrte er ihn aus dem Polizeiauto.

»Bin ich verhaftet?«, fragte Simon.

»Vorerst besteht nur ein Tatverdacht. Wir warten ab, was die weiteren Ermittlungen ergeben, und bis dem so weit ist, bleiben Sie hier! Das gilt auch für Ihr Gefährt!« Der Polizist war darum bemüht, sein bestmögliches Hochdeutsch zu sprechen. »Haben Sie mich verstanden?«

Simon nickte mechanisch. Er schielte rüber zum Wohnmobil. Keine Maggie. Gruber nahm ihm die Handschellen ab. Der Stahl hatte ihm die Handgelenke wund gescheuert. Ohne ein weiteres Wort marschierte der Polizist in die Werkstatt. Simon hörte ihn nach Otto rufen. Endlich konnte er sich auch aus seiner Starre lösen, rannte zum Wohnmobil, riss an der Tür, aber die war abgeschlossen. Was zum Teufel? Er klopfte seine Hosentaschen ab, auch wenn er vorher schon wusste, dass er den Schlüssel nicht eingesteckt hatte. Schließlich hämmerte er an die Tür. »Maggie, mach auf!« Simon horchte. Drinnen war es so still wie draußen. »Maggie?«

Nichts. Kein Mucks, keine Maggie.

13

Simon schaute aufs Handy. Null Empfang. Selbst wenn sie ihm eine Nachricht geschrieben hatte, sie käme nicht bei ihm an. Er schickte einen unterdrückten Fluch zum Himmel. Plötzlich stand Otto neben ihm. Simon zuckte zusammen, was ihm augenblicklich peinlich war. »Verdammt«, zischte er.
»Soll i helfen?«
»Was?«
»Mit der Tür?«
»Wo ist sie?«, fragte er aufgebracht.
»Wer?«
»Meine Frau, wer sonst?«, fauchte Simon.
Otto kicherte. »I mach doch nur Gaudi, i weiß doch, wenst suchst. Sie wollt zum Bäcker.«
»Zum Bäcker. Gut.« Vermutlich war es tatsächlich schlau, etwas zu essen, auch wenn er gerade keinerlei Appetit verspürte.
»Was is jetzt?«, wollte Otto wissen und drehte einen kleinen Schraubenzieher zwischen seinen Wurstfingern, mit dem er auf die Wohnmobiltür zeigte. Simon zuckte mit den Schultern. Er hatte keinen Bock darauf, zu warten, bis Maggie wieder da war und ihm aufschloss. »Mach's bloß nicht kaputt!«, mahnte er. Otto grinste, dann begann er in dem

Schließzylinder herumzustochern. Dabei glitt ihm immer wieder seine Zunge seitlich aus dem Mund. Simon wandte sich ab. Er wollte nicht mit ansehen, wie noch etwas an Lars Heiligtum zerstört wurde. Maggie würde deswegen ausrasten, aber dieses verfickte Türschloss war momentan wirklich sein kleinstes Problem. Wieder sah er auf die Uhr auf dem Handydisplay. Seine Gedanken überschlugen sich. Wer war die Tote? Warum war sie nackt? *Weil sie ein Werwolf war.* Stirbt ein Werwolf, verwandelt er sich wieder in den Menschen zurück, der er vorher war. Verflucht, er sollte aufhören, derartige Filme zu schauen, schalt er sich.

Gruber kannte die Frau. Daran sollte er sich festbeißen, statt sich in unsinnigen Märchenfantasien zu verlieren. Wo steckte der Dorfsheriff? Der Streifenwagen stand noch da, aber wohin war der Polizist verschwunden? Hockte er auf dem Klo? Warum hatte er ihn nicht mit aufs Revier genommen? Vielleicht hatte er nur zu viele Fernsehkrimis gesehen. Womöglich funktionierte Polizeiarbeit in der Realität ganz anders?

»Sauber«, hörte er Otto sagen. Er drehte sich um. Das Wohnmobil war offen. Der Mechaniker baute sich vor ihm auf, als wollte er für seine Tat gelobt werden.

»Schreib es mit auf die Rechnung«, kommentierte Simon die Tat des Autoschraubers, drückte sich an ihm vorbei und kletterte ins Wohnmobil. Er zog die Tür hinter sich zu und wurde davon überrascht, dass sie sich trotz der eben erfolgten Manipulation am Schloss dennoch absperren ließ. Die Luft hier drinnen roch abgestanden. Auch wenn es sinnlos war, schaute er nach hinten, wo er nur ein leeres Bett vorfand. Er inspizierte auch die Nasszelle und lief dann bis ganz nach vorne durch, als erwartete er, dass Maggie in irgendeiner Nische kauerte. Wie lange konnte es dauern, Brötchen zu kaufen? Jedenfalls fehlte ihr kleiner Rucksack, in dem sie ihr Portemonnaie verwahrte. Otto hatte also keinen Unsinn erzählt. Simon setzte sich an den Tisch. Nach zehn Sekunden stand er wieder auf und holte eine Dose Cola aus dem Kühlschrank. Die letzte. Maggie hatte ihn deswegen angepflaumt, weil er Dosen statt Flaschen gekauft hatte. Er hatte sich damit verteidigt, dass sie handlicher und besser zu verstauen waren, aber irgendwie ging es ihr dennoch gegen den Strich. Mal davon abgesehen, dass sie es nicht mochte, wenn er *das süße Zeug* trank. Sie hatte ja recht, er ernährte sich schlecht, und das sah man ihm auch an. Er aß zu viel und zu ungesund und bewegte sich dafür viel zu wenig. Fünf Kilo sollte er mindestens abspecken, aber sich nach der Arbeit noch sportlich zu verausgaben, dazu konnte er sich gerade nicht motivieren. Schon gar nicht, seit die Schulden, die er wegen des Wohnungskaufs gemacht hatte, so bleischwer an ihm hingen. Mindestens dreißig Jahre würde er daran abzahlen, bis die Kredite getilgt waren. Das klang damals, aus dem Mund des Finanzierungsberaters noch deutlich weniger aussichtslos, als es sich jetzt anfühlte. Dreißig Jahre an die Bank gekettet, das war in Deutschland zweimal lebenslänglich. *Wenn es ihnen finanziell reinpasst, machen Sie Sondertilgungen, dann geht es schneller.* Scheißdreck! Solange Maggie nicht einem ordentlich bezahlten Vollzeitjob nachging, konnte dieser Anzugschnösel von der Bank sich seine Sondertilgung in die Haare schmieren.

Verdammt, wo blieb Maggie?

Simon leerte die Cola. Vielleicht würde er ab jetzt nur noch Wasser trinken. Viel Wasser, so wie Maggie ihm das vormachte. Und außerdem seinen Plan durchziehen, in diesem Urlaub täglich fünfzehn bis zwanzig Kilometer zu wandern. Die Berge hoch. Das war sein angestrebtes Fitnessprogramm. Ab morgen. Sobald sie hier wegkamen. Er tat das doch nicht nur für sich, sondern vor allem für Maggie. Für seine Traumfrau. Maggie, die einfach immer umwerfend aussah, auch wenn sie das nie von ihm hören wollte. Aber natürlich wusste sie es. Wusste, dass sie viel zu attraktiv war für einen wie ihn. Einen Nerd, der körperlich nicht wirklich in Form war. Der mit Ende zwanzig schon viel zu dünnes Haar bekam. Der mehr machen könnte, konditionell und im Kampf gegen die Kilos, die er zu viel auf den Rippen hatte. Im Gegensatz zu ihm war Maggie perfekt. Groß, sportlich, schlank. Er liebte ihre dunklen, tiefgründigen Augen, den sinnlichen Mund, die hohen und dennoch weichen Wangenknochen, die ihr Gesicht so wunderschön einrahmten. Seit ein paar Wochen trug sie ihre schwarzen Haare kürzer, nur noch bis knapp über die Ohren. Auch das mochte er. Alles in allem war es für ihn immer noch unverständlich, wie er, dieser langweilige Durchschnittstyp, für Maggie hatte interessant sein können. So interessant, dass sie sogar einwilligte, seine Frau zu werden.

Simon schlug mit der flachen Hand auf den Tisch, so fest, dass die leer getrunkene Dose wegflog und zu Boden schepperte. Gleichzeitig startete draußen ein Motor. Gruber, verdammt. Er hatte dem Polizisten doch die Fotos auf Maggies Handy zeigen wollen. Simon hetzte zur Tür. Als er sie endlich offen hatte, sah er nur noch die Rücklichter des Streifenwagens. Vielleicht fuhr er noch mal zum Unfallort? Würde demnächst jemand von der Spurensicherung auftauchen, um Proben von dem Blut an der Stoßstange zu nehmen? Damit hätte das Drama bald ein Ende. Seine Unschuld wäre bewiesen. Er stieg aus, sah die Straße rauf und runter. Keine Spur von Maggie. Simon fragte sich, wo hier ein Bäcker war. Er konnte sich nicht erinnern, einen Laden gesehen zu haben, als sie in den Ort gefahren waren, also wandte er sich in die Richtung, die er noch nicht kannte. Es benötigte keine fünf Minuten, bis er den Ortsausgang erreichte und die Bebauung endete, ohne dass er fündig geworden war. Er hatte niemanden zu Gesicht bekommen. Heindlsäge war wie ausgestorben an diesem Junitag, aber vermutlich galt das auch für den Rest des Jahres. Von irgendwoher wehte ihm der Geruch von frisch gemähtem Gras entgegen, gemischt mit dem Gestank nach Schweinemist. Der beißende Mief von Schweinefäkalien war ihm nicht fremd, den kannte er aus dem Dorf, in dem seine Großeltern lebten. Ab und an, wenn der Wind ungünstig für das ländliche Anwesen stand, konnte man die Ausdünstungen des in der Nähe gelegenen Mastbetriebs über Omas Kaffeetafel hinweg riechen. Eine Erfahrung, auf die er gerne verzichtet hätte. Frustriert kehrte er um, trottete die Straße zurück, bis er wieder vor der Werkstatt stand. Die Tür war verschlossen. Er klopfte. Rief nach Otto, bekam aber keine Antwort. War der Mechaniker vorhin mit Gruber weggefahren? Aber wieso hätte er das tun sollen? Verärgert rüttelte er an der Klinke, aber alles, was es ihm einbrachte, war eine ölverschmierte Handfläche. Er könnte das Wohnmobil nehmen, statt weiter zu Fuß nach ihr zu suchen. *Ich scheiße auf die Anweisung des Oberbullen.* Doch dann fiel ihm wieder ein, dass Maggie den Schlüssel mitgenommen hatte. *Der Zweitschlüssel.* Er klatschte sich gegen die Stirn. *Natürlich, im Handschuhfach.* Er brauchte zehn Sekunden, bis er ihn genau dort aufstöberte. Von neuer Energie durchströmt, setzte er sich hinters Lenkrad, steckte den Zündschlüssel in den dafür vorgesehen Schlitz und drückte den Startknopf. Nichts passierte. Verdammt. Immer das Gleiche. Gang raus, Fuß auf die Bremse, Knopf drücken. Es blieb still unter der Motorhaube. Was war da los? Erst jetzt blickte er aufs Armaturenbrett. Dort leuchtete ihm kein einziges Signallämpchen entgegen. Die Karre war so tot wie das Kaff, in dem sie gelandet waren.

14

Aus dem Nichts stand er vor ihm. Wie ein Gespenst. Glotzte ihm durch die Windschutzscheibe entgegen. In der Hand wieder den Vorschlaghammer. Ein Donnergott in einer vor Dreck stehenden Latzhose. Simon stieg aus. Otto stürmte nicht auf ihn los, schwang nicht seinen Hammer, nein, er blieb, wo er war, und belauerte ihn.

»Ich hab dich gesucht«, sagte Simon.

Otto sah rüber zu dem Altmetallcontainer, als wollte er ihm verdeutlichen, wo er ihn hätte finden können. »Der Motor springt nicht an. Eigentlich rührt sich gar nichts mehr.«

Der Mechaniker zuckte mit seinen nackten Schultern. »Batterie vielleicht. Kann's mir mal anschauen.«

Simon überlegte. Es machte keinen Sinn, irgendwelche Optionen abzuwägen, denn es gab keine. Er hielt Otto den Schlüssel hin.

»Kannst du das gleich machen? Während ich Maggie suche.«

»Freilich.« Otto schenkte ihm erneut ein debiles Grinsen und nahm den Schlüssel entgegen. Der Hammer in seiner Rechten schwang leicht neben seinem Oberschenkel vor und zurück. Simon versuchte, nicht hinzusehen.

»Wo ist der Bäcker?«

»Welcher Bäcker?«

»Der Bäcker, bei dem Maggie einkaufen wollte.«

»'S gibt keinen.«

Ein Traktor mit Güllefass im Schlepp knatterte die Dorfstraße entlang. Noch vor drei Sekunden hätte Simon diese lärmende Abwechslung begrüßt, die den Stillstand in diesem gottverlassenen Ort endlich durchbrach. Doch jetzt musste er alle Energie aufwenden, um sich auf den Beinen zu halten. »Aber du hast ...« Simons Einwand wurde vom Nageln des vorbeizuckelnden Dieselaggregats verschluckt.

»Nix hab i«, berichtigte ihn Otto. »Dein Weib wollt Semmeln kaufen, und ich habs rüber ins Wirtshaus g'schickt, zefix!«

»Wirtshaus«, wiederholte Simon. Er hätte den dämlichen Trottel anschreien wollen, warum er ihm das nicht sofort gesagt hatte. Doch er konnte sich gerade noch bremsen, was mitunter auch an dem Respekt einflößenden Hammer in Ottos schwieliger Pranke lag. Also rannte er los, ohne noch ein Wort zu verlieren und schneller, als es seiner Kondition guttat. Der Groll, den er Otto gegenüber verspürte, reichte aus, um seine zu schnell übersäuerte Oberschenkelmuskulatur länger als üblich zu ignorieren. So gelangte er rascher als erwartet zu der Wirtschaft mit dem eigenwilligen Namen Emerenz. Ohne Zögern betrat er das Gebäude und fand auf Anhieb die Tür zur Gaststube. Bevor er eintrat, holte er tief Luft, auch wenn die eher abschreckenden Gerüche in dem kalten Flur nicht gerade dazu animierten, sie in seine Lungen zu saugen. Im Schankraum waberte ihm Zigarettenrauch entgegen, was augenblicklich ein Kratzen im Hals verursachte, weshalb sein heftiges Einatmen in einem Hustenreiz endete. So stolperte er krächzend zwischen die Wirtshaustische. Peinlich berührt von seinem Auftritt, wischte er sich die Tränen aus den Augenwinkeln. Vom großen Tisch bei der Theke gafften ihm drei Männer entgegen. Jeder hatte ein angetrunkenes Glas Bier vor sich und eine qualmende Kippe zwischen den Fingern. Sie trugen Arbeitshosen und karierte Flanellhemden, als müsste man sich in der Gegend trotz des Sommermonats gegen die Kälte wappnen. Gras und Dreck haftete an ihren klobigen Schuhen. Wie es aussah, waren sie direkt von der Feldarbeit ins Wirtshaus marschiert und legten hier ihre Mittagspause ein, bevor sie wieder auf die Traktoren kletterten, um einen Acker umzupflügen oder eine Wiese abzumähen. Jeder von ihnen schien jenseits der fünfzig zu sein, aber vielleicht täuschten die wettergegerbten, verlebten und unrasierten Gesichter dieses Alter auch nur vor. Hinter dem Ausschank stand ein beleibter Mann, offensichtlich nicht viel jünger als seine Gäste. Während die drei Bauern Simon eher fasziniert betrachteten, beäugte ihn der Wirt misstrauisch. Die auffällig tief heruntergezogenen Mundwinkel und die ungesund geröteten Hängebacken verliehen ihm das mürrische Aussehen eines angriffslustigen Rottweilers. »Mittagstisch?«, fragte der Mann nach einer Ewigkeit halbseidenen Schweigens. Sein weißes, nicht mehr sonderlich frisch aussehendes Hemd zierte ein Hühnerei großer Fettfleck unterhalb der Brusttasche. Über seiner linken Schulter hing ein verwaschenes Geschirrtuch. Simon schüttelte den Kopf. Er verspürte keinen Hunger. »Haben Sie eine Frau gesehen, dunkelhaarig, Mitte zwanzig?«, wollte Simon wissen und deutete zudem mit der Hand ihre Größe an.

»Was will er?«, fragte einer der Zecher.

»Weiber gibt's nicht, Schnitzel oder Rindsrouladen wären auf der Karte«, erklärte der Rottweiler, was zu einem allgemeinen Gelächter führte.

»War sie hier, vor einer halben Stunde etwa?«, fragte er ungeachtet des Heiterkeitsausbruchs, »um Brötchen zu kaufen?« Das Lachen des Wirts erstarb abrupt, gleichzeitig hörte sein Bierbauch auf zu zittern. »Ich hab grad aufg'macht, vor zehn Minuten. 'S Knödelwasser kocht noch nicht amal«, erklärte er.

»Kann man noch woanders einkaufen?«

»Supermarkt, zwölf Kilometer in die Richtung!«, meldete sich einer der Bauern und deutete aus dem Fenster. »Außer sie will Eier, die kriegt sie von mir.« Die letzte Bemerkung hob die bissige Stimmung erneut weiter an.

»Jetzt hockst dich her zu uns und trinkst erst amal a Halbe. Deine Alte taucht schon wieder auf«, schlug ein anderer vor und tätschelte den freien Platz neben ihm auf der Eckbank.

»In Heindlsäg is noch keiner verloren gegangen«, ergänzte der Dritte in der Runde. »Geh weiter, Horst, bring eam a Bier!«

»Kein Bier!«, entgegnete Simon, was mit Gelächter kommentiert wurde.

»'S wär aber besser, zur Beruhigung«, wandte besagter Horst ein, der bereits die Hand am Zapfhahn hatte. »So ein bisserl Alkohol tät mir sicher ganz gut, wenn ich eine totgefahren hätte.«

Die Bemerkung saß wie eine Ohrfeige. Er geriet für eine Sekunde ins Taumeln. Wieso wusste der Wirt davon? Und so, wie die anderen ihn ansahen, war dieser Unsympath nicht der Einzige, der Bescheid wusste.

»So käsweiß, wie er um die Nase is, wär's g'scheiter, du bringst ihm einen Schnaps«, schlug einer der Bauern vor.

»Weiß man eigentlich schon, wer's war, die's erwischt hat?«, wollte einer der Zecher wissen.

»Hab noch keinen troffen, der sie kennt. Aus'm Dorf is sie jedenfalls nicht«, erklärte der Wirt.

»Frag ma doch ihn?«, schlug einer der Bauern vor und deutete auf Simon.

»Ich …ich hab niemanden überfahren«, stammelte er und ärgerte sich, weil sie ihn damit erneut überrumpelten.

»Darauf trinken wir! Prost!«, schrie sein Nebensitzer. Alle drei hoben ihre Gläser, ließen sie aneinanderklirren und kippten den Gerstensaft in ihre Kehlen.

»Mach noch eine Runde!«, orderte einer der Stammtischbrüder, und Horst nickte.

»Und wo bleibt überhaupt das Essen?«, wollte der auf der Bank wissen.

»Kreizdeife!«, zischte der Wirt, drehte sich um und rief durch die offene Tür hinter dem Tresen: »Oma, sind die Knödel schon im Wasser?«

Vom Raum nebenan war Topfklappern zu vernehmen, was dem Gastronomen als Antwort zu genügen schien. Gleich darauf hatte er Simon wieder im Visier, der nach wie vor verloren mitten im Schankraum stand. »Vielleicht weiß Ihre Oma was wegen meiner Frau?«, fragte er verhalten.

»Mei Oma is fast so blind wie taub, die weiß sicher nix!«, erklärte Horst, kein Stück mehr um Freundlichkeit bemüht. Sein Blick verfinsterte sich und wurde mit einem Mal so einschüchternd wie die ausgestopften Tiere an den Wänden der heruntergekommenen Gaststube. Er musste raus. Raus aus dieser Spelunke, in der die geräucherte Luft ihn zu ersticken drohte. Ebenso wie die Gehässigkeit, die ihm hier entgegengebracht worden war. Womöglich hielten sie ihn tatsächlich für einen Mörder? Nicht nur die im Wirtshaus, sondern auch alle anderen im Dorf.

Angetrieben vom hämischen Gelächter der Zecher, rannte er hinaus auf die Straße. Sobald er Maggie gefunden hatte, wollte er sie aus Heindlsäge wegbringen. Vermutlich war sie längst wieder am Wohnmobil und nicht weniger verzweifelt als er, weil auch sie bereits nach ihm suchte. Er beeilte sich, hörte aber auf zu rennen. Sollte man ihn aus den Häusern heraus beobachten, wollte er nicht den Eindruck erwecken, auf der Flucht zu sein. Das würde ihn nur noch verdächtiger aussehen lassen.

Am Wohnmobil angekommen, musste er dennoch keuchen. Es war nicht abgeschlossen. Er kletterte hinters Lenkrad. Der Schlüssel steckte, doch es rührte sich nichts, als er den Motor starten wollte. Wie vorhin blieb das Armaturenbrett dunkel. Keine Lämpchen, nichts. Irgendwas war mit der Batterie, und Otto hatte es noch immer nicht repariert. Er fand den Hebel, der die Motorhaube öffnete, und stieg wieder aus. Unbeholfen fingerte er in dem schmalen Schlitz über dem Kühlergrill herum, bis er endlich den Riegel ertastete und lösen konnte, um die Abdeckung aufzuklappen. Er konnte Codes schreiben, Applikationen programmieren und Server einrichten, aber was die Technik von Maschinen betraf, war er nicht wirklich bewandert. Auf den ersten Blick sah der Motor gut aus, alle Kabel und Anschlüsse saßen dort, wo sie augenscheinlich hingehörten. Was er nicht fand, war die Batterie. Vermutlich war die aufgrund der benötigten Größe für das Gefährt woanders verbaut. Als Lars ihnen alles erklärt hatte, hatte er nur mit halbem Ohr zugehört. Dass sie technische Probleme bekommen könnten, hatte er bei der überzogenen Akribie seines Schwagers offenbar nicht für möglich gehalten.

Angefressen knallte er die Motorhaube wieder zu und ging zur Werkstatttür. Wieder war abgeschlossen. Er rief Ottos Namen und schlug gleichzeitig mit der Faust gegen den Metallrahmen. Er bekam keine Antwort, hörte nur, wie im Nachbarhaus schwungvoll ein Fenster zugemacht wurde. *Leckt mich doch alle!*

Simon sah auf die Uhr und konnte nicht fassen, dass es erst kurz vor halb eins war. Seit er den Wolf überfahren hatte, waren noch nicht mal drei Stunden vergangen. Wie konnte das möglich sein? Und wohin war Maggie gegangen? Hinter den Altreifenstapeln erstreckte sich eine Wiese, etwa hundert Meter bis zum Waldsaum. Ab dort stieg der Hang steil an und wurde nach und nach zu einem Berg. Etwas weiter nördlich erspähte er einen bekiesten Weg, der sich zwischen den Bäumen hindurch im Zwielicht der Tannen und Kiefern verlor. Konnte es sein, dass Maggie dort hinaufgegangen war? In der Hoffnung, weiter oben Handyempfang zu bekommen? Nein. Maggie wäre nicht ohne ihn in diesen Wald gegangen. Allein schon des Wolfsrudels wegen nicht, das sich dort oben vermeintlich herumtrieb. Es war besser, im Wohnmobil zu warten, bis sie zurückkam, als blindlings alles nach ihr abzusuchen. Wie hatten die im Wirtshaus gesagt? *In Heindlsäg is noch keiner verloren gegangen.*

Zu seiner Überraschung fand er auf der Stufe, über die man in den hinteren Bereich des Wohnmobils kam, drei Flaschen

Bier abgestellt. Sie waren sogar noch kalt, konnten also noch nicht lang hier herumstehen. So wie die im Wirtshaus schien wohl auch Otto der Meinung zu sein, dass er was zur Beruhigung brauchte. Simon packte die Flaschen und nahm sie mit hinein. Zwei davon stellte er in den Kühlschrank, in dem es trotz der mangelnden Stromversorgung noch ausreichend kalt war. Das dritte Bier öffnete er mittels des Bügelverschlusses und nahm einen kräftigen Schluck. Es deutete ohnehin alles darauf hin, dass er heute nicht mehr am Straßenverkehr teilnehmen würde. Kraftlos sank er auf die schmale Bank gleich hinter der Fahrerkabine. Er betrachtete die Bierflasche, in dessen braunem Glas sich die Sonne spiegelte, die durch die Dachluke in den Innenraum fiel. Der Urlaub, den er so sehr herbeigesehnt hatte, um dem ganzen Stress der zurückliegenden Monate zu entfliehen, war heute in eine Katastrophe ausgeartet. Und ihn piesackte das unsägliche Gefühl, dass es sogar noch schlimmer werden würde.

15

Ein dumpfes Scheppern riss ihn aus dem Schlaf. Das Denken kam nur träge in Gang. Wie hatte er einschlafen können? Bei alldem, was ihm heute widerfahren war, sollte er unter höchster Anspannung hellwach und Nägel kauend unentwegt auf und ab tigern. Stattdessen wattierte eine befremdliche Benommenheit seinen Schädel aus. Wieder landete ein Schlag gegen die Wohnmobiltür. Maggie! Natürlich! Vermutlich hatte er sich vorhin unbewusst eingeschlossen. Auf dem kleinen Esstisch vor ihm stand jetzt eine zweite leere Bierflasche. Er konnte sich nicht entsinnen, sie getrunken zu haben.

»Ich komme!«, raunte er. Seine Zunge war so schwerfällig wie der Rest seines Körpers. Beim Aufstehen fuhr ihm ein Stich in den Rücken, die Strafe dafür, dass er ungesund hineingekrümmt zwischen Sitz und Tischkante eingeschlafen war. Als er endlich auf den Beinen war, registrierte er, dass die Sonne verschwunden war. Wie lang zur Hölle hatte er gepennt? Unbeholfen torkelte er den schmalen Gang entlang, vorbei an der Nasszelle und dem Einbauschrank.

»Mach auf!«, schrie jemand von draußen. Es war definitiv nicht Maggie. Gleich darauf rüttelte derjenige an der Tür, was den gesamten Aufbau ins Wanken brachte. »Mach auf,

Drecksau! I weiß, du warst es, du hast's überfahren. Dafür bring i di um!«

Innerhalb einer Millisekunde fühlte Simon sich deutlich wacher. Er blieb stehen, wo er war, um nicht gesehen zu werden, und hielt die Luft an. Der Mann vorm Wohnmobil zerrte weiter am Türgriff, schlug dazwischen mehrfach gegen die Wandung und brüllte mit schwerer Zunge wüsteste Beschimpfungen, die sich mit Morddrohungen abwechselten. »I drah dir d' Gurgel um!«

Der Unhold hörte sich ziemlich betrunken an, was die Situation für Simon noch gefährlicher machte. Ein Besoffener, rasend vor Wut, der kein Halten mehr kannte und vom Halsumdrehen und Kehledurchschneiden fantasierte. Selbst wenn er sich hätte bewegen wollen, er konnte es nicht. Panik lähmte ihn, genährt von dem Trauma aus Kindertagen, das sich für gewöhnlich tief unter der Oberfläche seiner Psyche verborgen hielt. Von dem er geglaubt hatte, es im Lauf der Jahre überwunden zu haben. Mit einem Mal war er zurück, sein gewalttätiger Vater, unten an der Haustür. Und er befand sich wieder, fest gedrückt von den Armen seiner Mutter, zusammengekauert in der Ecke zwischen der kalten Wand mit den Schimmelflecken und dem Schlafzimmerschrank. Wimmernd. Zitternd. Rotz auf der Oberlippe, der sich mit seinen und den Tränen seiner Mutter mischte.

Er ging damals noch in den Kindergarten, und bald nach dem Vorfall waren sie umgezogen. Nur er und seine Mutter. Die Erinnerung an diesen verstörenden Tag begann zu verblassen und später, während seiner Schulzeit, wusste er schon nicht mehr, was damals wirklich vorgefallen war und was seine Einbildung dazu erfunden hatte. Seine Mutter verlor jedenfalls nie wieder ein Wort über jenen Tag, wie auch sonst niemand aus der Verwandtschaft. Und seinem leiblichen Vater war er danach nicht noch einmal begegnet. Dem Mann, der seither nur noch im undurchdringlichen Nebel seines Unterbewusstseins existierte, gelang es in seinem späteren Leben nur noch sehr selten, ihn zu schrecken. Hin und wieder, nachts, da ließ das Gepolter seines leiblichen Vaters unten an die Haustür ihn aus einem schlechten Traum aufschrecken. Maggie hatte er nie davon erzählt. Sie wusste nicht, dass der Mann, den sie als Simons Vater kannte, nicht sein Erzeuger war. Er hatte es nicht geschafft, ihr dieses Geheimnis anzuvertrauen. Doch nun war diese verschüttete Erinnerung deutlicher zurück, als er sich das jemals hatte vorstellen können, befreit aus den dämmenden Schichten des Vergessenen, die seine Psyche seit Kindheitstagen darüber gestapelt hatte. Von paralysierender Angst befallen, schlug sein Hinterkopf wegen der Schaukelbewegung des Wohnmobils immer wieder gegen den Einbauschrank. Mit geschlossenen Augen ließ er es geschehen, unfähig irgendetwas zu unternehmen. Es blieb unmöglich, einen klaren Gedanken zu fassen. Nicht allein der beengenden Furcht wegen. Gleichwohl war da weiterhin diese zähe Masse, die sein Denken verlangsamte. Der unerklärliche, schlackige Rückstand des Schlafs, der ihn hinterrücks überfallen hatte. Verursacht durch zwei Flaschen Bier, die er getrunken hatte? War das möglich?

Erstarrt und nicht fähig, seinen Willen zurückzuerlangen, harrte er aus. Und auch wenn er nie sonderlich gläubig gewesen war, sandte sein nach Hilfe schreiender Geist ein Gebet in den Himmel. Dabei war ihm egal, welche Form von Gottheit ihn erhörte. Alles, was er wollte, war, dass diese seelische Tortur ein Ende fand.

Und das tat es. Der Schreihals begann heiser zu werden, die Flüche und Verwünschungen wurde immer unverständlicher. Die Schläge verloren an Wucht, und schließlich verebbten sie und damit auch das Wanken des Aufbaus. Dann war Stille, und Simon wagte wieder zu atmen. Möglichst flach, damit ihm die Geräusche von draußen nicht entgingen. Er vernahm schwere Schritte, die sich entfernten. Ein Hauch von Kraft kehrte in ihn zurück. Er fand eine Bild von Maggie vor seinem inneren Auge, was ihn befähigte, seine Beine wieder zu bewegen. Liebe, die Mut erzeugte, genug davon, dass er sich traute, durch das Bullauge in der Tür in die Dämmerung hinauszusehen.

Da war niemand mehr auf dem Platz vor der Werkstatt, doch als er sein Gesicht gegen die kühle Plexiglasrundung drückte, erblickte er gerade noch den breiten Rücken eines Mannes, der mit eierndem Gang die Straße entlangtorkelte. Der Winkel war zu schnell zu ungünstig, um sich noch mehr einprägen zu können, außer den tannengrünen Trachtenjanker, den der Randalierer trug.

I weiß, du warst es, du hast's überfahren. Dafür bring i di um!

Himmelherrgott! Hörte der Wahnsinn hier nie auf? Zum Glück hatte der Riegel nicht nachgegeben, obschon Otto daran herumlaboriert hatte. Wer weiß, was der Verrückte mit ihm gemacht hätte, wenn er es hinein ins Wohnmobil geschafft hätte? Am ganzen Körper zitternd stolperte Simon zum Kühlschrank und fischt das letzte Bier heraus. Hielt sich die immer noch kalte Flasche erst für ein paar Sekunden gegen die Stirn, bevor er sie öffnete. Was sollte er nur tun? Er konnte nicht telefonieren, weil er keinen Empfang hatte. Auch nicht drüben in der Werkstatt, weil Otto sich nicht mehr blicken ließ. Außerdem brannte kein Licht mehr in der Halle. Und selbst wenn der Mechaniker noch am Werkeln gewesen wäre, wen hätte er anrufen können? Die Polizei? Gruber, den Bullen? Wo war der überhaupt abgeblieben? Ging man hier grundsätzlich so nachlässig mit Verdächtigen um? Oder war sich der Wachtmeister sicher, dass sie hier nicht einfach wegkamen? War in Heindlsäge festzustecken ebenso effektiv wie in einer Gefängniszelle zu sitzen? Der Gedanke rang ihm ein zynisches Lächeln ab, auch wenn rein gar nichts an seiner Situation erheiternd war. Und zu allem Übel konnte er sich jetzt auch nicht mehr nach draußen wagen, sofern er nicht von einem volltrunkenen Bauerntölpel gelyncht werden wollte. Er war tatsächlich gefangen in diesem beschissenen Gefährt, das nicht mehr funktionierte. Und das war immer noch nicht das Schlimmste an seiner Lage. Denn mit jeder Sekunde, die verstrich, wuchs seine Sorge um Maggie. Was, wenn sie diesem gewaltbereiten Trunkenbold begegnet war? Nein, damit durfte er sich nicht zusätzlich verrückt machen. Er beschloss, noch ein paar Minuten abzuwarten, so lange zumindest, bis er die Angst in den Griff bekam. Jetzt, im Frühsommer und bei dem wolkenlosen Himmel, war es auch gegen später noch licht genug, um erneut das Dorf nach ihr abzuklappern. Er quetschte sich wieder hinein in die Essnische und trank von dem bitteren Gebräu. Ja, verdammt, im Moment war vor allem wichtig, nicht erneut in Panik zu verfallen.

16

Ich brenne. Lichterloh. Von innen heraus. Der Glutherd, von dem alle Hitze ausgeht, hockt in meinem Schädel. In Höhe der Augen, aber ganz tief in der weichen Hirnmasse, dort wo die Wirbelsäule die Nervenbahnen aufnimmt und ins Rückenmark einspeist. Ich habe keine Vorstellung davon, wie genau dieser neuralgische Punkt aussieht, und eigentlich ist es mir auch scheißegal. Denn alles, was ich weiß, ist, dass sich dort das Zentrum der Hölle befindet. Flüssiges Magma strömte von dort über alle erdenklichen Kanäle und Fasern durch meinen Körper. Entweder ich gehe in Flammen auf oder ich schmelze. Und flüchten ist keine Option. Auch das verstehe ich innerhalb der ersten Sekunden, seit ich wieder denken kann. Ich kann mich nicht bewegen. Womöglich, weil sich meine Muskeln bereits in glühende Kohle verwandelt haben. Ich bin erstarrt. Erstarrt bis in die Augenlider. Sie zu öffnen, davor schrecke ich ohnehin zurück. Ich will mir nicht dabei zusehen, wie ich verbrenne. Will weder was von der mit Brandblasen übersäten Haut wissen noch vom verschmorten Fleisch, das sich von meinen orangerot glimmenden Knochen löst.

Himmel noch mal, woher kommen diese verfluchten Schmerzen?

Und wieso kann ich mich nicht bewegen?

Wo bin ich?

Eben noch denke ich, das Entsetzen kann nicht noch größer werden, da tropft die nächste Frage in meinen fiebernden Kopf, weitaus ätzender als Salzsäure.

Wer bin ich?

Ich finde keine Antwort darauf. Der Schock kühlt mich merklich ab, als hätte jemand die Flamme des Gasherds runtergedreht, auf der ich köchele.

Wer bin ich?

Nein, nein, nein, du weißt das. So etwas vergisst man nicht einfach so. Oder doch? *Verdammt!*

Es muss den Schmerzen geschuldet sein. Sie blockieren mein Gedächtnis. Anders kann ich mir das nicht erklären. Also, kämpfe dagegen an! Gegen die Schmerzen! Kann ich darauf hinarbeiten? Mich auf das Epizentrum konzentrieren und dort hineinatmen? Woher will ich wissen, dass diese Methode funktioniert? Bin ich jemand, der häufiger unter Schmerzen leidet? Werde ich gelegentlich von quälender Migräne heimgesucht? Habe ich schon Kinder geboren?

Teufel, daran müsste ich mich doch wohl erinnern.

Haha! Du kennst ja nicht einmal mehr deinen Namen!

Migräneanfälle? Geburtswehen? Bin ich nah dran, oder fantasiere ich nur? Reiß dich zusammen!

Falls du dahinterkommst, wer du bist, wirst du auch die Schmerzen los! Der Gedanke gibt mir Auftrieb, aber keinerlei Gewissheit. Ich bin definitiv jemand, der mit sich hadert. Aber vor allem bin ich im Moment jemand, der das allermeiste seiner Existenz vergessen hat. Vorausgesetzt, ich habe davor überhaupt existiert.

Halt! Ich bin! Und ich war.

Kann ich den Schmerz steuern? Ihn ignorieren? Mich erinnern! An Qualen von früher, deren Echo in meine Psyche immer noch nachhallt. Halt! Da regt sich was. Die Erleichterung währt nur den Hauch einer Sekunde, denn es ist ein richtig, richtig mieses Gefühl, was da in mir hochkriecht. Nicht nur eine körperliche Zumutung. Auch Hilflosigkeit. Verzweiflung. Seelenpein. Unfähigkeit, sich dessen zu entziehen. Unfähigkeit, mich zu wehren. Nein, bitte! Nicht ausgerechnet diese Erinnerung! Hör auf! Bitte nicht!

17

Als er die Augen wieder aufschlug, leuchtete ein heller, ungewöhnlich großer Vollmond durch die Dachluke. Das fahle Licht hatte alles andere als eine beruhigende Wirkung auf ihn. Mit dem nächsten Blinzeln kam ihm wieder der Werwolf in den Sinn. Womöglich hatte er sogar davon geträumt, so nassgeschwitzt wie er sich fühlte. Das T-Shirt klebte ihm am Rücken. Wieso nur war er erneut eingeschlafen? Grübelnd betrachtete er die leeren Bierflaschen. Hatte Otto ihn damit versorgt? Hatten sich die Bügelverschlüsse nicht unverhältnismäßig leicht aufploppen lassen? Die Gedanken ließen sich nach wie vor nur zäh durch den Schädel wälzen. Doch ein äußerst beunruhigender ragte aus der Nebelsuppe in seinem Gehirn wie eine schroffe Klippe heraus. Hatte ihm jemand etwas ins Bier gemischt? Jemand Einfältiges, wie Otto der Autoschrauber? Aber welchen Grund sollte Otto haben, ihn auf diese perfide Weise außer Gefecht zu setzen?

Um sich in aller Ruhe um Maggie zu kümmern?

War diese schreckliche Überlegung tatsächlich so abwegig? Simon dachte an die Grube in der Werkstatt. An den schlickigen schwarzen Grund, diesem abweisenden Gemisch aus Öl- und Schmiermittel, Metallspänen, Rostsplittern ... Überresten von was auch immer. Was, wenn der Mechaniker sie dort hineingeworfen hatte, sie in diesem Loch gefangen hielt?

Er konnte immer noch nicht fassen, dass es mitten in der Nacht war. Mangels Stromversorgung funktionierte im Wohnmobil keine Anzeige mehr. Aber laut seinem Handy war es halb elf Uhr. Er hatte um die acht Stunden verschlafen. Dieser Schock trieb ihn an, aber es kostete ihn dennoch Mühe, sich auf die Beine zu hieven. Er schlürfte zur hinteren Tür. Sie war verschlossen. Was, wenn Maggie zwischenzeitlich da war und er sie nicht gehört hatte? Nein, das war Unsinn, sie hatte ja einen Schlüssel dabei. Abgesehen davon, dass sie ihn wachgerüttelt hätte, so wie der Besoffene. Wann war das gewesen? Er bekam es nicht mehr auf die Reihe. Alles, was er noch wusste, war, dass es da noch nicht ganz dunkel war. Kaum dachte er an den Mann und seine Drohungen, packte ihn erneut die Angst. Dennoch, er musste sich jetzt zusammennehmen und rausgehen. Simon schob sich hinein in die Nasszelle. Er hegte keine Hoffnung, dass die Pumpe ohne Strom funktionierte. Dennoch tröpfelte es ein wenig aus dem Wasserhahn über dem Miniwaschbecken, was vermutlich einem gewissen Überdruck geschuldet war. Er hielt seine hohle Hand darunter und rieb sich die klägliche Ausbeute ins Gesicht. Die Menge reichte nicht aus, um sich danach frischer zu fühlen.

Bevor er ausstieg, kramte er in der Besteckschublade nach dem einzig vorhandenen Küchenmesser. Die Klinge war nicht sonderlich lang, höchstens fünfzehn Zentimeter, und die Schneide war stumpf. Trotzdem umklammerte er mit festem Griff das Heft. So bewaffnet trat er hinaus in die Nacht. Die wenigen Straßenlaternen, die Heindlsäge in ein schwefelgelbes Licht tauchten, hatte man mit äußerst großzügigem Abstand entlang der Häuserzeilen verteilt. Noch dazu waren die Lampen weit entfernt von modernen, energiesparenden LED-Leuchten. Der Vorplatz der Autowerkstatt wurde nur spärlich erhellt. Es war still und kalt. Das verschwitzte T-Shirt fühlte sich augenblicklich klamm an. Alle Häuser ringsum waren dunkel, nirgendwo sah er Licht in einem der Fester. Auf dem Land ging man zeitig zu Bett. Simon schlich zum Werkstatttor, aber auch dort drin herrschte tiefste Finsternis. Was hatte er erwartet, mitten in der Nacht? Trotzdem versuchte er, die Tür zu öffnen. Erneut vergebens. Wie oft hatte er heute schon an dieser verdreckten Klinke gerüttelt? Auf Otto konnte er jedenfalls nicht vor morgen früh zählen.

Sollte er es erneut im Wirtshaus probieren?

Ein Geräusch schreckte ihn auf. Was war das für ein Knirschen? Als hätte jemand einen Glassplitter zertreten. Versehentlich, während des Versuchs, sich lautlos an ihn heranzuschleichen. Simon hob die Klinge. Sein Puls beschleunigte sich. Er schluckte, wobei ihm bewusst wurde, wie trocken seine Kehle war. Trotz der Biere, die er intus hatte, fühlte er sich ausgedorrt. Er hielt den Atem an und lauschte. Sein Finger krampfen sich um den Messergriff. Da war jemand, dort in der völligen Schwärze, in dem schmalen Spalt zwischen der Werkstattwand und dem Altmetallcontainer. Jemand, der ihm auflauerte.

I weiß, du warsts, du hasts überfahren. Dafür bring i di um!

Simon rannte los, benötigte nur drei lange Sätze, bis er an der Tür des Wohnmobils war. Hektisch drehte er am Riegel. Nichts bewegte sich. Das Messer glitt ihm aus der Hand, fiel scheppernd auf den fleckigen Beton und rutschte unter den Aufbau. Er wusste, ihm blieb keine Zeit, sich danach zu bücken. Fieberhaft hantierte er am Türöffner herum, zerrte, drückte und rüttelte. Glaubte derweil, Schritte in seinem Rücken zu hören. Eiskalter Schweiß lief in seine Augen und brannte wie Salzwasser. Endlich ließ der Knauf sich drehen, die Tür schwang ihm entgegen. Er fiel in den Innenraum, prallte hart auf den PVC-Boden, schaffte es dennoch, die Tür mit sich zu ziehen. Sie schnappte ins Schloss. Auf Knien und unter Schmerzen wirbelte er herum und verriegelte sie.

18

War die Gefahr echt gewesen? Oder nur Einbildung? Es hätte auch eine Katze sein können, die um die Altreifenstapel schlich. Oder ein anderes Tier. Ein Fuchs. Ein vierbeiniger Räuber der Nacht, der auf Nahrungssuche durchs Dorf streunte und dabei ohne Absicht Touristen erschreckte. Das begann er sich vorzubeten, während die Nacht kein Ende nahm. Was auch immer dazu geführt hatte, dass er den ganzen Nachmittag bis weit hinein in den Abend schlief, hatte zumindest dafür gesorgt, dass er nun kein Auge mehr zutun konnte. Er war ausgeruht, ohne dass er sich danach fühlte. Er bewegte sich in einem Minenfeld, jede Sekunde damit rechnend, auf den Auslöser zu treten, der dafür sorgte, dass er gänzlich die Kontrolle verlor. Sorge und Angst wechselten sich ab. Maggie war dort draußen, und er war unfähig, ihr zu helfen. Immer wieder meinte er zu hören, wie jemand um das Wohnmobil strich. Kein Fuchs, kein Marder. Keine Katze. Jemand auf zwei Beinen, der nur darauf lauerte, dass er sich nach draußen wagte. Der Mann, dessen Frau er angeblich auf dem Gewissen hatte. Auch wenn dem nicht so war, denn er hatte keinen Menschen überfahren. Nur, wie sollte er das erklären? Wenn nicht einmal die Polizei ihm glaubte, wie sollte er dieses Missverständnis dann einem zu allem bereiten Betrunkenen näherbringen, den nur noch die Rache für seinen Verlust auf den Beinen hielt? Wäre er an dessen Stelle, er würde die Geschichte von einem *angeblichen* Wolf auch nicht für bare Münze nehmen. Wie bei der Werwolflegende hatte sich die Bestie nach dem Ableben in seine Menschengestalt zurückverwandelt. Konnte so etwas passieren, in der Abgeschiedenheit des Bayerischen Waldes? Existierten hier derartige Halbwesen? Ermattet und dennoch unfähig, die Gedanken abzuschalten, überrollte ihn eine Eingebung. Der Trachtenjanker. Dieser Betrunkene, der ihm an die Gurgel wollte, er kannte die Frau aus dem Straßengraben. Gruber hatte also gelogen, ebenso wie die im Wirtshaus. Die Frau war aus dem Dorf. Er hätte den Randalierer zur Rede stellen können, wenn er nur nicht so ein Feigling gewesen wäre. Er musste den Mann im Trachtenjanker aufspüren. Sofort packte die Panik wieder zu. Schweiß brach aus. Benommen wusste er für Sekunden nicht, ob er sich in einem Albtraum befand. Doch dann begriff er, dass wieder jemand ans Wohnmobil klopfte. Laut, aber weniger aggressiv als beim ersten Mal.

Die Nacht war endgültig vorbei. Der Himmel über der Dachluke war nicht mehr schwarz und von Sternen durchlöchert, sondern strahlte in einem zarten lachsfarbenen Ton. Die Sonne arbeitete sich noch unterhalb des Horizonts ab. Es war noch früh, aber ein neuer Tag hatte begonnen.

»Aufmachen, Polizei!«, rief eine ihm bekannte Stimme.

Gruber! Simon schob sich aus der Nische. Sein Rücken rebellierte beim Aufstehen. Er konnte ein Aufstöhnen nicht unterdrücken, doch der Schmerz machte ihn demütig. Eigentümlicherweise empfand er mit einem Mal Dankbarkeit darüber, dass die Polizei zurück war. Sie hatten ihn nicht vergessen. Und überdies hatte er Fragen. Hatten sie was von Maggie gehört? Wer war die Tote?

Er schlurfte den schmalen Gang nach hinten. Bis er an der Tür war, war ihm auch wieder gewahr geworden, dass Gruber ihn für tatverdächtig hielt. In dessen Augen hatte er den Tod der Frau verursacht, nach der er sich so vehement erkundigen wollte. Konnte er es wirklich wagen, den Dorfsheriff als Lügner zu bezichtigen? Mit der Hand am Drehknauf hielt er inne. Was würde ihn erwarten, wenn er jetzt öffnete? Wieso nur waren sie schon in aller Herrgottsfrühe angerückt?

»Aufmachen!«, tönte es erneut durch die dünne Wohnmobilwandung.

»Komme«, presste er hervor, ohne Kraft in seine Stimme zu bringen. Er entriegelte die Tür, die sofort aufflog, weil jemand energisch daran zog.

»Herrschaft«, raunzte Gruber. Auch er sah noch nicht sonderlich frisch aus. Eigentlich eher so, als hätte er durchgearbeitet. Das Gleiche galt für Hannes, der beim Streifenwagen stehen geblieben war. Trotz der Entfernung konnte Simon erkennen, dass ihm getrockneter Speichel im rechten Mundwinkel hing. Wegen der Schirmmützen auf ihren runden Köpfen lagen ihre Augen im Schatten. Beide waren unrasiert. Er fragte sich, ob Gruber und Hannes die ganze Nacht über ihren Ermittlungen nachgegangen waren. Vielleicht, weil noch jemandem etwas zugestoßen war. War die Frau im Straßengraben nicht die einzige Leiche geblieben? Simons Beine sackten weg. Er musste sich am Türrahmen festhalten.

Maggie! Nein!

»Was ist mit meiner Frau?«, fragte er aufgebracht.

»Mit Ihrer Frau?«, wiederholte Gruber.

Simon räusperte sich. »Haben Sie meine Frau ge... gesehen?«

Gruber streifte sich die Polizeimütze vom Schädel. Sein aschblondes Haar war zerzaust. »Ihre Frau? Für die san mir nicht verantwortlich, schätz i mal.«

»Sie ist seit gestern Mittag weg, ich dachte, Sie wüssten was ... also, ob ihr was passiert ist?«

Als Antwort erhielt er ein Kopfschütteln. Noch war Gruber bemüht, nicht zu abfällig zu grinsen. »Und sie hat Ihnen nix hinterlassen, wohin sie wollte?«

»Brötchen kaufen«, murmelte Simon, was die Polizisten erheiternd fanden.

»Außerdem wurde ich bedroht«, wandte Simon sofort ein, weil er es satthatte, fortwährend belächelt zu werden.

Gruber drehte sich kurz zu seinem Kollegen um und suchte dann wieder seinen Blick. »Bedroht? Von wem?«

»Kann ich nicht sagen. Er kam gestern Abend und hat behauptet, ich hätte seine Freundin überfahren. Aber Sie wissen doch, dass dem nicht so war.«

»Wir wissen noch gar nix!«, erklärte Gruber. »Wie hat er denn ausg'schaut, der, der Sie bedroht hat?«

»Groß, bullig. Trug so eine dunkelgrüne Trachtenjacke. Ich habe ihn eigentlich nur von hinten gesehen, weil ich mich nicht aus dem Wohnmobil getraut habe, bevor er nicht ... Sie wissen schon.« Es fiel ihm schwer, zugeben zu müssen, dass er Schiss gehabt hatte. Beschämt stierte er auf seine nackten Zehen. Er konnte sich nicht erinnern, seine Schuhe ausgezogen zu haben.

»Könnt laut Ihrer Beschreibung so ziemlich jeder Zweite im Ort sein«, kommentierte Gruber.

»Er war betrunken«, ergänzte Simon schnell.

Hannes und Gruber tauschten erneut einen schnellen Blick. »Wie ich sag, jeder Zweite«, kommentierte der Wachtmeister. Hannes, lässig an den Streifenwagen gelehnt, kicherte. »Wenn Sie nicht mehr bieten können, kann ich Ihnen nicht weiterhelfen. Weder wegen der Bedrohung noch wegen Ihrer Gattin. Und was die angebliche Freundin betrifft, die ihr abendlicher Besucher erwähnt hat, da hege ich meine Zweifel. Die Tote ist niemand aus dem Dorf, so viel steht sicher fest.«

»Wer dann?«, verlangte Simon zu wissen, weil er mit der Antwort nicht zufrieden war. *Weil es gelogen ist!*

»Mein Gott, eine Nutte halt«, antwortete Hannes, woraufhin Gruber seinem Kollegen einen strengen Blick zuwarf. Nicht wegen der Ausdrucksweise, wie Simon sofort vermutete, sondern weil hier eine Information ausgeplaudert wurde, die nicht für seine Ohren bestimmt gewesen war. Noch ein Grund mehr, genauer nachzufragen. »Eine Prostituierte?«

Hannes nickte, als hätte er Grubers stillen Einwand nicht mitbekommen. »Ja, von drüben, von die Tschechen.«

19

»Is vermutlich von einem Freier mitten auf der Landstraß ausgesetzt worden. Da sind mir grade dran. Leider können wir sie ja nicht mehr selber fragen«, ließ Gruber ihn widerwillig und auf sein Drängen hin wissen, jetzt, da die Katze ohnehin aus dem Sack war. An der Art, wie er ihn ansah, wusste Simon, dass man ihn nach wie vor für das Leben der Frau verantwortlich machte.

Mein Gott, eine Nutte halt!

Ohne plausible Antwort darauf, wie eine nackte, tschechische Prostituierte anstelle eines Wolfs in den Straßengraben gelangt war, steckte sein Hals weiterhin in der Schlinge. Simon wagte nicht nachzufragen, ob Gruber eine Theorie dazu hatte, die ihn entlastete. Als könnte er damit dem Tatverdacht entfliehen, wechselte er schnell das Thema. »Was wollen Sie jetzt wegen Maggie unternehmen?«

»Schon mal mit anrufen probiert?«

»Haben Sie hier Empfang?«, fauchte Simon, den die herablassende Art dieser Dorfpolizisten zunehmend auf den Geist ging. Hielten die ihn für bekloppt?

»Mal schlecht, mal besser«, sagte Gruber, während sein Kollege ein Handy aus der aufgesetzten Tasche seiner Uniformhose zog und einen verständnislosen Blick darauf warf, als wäre er bis zu dieser Sekunde nie auf die Idee gekommen, die Verbindungsqualität in diesem Kaff zu überprüfen. »Einwandfrei«, kommentierte Hannes. »Soll'mas probieren?«

Die Polizisten blickten ihm erwartungsvoll entgegen, wie er immer noch wie angewurzelt in der Tür des Wohnmobils stand, erfolglos darum bemüht, Maggies Nummer aus dem Kopf zu diktieren. Der Fluch der Handygeneration, wie er hin und wieder von seiner Mutter vorgehalten bekam, die alle für sie relevanten Rufnummern aus dem Gedächtnis rezitieren konnte. Schließlich tastete er seine Hosen ab und fand sein Telefon in der Gesäßtasche. Er hatte darauf gepennt, was in Verbindung mit der harten Sitzbank, die ihm als Unterlage gedient hatte, eigentlich absurd war. Sonst gelang es ihm nie, im Sitzen zu schlafen, egal ob im Bus, Zug oder Flugzeug. Die Feststellung, dass das Handy nicht mehr reagierte, versprengte alle anderweitigen Spekulationen. Der Akku war gestern schon im roten Bereich gewesen und nun offensichtlich vollständig entleert. »Ich brauche eine Steckdose«, sagte er und erntete Verständnislosigkeit.

»Die Batterie ist defekt. Die vom Wohnmobil, meine ich«, erklärte er die missliche Lage.

»Gut, dann halt nicht! Sie wird auch so wieder auftauchen«, sagte Hannes zuversichtlich.

»Wir wollten eigentlich nur Bescheid geben, dass Sie im Ort zu bleiben haben, bis die Ergebnisse des Blutabgleichs aus der KTU kommen!«, machte Gruber klar. »Aber ich geh davon aus, dass Sie ohne Ihre Frau sowieso nicht abreisen.«

20

Bitte nicht! Aufhören!
Was ist das für ein Leben, das nur aus schrecklichen Erinnerungen besteht? Will ich allen Ernstes dorthin zurück? Mich dem wieder ausliefern? Aber kann es abscheulicher sein als das, was ich im Moment durchmache? Welchen Preis muss ich zahlen, um mich wiederzufinden? Nun, wie es aussieht, muss ich ihn erneut über mich kommen lassen, um das zu erfahren. Werde ich also dazu gezwungen, ein weiteres Mal durch die Hölle meiner Vergangenheit zu gehen, um dem Martyrium der Gegenwart zu entkommen? Hat er nur darauf gelauert, dass er auf diese Weise wieder Zugang zu mir erlangt? Zu meinem Inneren. Aber halt! Was, wenn er gar keine Erinnerung ist? Ist er zurückgekehrt? Fleisch und Blut, begierig wie einst? Hat er genau diesen Moment abgepasst, in dem ich am angreifbarsten bin? Geschwächt und nicht in der Lage, mich gegen die Tür zu werfen, die bis jetzt das Verlies verschlossen hielt, in das ich diesen Teufel verbannt hatte.

Es ist zu spät. Er hat mich wieder aufgespürt. Auch wenn ich nicht in der Lage bin, meine Augen zu öffnen, ich kann ihn riechen. Muss ungewollt und angewidert seine Ausdünstungen einatmen, diesen ekelhaften Gestank, der auf ewig in mein Gedächtnis gemeißelt ist, darauf konditioniert, zu erstarren, sobald er in meine Nase strömt. Kann ich mich deswegen nicht rühren? Liegt es gar nicht an den Schmerzeruptionen, die durch meinen Körper branden?

Ja, jetzt bin ich wirklich sicher. Ich spüre seine Anwesenheit, so wie damals, als er zu mir kam und ich in einen katatonischen Zustand verfiel. Damals wusste ich mir keinen anderen Ausweg. Und das war der Teufelskreis. Mein Erstarren nahm er erst recht als Aufforderung, um mir anzutun, nach was ihm verlangte. Wodurch er nicht nur mein Vertrauen, sondern auch das aller anderen missbrauchte, dessen musste er sich sehr wohl im Klaren gewesen sein. Es hielt ihn dennoch nicht davon ab.

Er ist zurück.

Wer? Wer ist er?

Komm, du weißt es!

Das sollte ich. So sehr, wie seine erneute Anwesenheit mir die Kehle zuschnürte, sollte ich doch dahinterkommen, wer mir solche Furcht einjagen kann. Wie konnte er mich überhaupt finden? Reicht es ihm nicht, dass er mich schon einmal aus meinem Leben gerissen hat? Beabsichtigt er erneut, die Grausamkeiten heraufzubeschwören, die ich wegen ihm schon einmal durchleiden musste? Es ist müßig, sich diese Fragen zu stellen, auf die ich die Antwort bereits kenne. Genauso wie alles, was danach auf mich wartet. Ich entsinne mich, dass sich mein Körper schnell von seinen Übergriffen erholte. Was kein Trost ist, denn meine Seele benötigte Jahre dafür. Jahre? Es liegt also Jahre zurück? Wie alt war ich? Fünfzehn? Fünfzehn, als der Teufel mich heimsuchte? Ich frage mich, wie viel Zeit seitdem vergangen ist? Vielleicht war es erst gestern geschehen? Vielleicht passiert es heute auch zum ersten Mal?

Verdammt! Vergangenheit, Gegenwart, Zukunft. Das ist alles ein Brei in meinem Hirn. Sitze ich einer Täuschung auf? Wie alt bin ich jetzt, in diesem Augenblick?

Jetzt, da die Schwärze mich einhüllt und meine Glieder gefroren sind, als steckte ich in einem Eisblock. Einem Eisblock, der in Flammen steht, ohne zu schmelzen.

21

Simon fühlte sich komplett desillusioniert. Wann zur Hölle war jemand von der Spurensicherung da gewesen, um Blutproben von der Stoßstange zu nehmen? Er wollte dieser Behauptung nicht trauen. Nach und nach zweifelte er alles an, was Gruber und sein Handlanger ihm erzählten. Fragte sich zwischenzeitlich, ob die beiden wirklich echte Polizisten waren. Aber wozu sollten sie das alles hier inszenieren? Er war wütend. Stinkwütend. In erster Linie, weil die Beamten sich nicht die Spur für Maggies Verschwinden interessierten. Was hätte Gruber ein Aufruf an alle Streifen gekostet, die hier in der Region unterwegs waren? Niemand redete von der Aufnahme einer Vermisstenmeldung, der Vergabe eines Aktenzeichens oder einer offiziellen Ermittlung. Aber wenigstens ein bisschen Entgegenkommen hatte er erwartet. Eine Zusicherung, die hiesigen Behörden zu informieren und die Augen offen zu halten. Jemand musste sie doch gesehen haben, die Dorfstraße runter, auf ihrem Weg zum Wirtshaus. Hier kannte doch jeder jeden, weshalb eine *Fremde* umso mehr auffiel. *Wir hören uns mal um.* Diese fünf Wörter aus Grubers Mund hätten Simon vermutlich schon genügt. Ihn zumindest ein klein wenig beruhigt. Stattdessen vibrierten seine Nerven. Und sein Schädel dröhnte. Vor Wut, aber auch, weil er Kopfschmerzen hatte.

Kaum waren Gruber und Hannes in ihrem Streifenwagen weggefahren, entledigte er sich der nass geschwitzten Klamotten. Wie gern hätte er geduscht, um den Gestank nach altem Schweiß loszuwerden, aber auch, um endlich wieder einen klaren Kopf zu bekommen. Doch leider musste er auf diese Form der Erfrischung verzichten. Auch aufs Zähneputzen, um den pelzigen Geschmack loszuwerden, der ihm mehr noch als der saure Mief unter seinen Achseln zuwider war. Mittlerweile verweigerte der Wasserhahn in der Nasszelle seinen Dienst und tröpfelte nicht einmal mehr.

Er packte in seine Hosentaschen, was er glaubte zu brauchen. Geldbeutel, Papiere, das tote Handy samt Ladekabel. Für einen starken Kaffee hätte er seinen linken Arm gegeben. Doch darauf musste er vorerst verzichten. Was ihn antrieb, war größtenteils das schlechte Gewissen gegenüber Maggie. Das dornige Gefühl, sie im Stich gelassen zu haben. Darum galt es jetzt erst recht keine Zeit mehr zu verlieren. Er musste ihr zeigen, dass sie sich auf ihn verlassen konnte.

Die Werkstatt war abgeschlossen. Otto lag vermutlich noch im Bett. Simon hätte die Polizisten nach der Uhrzeit fragen sollen. Gefühlt war es noch nicht einmal sechs Uhr. Wie um seine Schätzung zu bestätigen, krähte von irgendwoher ein Hahn. Da es nur die eine Straße gab, die das Dorf zerteilte, war es nicht schwer, sich für eine Richtung zu entscheiden. Begleitet vom frühmorgendlichen Jauchegestank und kurz bevor er das Wirtshaus erreichte, traf er auf ein altes Mütterchen, das mit einem Reisigbesen den Hauseingang fegte. Sie tat, als bemerkte sie ihn nicht, doch er stellte sich ihr demonstrativ in den Weg.

»Ich suche meine Frau, sie ist Mitte zwanzig, annähernd so groß wie ich und hat dunkles, kurz geschnittenes Haar.

Vermutlich ist sie gestern Mittag bei ihnen vorbeigekommen. Haben Sie vielleicht beobachtet, wohin sie gegangen ist?«

»Wie bitte?« Die Greisin sah ihm aus wässrig grauen Augen entgegen. Ihr Unterkiefer bestand nur noch aus einem Eckzahn, der sich bizarr über die Oberlippe schob, kaum dass sie ihren lippenlosen, faltigen Mund zumachte. Er musste sich zusammennehmen, nicht allein auf den grauen Zahn zu schielen.

»Meine Frau, sie heißt Maggie. Man sagte mir, sie wäre rüber ins Wirtshaus. Gestern, um die Mittagszeit«, versuchte er den freundlichen Tonfall beizubehalten, auch wenn die Ungeduld an seinen Stimmbändern zerrte. Daraufhin musterte ihn die Alte mit schiefem Blick, nur um nach einer gefühlten Ewigkeit ein Kreuzzeichen zu schlagen und dann mit ihrem Besen im Schlepp zurück ins Haus zu eilen. Konsterniert schaute Simon ihr nach, bis die Tür hinter ihr ins Schloss fiel. Sofern er sich nicht täuschte, hörte er auch noch, wie ein Riegel vorgeschoben wurde. Was bitte war das jetzt?

Er ging rüber zum Wirtshaus, doch auch hier war noch abgeschlossen. Es gab keine Klingel. Das war ihm auch schon bei den anderen Häusern aufgefallen, an denen er vorbeigekommen war. Auf dem Land standen die Türen tagsüber immer offen, hatte er mal gelesen. Heindlsäge machte hier wohl eine Ausnahme. Nein, es war schlichtweg noch zu früh, erklärte er sich. Andererseits standen die Bauern doch zeitig auf, um das Vieh zu versorgen und zu melken. Noch am Hadern, ob er es mit Klopfen probieren sollte, hörte er ein Fahrgeräusch, das ausnahmsweise mal nicht von einem Traktor stammte. Da näherte sich tatsächlich ein Auto. Er kehrte der

Wirtshaustür den Rücken und trat entschlossen hinaus auf die Straße. Vom Ortseingang her, aus der Richtung, aus der auch sie gestern gekommen waren, näherte sich ein silbergrauer Mercedes. Jetzt, da er ihn so direkt auf sich zufahren sah, wurde Simon bewusst, dass der Wagen ziemlich rasant auf ihn zuschoss. Wegen des goldschimmernden Morgenhimmels konnte er nur eine schemenhafte Gestalt hinter dem Lenkrad ausmachen. Simon begann hektisch zu winken, während er bereits abwog, wann er sich spätestens zur Seite werfen musste, falls der Fahrzeuglenker nicht demnächst die Bremse fand. Während der martialisch geschnittene Kühlergrill zu erschreckender Größe anwuchs, erstarrte von einem Wimpernschlag auf den anderen seine Beinmuskulatur. Paralysiert wie ein Reh im Scheinwerferlicht, fühlte er sich urplötzlich unfähig, vor der heranrasenden Gefahr zu flüchten. Panisch streckte Simon dem heranschießenden Boliden die Hände entgegen und kniff die Augen zusammen.

Letztlich fehlte nicht einmal ein halber Meter, bevor der Stoßfänger seine Kniescheiben zertrümmert hätte. Fünf hektische Atemzüge später berappelte er sich wieder. Was hatte ihn da eben geritten? Er verdankte es dem trockenen Asphalt im Zusammenspiel mit der ausgefeilten Sicherheitselektronik des E-Klasse-Mercedes, dass er nicht unter die Räder gekommen war. Als Simon wie auf Eiern zur Fahrerseite wankte und der Mann mit deutlicher Verzögerung das Fenster herunterließ, erkannte Simon, dass er jetzt mit gebrochenem Rückgrat in einer Blutlache auf der Straße liegen würde, wenn es allein auf die Reaktionsgeschwindigkeit des Fahrers angekommen wäre. Aus dem Wageninneren heraus stank es nach Alkohol, Zigarettenrauch und billigem Parfüm. Der Mann hinterm

Lenkrad trug eine verspiegelte Sonnenbrille, vermutlich um seine verquollenen Augen zu verstecken. »Bist b'soffen?«, wollte der Mercedesfahrer wissen. Er selbst war es zweifelsohne. Er trug einen teuer aussehenden, von der durchzechten Nacht allerdings recht mitgenommenen silbergrauen Anzug und darunter ein weißes, arg zerknittertes Hemd.

»Ich nicht«, antwortete Simon.

»Wos wuist?« Sein Akzent unterschied sich deutlich von dem der Leute aus Heindlsäge. Simon tippte auf Österreichisch, auch wenn der Wagen ein deutsches Nummernschild aufwies.

»Ich suche meine Frau!«

»Frau?«, wiederholte der Anzugheini, bevor sein teigiges Gesicht nach zwei, drei Sekunden zu einem breiten Grinsen auseinanderlief. »Na dann steig ei, Burli!«, lallte er ihm entgegen.

TEIL 3

BIBELFEST IS ER NICHT, DA BURLI

22

Was weiß ich bisher? Entweder die Angst oder der Schmerz hat mich abgeschaltet. Vielleicht auch beides. Ich versuche zu ergründen, was mich zuerst heimsuchte. Angst oder Schmerz? Schmerz oder Angst? Zwischenzeitlich muss die Schwärze mich wieder aufgesogen haben. Kurz bevor ich das Bewusstsein verlor, war da ein Gedanke gewesen, flüchtig wie Treibhausgas. Den muss ich wiederfinden. Weil er wichtig ist.

Was bilde ich mir ein?

Was ist echt?

Nichts von alldem.

Wieso kann ich dann nicht aufwachen? Was hält mich in diesem Wahnsinn fest? In dieser Hölle? Oder wer? Die Fragen sind nicht allein deshalb schneidende Peitschenhiebe, weil sie sich nicht beantworten lassen. Sondern auch, weil ich immer noch nicht dahintergekommen bin, wer sie sich überhaupt stellt. Ich kann doch nicht nur ein geschundener Leib sein, der niemandem gehört. Also, wer bin ich?

Eine Wölfin.

Nein, nein, ich bin ein Mensch und kein Wolf. Ich kann nur ein Mensch sein. Eine Frau. Aber die Wölfin muss etwas bedeuten. Das Tier ist wichtig, um wieder zu mir zu finden. Die Wölfin. Sie verleiht mir neue Kraft. Sie wird mir helfen, mich zu erinnern. Zwei Raubtiere habe ich in meinem löchrigen Geist aufgestöbert. Eines auf vier Pfoten und eine widerliche Bestie, die auf zwei Beinen geht.

Warte!

Natürlich! Ich muss meine Fühler nach außen strecken. Soweit mir das möglich ist. Nur, was ist möglich?

Du hast das Auge. Nein, habe ich nicht, verdammt. Ich kriege sie nicht auf. Wieso also sagst du mir das? Weil es wichtig für mich ist. Sehen.

Nur jetzt kann ich meine Augen nicht benutzen. Und auch nichts ertasten mit dieser nutzlosen Hülle, die mich umgibt. Aber wenn ich in Gedanken riechen kann, dann womöglich auch darüber hinaus. Ich atme, nehme Luft in mich auf. Und alles, was darüber transportiert wird.

Ein Wolf wittert Beutetiere auf eine Entfernung von zwei Kilometern. Was riechst du? Ein ganzes Bouquet. Und nichts davon kommt mir wie Einbildung vor. Aber was ist es, was da meine Schleimhäute und Rezeptoren reizt? Nichts Alltägliches. Nichts, was ich erwartet habe. Nichts, womit meine Riechzellen vertraut sind. Mein Gott, an welche Gerüche kann ich mich erinnern? Schweißgestank, der mehr oder weniger erfolgreich mit Deosprays bekämpft wird. Blankes Metall, dem ein leichter Hauch von Schmieröl anhaftet. Der Duft nach Bananen und aromatisierten, isotonischen Flüssigkeiten. Aber auch stechende Gerüche von Silbernitrat und Kaliumbromid. Und was nehme ich jetzt und hier wahr? An dem Ort, an dem ich mich augenblicklich befinde? Ich rieche ... Tiere ... lebende ebenso wie tote.

23

Wie ferngesteuert war er in den Wagen gestiegen und konnte jetzt, als ihn die furiose Beschleunigung des PS-starken Boliden in den Sitz presste, seine Dummheit kaum fassen. War er eigentlich bescheuert? Wieso war er zu einem, ohne jede Frage stark angetrunkenen Kerl in den Wagen gestiegen? Das war kriminell. Sowohl sein Verhalten als auch die Tatsache, dass der Anzugheini in seinem abgefüllten Zustand am Straßenverkehr teilnahm. Bevor er etwas anderes unternehmen konnte, waren seine nervösen Finger damit beschäftigt, sich anzuschnallen. Derweil bretterte der Mercedesfahrer weit jenseits der zulässigen Höchstgeschwindigkeit durch das Dorf. Nur, um nach Passieren des Ortsschilds, das Gaspedal noch weiter durchzudrücken. Die laute Musik, die den Innenraum der Luxuskarosse erfüllte, nahm Simon erst verzögert wahr. Harter Rock dröhnte in gesundheitsschädlichen Dezibelwerten aus dem Boxensystem. In Simon regten sich alarmierende Bedenken, dass er diesen Trip nicht überleben würde.

Er musste sich anstrengen, damit seine Stimme die Musik übertönte. »Könnten Sie vielleicht langsamer fahren!«, brachte er krächzend hervor, obwohl er am liebsten darauf bestanden hätte, dass der Mann unverzüglich anhielt, damit er flüchten konnte.

»Scheiß dich an!«, bekam er als Antwort. »Ich kenn hier jede Kurve. Bin öfter in der Gegend unterwegs, Burli.«
Keine Frage mehr, das klingt Österreichisch.
Während draußen Sträucher und Bäume an ihnen vorbeiflogen, wagte Simon eine genauere Betrachtung seines Chauffeurs, dessen toxische Ausdünstungen ihm neben der Panik zu allem Übel auch seine Kopfschmerzen wieder verstärkten. Doch wie auch immer. Er versuchte alles, um sich von der Vorstellung abzulenken, dass der Mercedes jede Sekunde von der Straße abkommen und sich um einen Baumstamm wickeln könnte. Simon schätzte den Mann auf um die fünfzig, was vor allen an dessen silbergrauen Haaren lag. Die trug er affektiert nach hinten geschleckt, wobei die Frisur aufgrund der offensichtlich durchwachten Nacht in Teilen ihren Halt bereits verloren hatte. Fettglänzende Haarsträhnen fielen dem Mann bei jeder Kurve und Unebenheit in die Stirn, nur um durch permanentes Wischen wieder hinter die Ohren befördert zu werden. Doch es war dahingestellt, ob Simon sich in dem sportlichen Ledersitz sicherer fühlen würde, wenn der Mann beide Hände fest am Steuer behielt.

Wo kommst du her? Wo willst du hin? Simon beschloss, dass der Mann Versicherungen oder Immobilien verhökerte und im nüchternen Zustand durchaus ein Talent dafür besaß, leichtgläubige Bauern und Hinterwäldler über den Tisch zu ziehen. Auch der protzige Ehering, den er trug, war ein brauchbares Indiz. Ebenso die goldene Uhr, die unter dem Hemdsärmel hervorlugte. Simon, der ein Faible für hochpreisige Armbanduhren hegte, auch wenn er sich diese niemals würde leisten können, meinte eine Rolex Submariner zu erkennen. Achtzehn Karat womöglich, was bedeutete, dass sie um die vierzigtausend kostete und vermutlich demnächst der einzige Gegenstand war, der seinen Wert behielt, wenn alles andere um ihn herum als Totalschaden endete. Einschließlich seiner selbst.

»Aber dich hab ich hier noch nie gesehen«, stellte der Österreicher fest.

»Bin nur auf der Durchreise.«

»Eh, jetzt«, kommentierte die Silberlocke, worauf Simon nichts zu erwidern wusste. Ihm rann der Schweiß mittlerweile in die Arschritze.

»Krantz!«, spie ihm der Mann unverhofft entgegen, nachdem das trotz ausgefeilter Spurhaltetechnik dennoch ausgebrochene Heck einen Leitpfosten touchiert hatte, ohne dass den Besitzer dies sonderlich beunruhigte.

»Was?«

»Krantz! Mein Name, Burli. Und du?«

»Simon«, krächzte es aus trockner Kehle und dann, noch unverständlicher: »Wo fahren wir hin?«

»Simon? Wie der Apostel?«

»Keine Ahnung.«

»Bibelfest is er nicht, da Burli. 'S grad gut, für das, was du vorhast.«

»Was hab ich vor?«, wollte Simon argwöhnisch wissen.

»Weiber«, erklärte Krantz kurz und bündig und jagte über die nächste Kuppe hinweg, ein Manöver, das er mit einem ziegenhaften Kichern unterlegte. Hätte der Mann behauptet, er hieß Luzifer, wäre Simon nicht verwundert gewesen, denn er befand sich unabänderlich auf einem Ritt direkt in die Hölle.

Sie waren noch mal abgebogen, was ihm allerdings erst richtig bewusst wurde, nachdem der Wald, durch den sie rasten, eine deutliche Veränderung erfuhr. Mit einem Mal wurde er lichter, dafür von wucherndem Unterholz dominiert. Immer mehr kahle Bäume mischten sich unter den noch intakten Bestand, der sich mehr und mehr ausdünnte. Und schließlich, nach der nächsten Anhöhe, waren da nur mehr Stümpfe. Abgeknickte, zerfressene Baumleichen, die drei bis fünf Meter hoch in einen blassen Himmel ragten. Ein Sturm? Der Borkenkäfer? Was auch immer, der Wald war mit einem Mal verschwunden. Übrig war nur mehr ein Totholzfriedhof, erschreckend und trist.

»Alles hin, hier drüben«, brummte Krantz.

Hier drüben? Die Erkenntnis überkam ihn wie ein Kübel Eiswasser. Ohne es zu bemerken, hatten sie die Grenze passiert. Der Verrückte hatte ihn nach Tschechien entführt.

24

Ohne jede Vorwarnung steuerte Krantz seinen Boliden vor ein vierstöckiges Haus mitten im Nirgendwo. Das Gebäude war in ähnlich elendem Zustand wie der Wald drumherum. *Klub Pussycat* war mit ungelenken Pinselstrichen an die pink gestrichene Fassade gemalert worden. In sämtlichen Fenstern klebte blickdichte schwarze Folie. Den Zugang verschloss eine Stahltür, die vom Boden her von Rost zerfressen wurde. Krantz nickte aufmunternd. »Vierundzwanzigstunden-Service«, pries er mit schwerer Zunge an. »Lass dich nicht ausnehmen, Burli!«

Es konnten keine zehn Minuten verstrichen sein, seit er zu Krantz in den Mercedes gestiegen war. Trotzdem kam er sich vor, als hätte er eine Ewigkeit darin zugebracht. Einerseits widerstrebte es ihm, an diesem gottverlassenen Ort ausgesetzt zu werden, andererseits war der Fluchtreflex vor dem unberechenbaren Österreicher größer als alle seine Bedenken darüber, was ihn in dieser Einöde hier erwarten könnte. Der Platz vor dem tschechischen Puff, der groß genug war, um darauf ein halbes Dutzend Sattelschlepper abzustellen, bestand lediglich aus gestampfter Erde. Weil er nicht darauf achtete, setzte er seine Sneaker beim Aussteigen in eine nahezu knöcheltiefe Pfütze. Ungelenk vollführte er einen Satz, um der sandigen Brühe zu entkommen, aber natürlich war es zu spät. Die Feuchtigkeit war bereits in die Schuhe gedrungen.

Krantz wartete nicht, bis er die Beifahrertür zuwarf. Er setzte einfach auf die Straße zurück, mit durchdrehenden Reifen, die Schlamm aufwirbelten, der Simon gegen die Schenkel prasselte. Die darauffolgende Vorwärtsbeschleunigung knallte die Tür zu. Simon konnte gerade noch sehen, dass Krantz ein Handy ans Ohr hielt, dann schoss der Bolide um die nächste Kurve. Krantz war weg, und er war einem Genickbruch oder einem langsamen Tod durch inneres Verbluten, eingeklemmt in einem Autowrack, entkommen. Dafür stand er mutterseelenallein vor einem heruntergekommenen Laufhaus in einem Land, von dem er weder wusste, ob es in der EU war, noch mit welcher Währung hier bezahlt wurde. Euro würden sie wohl auf jeden Fall annehmen. Simon mutmaßte, Krantz hatte ihn genau dort hingebracht, wo dieser zugedröhnte Irre zuvor selbst die Nacht verbracht hatte. Aus einem Missverständnis oder auch aus einer dummen Laune heraus. Aber alles halb so wild, redete er sich ein. Zumal er nur der Straße zu folgen brauchte, über die sie gekommen waren. Während Simon noch abschätzte, wie viele Kilometer Fußmarsch er vor sich hatte, überrumpelte ihn ein anderer Gedanke. War er nicht genau dort, wo er hinwollte? Er hatte sich aufgemacht, um Maggie zu suchen. Stattdessen hatte Krantz ihn hier abgesetzt. Vielleicht sollte er genau an diesem Ort landen. Um Antworten zu finden. Er drehte sich zu dem Etablissement mit dem abgedroschenen Namen um. *Klub Pussycat*. Noch nie in seinen siebenundzwanzig Jahren hatte er ein Bordell besucht. Die Tatsache, dass er heute damit anfangen würde, bescherte ihm eine Gänsehaut.

25

Jenseits des Waldes ging die Sonne auf. Der Tag begann so, wie der gestrige endete. Auch auf dieser Seite der Grenze war es empfindlich kalt für Mitte Juni. Von daher war es nicht die Temperatur, weswegen ihn zwangsläufig diese Gedankenkette heimsuchte. Er wusste, es war die Einöde, die dafür sorgte, dass er als eingefleischter Tarantino-Fan unverzüglich an *From Dusk till Dawn* denken musste, einen Film, den er mindestens fünfmal gesehen hatte. Und weshalb er diesen im Niemandsland gelegenen Nachtklub jetzt nur mit erheblichem Misstrauen betreten konnte. Selbstverständlich ging er nicht davon aus, hier von blutsaugenden Monstern empfangen zu werden. Aber schräg war es trotzdem. Zuerst ein Werwolf, jetzt Vampire.

Falls es einen Bewegungsmelder oder ein Kameraauge gab, entdeckte er es nicht. Doch die von unzähligen Fußtritten verbeulte Stahltür öffnete sich, noch eher er anklopfen konnte. Zusammen mit einem Schwall warmer, mit ekelhaft süßlichem Geruch geschwängerter Luft trat ein Mann aus dem Halbdunkel eines mit bordeauxrotem Plüsch tapezierten Flurs. Groß, breit und glatzköpfig. Abgewetzte Lederjacke über einem Muscle-Shirt. Eine Schlangentätowierung, die sich zwischen den Männerbrüsten heraus und dann um den Stiernacken des Türstehers schlängelte.

»Kostet es Eintritt?«, fragte Simon konsterniert und spürte, wie ihm das Blut in die Wangen schoss.

»Erstes Mal?«, mutmaßte sein Gegenüber.

»Ich hab Geld«, erklärte Simon mit versuchter fester Stimme.

»Zeig!«

Umständlich fischte er aus der Hosentasche, was er bei seinem Aufbruch vorhin schnell noch eingesteckt hatte. Die Notfall-Reisekasse gewissermaßen, die aus vier zusammengerollten Fünfzigern bestand. Bargeld war weder Maggies noch sein Ding. Sie gehörten der Generation an, die selbst die eine Brezel beim Bäcker mit Karte zahlten. Durch die Pandemie hatte Deutschland diesbezüglich einen gewaltigen Fortschritt erfahren, den er auszureizen wusste. Allerdings war kaum anzunehmen, dass im Pussycat ein Kartenlesegerät zur Ausstattung gehörte.

»Zweihundert«, sagte Simon und fächerte die Scheine auf.

Der Türsteher packte das Geld, ehe er reagieren konnte.

»Vítej příteli!«

»Was?«

»Viel Vergniegen!«, wünschte der Tscheche, schob seinen wuchtigen Körper zur Seite und winkte ihn hinein.

Drinnen war es nicht minder schäbig als draußen. Selbst das gedämpfte Licht konnte dies nicht verschleiern. Auch hier schallte Musik. Allerdings deutlich leiser als bei Krantz im Wagen. Klavierklänge, irgendwas Jazziges. Nichts, was seinem mulmigen Gefühl entgegenwirkte. Nichts, was ihn beruhigen konnte. Der Gang endete in einer Art Foyer mit hoher Decke und einem Kronleuchter, bei dem nur noch jede dritte Birne intakt war. Vor hundert Jahren sah dieser große Raum vielleicht einmal ansprechend aus. Jetzt bröckelte von allen Ecken der Stuck, und die dunklen Tapeten mit dem schweren Blumenmuster schälten sich ringsum von den Wänden. Dazwischen hingen schwere Brokatvorhänge, ebenfalls in Weinrot, die nicht nur den Staub und Dreck, sondern auch das noch vorhandene Licht aufzusaugen schienen. Trotz der erdrückenden Parfümwolken, die unter der Stuckdecke schwebten, roch er auch den Alkohol. Und zudem ranzigen Schweiß und vermutlich auch noch alles andere, was die männlichen Gäste der letzten Stunden oder Tage an Ausdünstungen und Flüssigkeiten hinterlassen hatten. Rechts von ihm erstreckte sich eine Bar. Dahinter Regale mit Flaschen und Gläsern. Im Raum verteilt fanden sich mehrere Sitzgelegenheiten, bestehend aus überladen wirkenden Polstermöbeln, aus denen teilweise die Schaumstofffüllung quoll. Die Handvoll Frauen, die dort hockend auf Kundschaft warteten, trugen durchsichtige Negligés über aufreizender Spitzenunterwäsche. Die dick aufgetragene Schminke schaffte es nicht bei allen, die dunklen Ringe unter den Augen zu kaschieren. Trotz ihres durchweg jugendlichen Alters sah keine der Frauen ausgeschlafen aus. Ihre Nachtschicht war allem Anschein nach noch nicht zu Ende, und womöglich war er der Grund, dass man sie noch immer nicht Feierabend machen ließ. Wegen ihm, dem einzigen Freier an diesem so jungen Morgen, und weil ihm für zweihundert Euro in bar eine gewisse Auswahl zur Verfügung zu stehen hatte. Sofort fühlte er sich noch ein Stück mieser unter den müden Blicken der Damen. Ihm entging auch nicht die Ungeduld, die trotz der maskenhaften Gesichter deutlich zu sehen war. Es war offensichtlich, dass sie es nur schnellstmöglich hinter sich bringen wollten. So wie Simon auch.

Also entscheide dich!

Aber wie sollte er? Welche der Frauen konnte ihm das geben, was er wirklich suchte? Er war nicht bekannt für besonders gute Menschenkenntnis. Diese Unzulänglichkeit war sogar hin und wieder ein Streitthema zwischen Maggie und ihm. Vermutlich würde er niemals auf eine Spamware-E-Mail hereinfallen, egal wie gut sie gemacht war. Dafür war er im echten Leben umso blauäugiger und relativ leicht über den Tisch zu ziehen. Als einen vertrauensseligen Narren hatte Maggie ihn mal bezeichnet, damals, als er sich während ihres Marokkourlaubs immer wieder Dinge hat andrehen lassen, die er überhaupt nicht wollte. Und sich dafür auch noch viel zu viel Geld abknöpfen ließ. Einzuschätzen, wem er trauen oder wer ihm in dieser diffizilen Situation weiterhelfen konnte, war also alles andere als eine Stärke von ihm. Und trotzdem musste er alles auf eine Karte setzen. Auf die richtige, die Herzdame, gewissermaßen. Die Rothaarige mit den ungewöhnlich hellen Augen, die selbst in diesem Schummerlicht herausstachen. Die Einzige, die seinen Blick tatsächlich erwiderte, wenn er ehrlich war. Warum also nicht?

Der kurze Augenblick, den er sie länger als die anderen vier angesehen hatte, reichte ihr aus. Sie stand auf, bevor er ihr ein Zeichen geben konnte. Natürlich war sie erfahren darin, die Wünsche der Männer zu lesen. Oder besser gesagt, ihre Begierden. Wohingegen sie bei Simon allerdings etwas anderes empfangen haben musste, wie er inständig hoffte. Vielleicht ahnte sie ja als Erste unter ihren Kolleginnen, dass es dem schüchternen, nervösen Typ nicht um Sex ging. Und wenn dem so war, hatte er die richtige Wahl getroffen.

Sie war so groß wie er und eher knochig, mit schmaler Hüfte und dünnen Schenkeln. Eine Figur, die wahrscheinlich nicht von übertriebener Sportlichkeit kam, sondern davon, dass sie zu wenig aß. Ihr rotes Haar fiel formlos über die nackten Schultern. Ihre Haut wirkte extrem blass in dem eigenwilligen gelbstichigen Licht des Foyers. Sie trat nah an ihn heran und brachte ihre Wange gegen die seine. »Ich bin Lola!«, hauchte sie ihm ins Ohr. »Gehen wir nach oben!«

Nach oben! Das war keine Frage. Er wich zurück. Mit einer Nutte *nach oben* zu gehen war so ziemlich das Letzte, was er geplant hatte. Er merkte viel zu spät, dass er hektisch zu atmen begonnen hatte. Lola legte ihm ihre Hand auf die Brust über dem Herzen. »Wie ist dein Name?«

»Simon«, sagte er schnell und deutete zur Bar. »Wollen wir nicht vorher was trinken?«

»Ist noch geschlossen«, erklärte sie mit deutlichem Akzent, der ihm erst jetzt bewusst wurde. Die Bar war ohnehin eine Schnapsidee. Zu viele Ohren um sie herum, die nicht mitbekommen sollten, was er vorhatte. Verdammt, er würde um die Zweisamkeit mit Lola nicht herumkommen.

»Gut, dann ohne Drink«, willigte er ein. Sie griff seine Hand und zog ihn hinter sich her ins Treppenhaus. Nach oben.

26

Tiere? Wieso Tiere? Weil ich damit vertraut bin? Mit dem, was ich jage? Der Beute, die ich für mein Rudel reiße?

Nein! Du magst keine Tiere. Und trotzdem sind sie vorhanden, irgendwo außerhalb von dir, dort, wo du gerade nicht hingelangen kannst. Noch nicht. Hör nach draußen, darauf, was sich um dich herum abspielt. Da sind doch Geräusche. Geräusche, die ebenso wie die Gerüche nicht nur in deinem Kopf existieren.

Ich nehme sie wahr, und es durchfährt mich wie ein Blitz, der eine weitere Schmerzwelle nach sich zieht. Das kann ich aushalten, weil das Adrenalin, das mich gleichfalls flutet, sie abschwächt. Jemand ist bei mir. Ich verkrampfe mich, bis ich mich damit beruhigt habe, dass es nicht der Teufel aus meiner Vergangenheit ist. Nichts von dem, was mir hier passiert, hat mit meinem früheren Leben zu tun. Das, was zurücklag, habe ich selbst heraufbeschworen. Weil es Parallelen zum Jetzt gibt. Aber ich muss endgültig damit aufhören, das *Einst* mit dem *Jetzt* zu vermischen. Achte auf die Geräusche! Vielleicht hast du mehr Erfolg mit dem, was in deine Ohren dringt. Es sind nicht nur Geräusche.

Stimmen. Da sind Stimmen. Je mehr ich mich darauf fokussiere, desto größer wird die Gewissheit. Ich belausche eine

Unterhaltung. Leider sind die Worte weit entfernt oder zu gedämpft, um sie verstehen zu können. Dennoch. Ich bin nicht allein.

Nicht allein.

Statt auf Hilfe zu hoffen, dämpft die Entdeckung meine Zuversicht. Es liegt an der Art, wie die Personen miteinander sprechen. In ihren Stimmen schwingt Aggressivität mit. Sie streiten. Lautstark. Das verstärkt meine Angst. Ich kann das nicht wissen, aber ich ahne, es geht in dieser Auseinandersetzung um mich. Wer auch immer sie sind, sie wissen, was hier mit mir geschieht. Ich muss etwas tun. Nicht vor ihnen flüchten zu können, fühlt sich fürchterlich an. Mein Körper ist nutzlos. Nur mein Geist funktioniert einigermaßen, aber was kann ich in diesem Zustand schon ausrichten?

Versuch, still zu liegen. Lass sie nicht wissen, dass du wieder mit ihrer Welt verbunden bist. Sie dürfen nicht mitkriegen, dass du wieder denken kannst.

27

Das Zimmer bestand eigentlich nur aus einem Bett. Um sich hinlegen zu können, musste man sich beinahe gegen die feuchte Tapete drücken, so schmal war der Abstand zwischen Bettgestell und Wand. Er wollte sich keinesfalls hinlegen, nicht einmal setzen. Also blieb er in der Ecke neben der Tür stehen. Falls es ein Fenster gab, war es hinter den diversen Stoffbahnen verborgen, die am Kopfende von der Decke hingen. Selbst der Lampenschirm war mit Tüchern verkleidet, um so die Beleuchtung zu dämpfen. Die Luft war abgestanden und angereichert mit einer Mischung, die ihm Übelkeit verursachte. Er wollte nicht darüber nachdenken, wie Laken und Bezug unter ordentlichem Licht betrachtet aussahen. Niemals würde er hier drin Sex haben können.

Lola setzte sich. Der Federkern ächzte, obwohl sie vermutlich nicht einmal fünfzig Kilo wog. Was würden da erst für Geräusche durch sein Gewicht entstehen? Sie schob sich hoch bis ans Kopfteil und brachte sich mit gespreizten Beinen in eine Pose, die sie wohl für verführerisch hielt. »Fünfzig oral, hundert, wenn du mich richtig ficken willst.«

»Moment, ich habe doch schon unten bezahlt«, wandte Simon ein. »Bei dem Türsteher.«

»Du hast Karel dein Geld gegeben! Bist du blöd?«

»Ich wusste nicht ...«

»Hast du noch mehr?«, fuhr sie ihm ins Wort.

Simon schüttelte den Kopf, und Lola schloss ihre Schenkel. »Du wolltest sowieso nicht ficken, das hab ich dir gleich angesehen«, warf sie ihm an den Kopf, und beinahe hätte er zustimmend genickt.

»Mach, dass du fortkommst!«

»Vermisst du eine ... eine Kollegin von dir?«

Drei Herzschläge lang starrte Lola ihm entgegen. Dann sprang sie unverhofft auf und stakste auf ihren dürren Beinen über die Matratze. Das Bettgestell quietschte überlaut bei jedem ihrer Schritte, den sie auf ihn zumachte, um sich schließlich über ihm aufzubauen. Simon presste sich noch stärker an die Wand, die sich selbst durch sein T-Shirt abstoßend kalt anfühlte.

»Wer bist du? Was willst du von mir?«, verlangte Lola mit erhobener Stimme zu wissen. Aus ihren Augen funkelte mit einem Mal etwas Echsenhaftes. Er hatte keine Ahnung, wie er ihr erklären sollte, was er wollte, ohne über die Tote im Straßengraben zu sprechen. Oder über den Wolf, der sie gewesen war, als er sie angefahren hatte. »Nichts! Wirklich! Tut mir leid«, stammelte er, wandte sich zur Tür und riss sie auf. Vor ihm stand der Schrank, der ihm sein Geld abgeknöpft hatte und blockierte den Ausgang. »Gibt's Problem?«, fauchte er.

In seinem Rücken rief Lola etwas auf Tschechisch, und schon klebte die Pranke des Türstehers in seinem Nacken. Keine Sekunde später steckte er mit seinem Genick zwischen den Zwingen eines Schraubstocks. Er verstand kein Wort von dem, was Karel ihm auf dem Weg nach draußen zu sagen hatte. Und letztlich, als er in der schlammigen Regenpfütze auf dem verwaisten Parkplatz des Klub Pussycat kauerte, musste er vermutlich froh darüber sein, nicht auch noch die steile Treppe runter ins Erdgeschoss gestoßen worden zu sein. Ebenso, wie er dankbar dafür sein konnte, keine Schläge ins Gesicht, in den Magen oder die Eier kassiert zu haben. Aber demütigend war es trotz allem, in einer der Pfützen zu liegen, in denen jetzt, da die Sonne es über die Baumwipfel geschafft hatte, regenbogenfarbene Ölfilme schillerten.

Simon hatte Karels Fäuste zwar nicht zu spüren bekommen, und trotzdem quälte ihn sein Rücken und vor allem der Nacken, dort wo der eiserne Griff des Türstehers sich tief in die Muskelstränge rechts und links der Halswirbelsäule gebohrt hatte. Jedes Mal, wenn er den Kopf auch nur ein wenig drehte, jagte ein Blitz von dort ins Zentrum seines Gehirns und ebbte danach in einem heftigen Hämmern hinter den Schläfen aus. Er musste diesen Schmerz aushalten, wollte er hier wegkommen. Hechelnd, als würde er in Geburtswehen hineinatmen und mit übertriebener Vorsicht vor jeder unwirschen Bewegung, rollte er sich aus dem schlammigen Wasser. Allerdings schaffte er es nicht auf die Beine, weshalb er auf allen vieren Richtung Hausmauer kroch, mit der Absicht, sich daran abzustützen und nach oben zu ziehen. Bevor er sie erreichte, vernahm er knirschend Schritte hinter sich. Hatte Karel es sich doch anders überlegt, was die Abreibung betraf? Panisch blickte Simon sich um, was eine weitere Schmerzeruption in der Schädelbasis zur Folge hatte und seine Augen mit Tränen flutete.

28

Trotz des Stechens im Nackenbereich verspürte er Erleichterung, als er durch den Schleier auf den Pupillen erkannte, wer ihm nachgegangen war. Lola hatte sich einen seidig glänzenden Kimono übergeworfen, und zwischen ihren karminrot geschminkten Lippen hing eine Zigarette. Sie bestaunte ihn gleichwohl neugierig als auch mitfühlend, vielleicht auf die Art, wie man einen auf einem Autobahnparkplatz ausgesetzten Hundewelpen betrachtete, bei dem man ganz genau wusste, dass man ihn nicht seinem Schicksal überlassen konnte, sich ihn aber gleichzeitig auch nicht ans Bein binden wollte. »Tut mir leid. War nicht okay, dass ich ausgerastet bin.«

Simon gelang es, sich in Sitzposition gegen die nackte Ziegelwand zu lehnen. »Drauf geschissen«, knurrte er.

Lola blies einen Schwall Rauch in den Morgenhimmel. »Klar, du bist sauer. Aber das war ich auch. Hatte eine scheißlange Nacht, doch statt ein wenig schlafen zu dürfen, heißt es plötzlich, es kommt noch ein Kunde, haltet euch bereit! Jetzt sind es nicht mal mehr zwei Stunden, dann machen die ersten Fernfahrer hier Halt, um die gesetzlich vorgeschriebene Ruhezeit hinterm Steuer zu überbrücken.« Sie rollte mit den Augen. Der Sarkasmus war nicht zu überhören.

»Dein Deutsch ist ziemlich gut«, sagte Simon, ohne zu wissen, warum er ihr dieses Lob machte.

»Hab mal eine Weile drüben gearbeitet. Putzjobs und so. Doch dann wurden wegen der Pandemie die Grenzen dicht gemacht, und wir konnten nicht mehr rüber. Ach, warum erzähl ich dir das überhaupt.« Sie warf die nur halb aufgerauchte Zigarette zu Boden und trat sie mit ihrem High Heel aus. »Wieso hast du vorhin nach einer von uns gefragt?«

Sofort erfuhr Simons Konzentration wieder einen Schub. »Fehlt denn jemand bei euch?«

Lola sah sich um, doch da war niemand, der ihre Unterhaltung mitbekommen könnte. »Du weißt was«, stellte sie fest.

»Kann sein«, antwortete er schwammig. »Wie heißt sie?«

Die rothaarige Lola, die im richtigen Leben vermutlich einen anderen Namen trug, ging vor ihm in die Hocke. Dabei klaffte der kimonoartige Morgenmantel auseinander und bescherte ihm einen Blick auf ihre milchweißen Brüste, die von einem durchscheinenden Bustier gestützt wurden. Ein Anblick, der ihn weit mehr aus dem Konzept brachte als vorhin im Obergeschoss des Bordells, wo sie sich bereitwillig für ihn aufs Bett gelegt hatte.

»Lenka«, sagte Lola.

»Was?«

»Hier im Klub nennt sie sich Fanny, aber Lenka ist ihr richtiger Name.«

»Weiter!«, verlangte Simon und besann sich darauf, der Sexarbeiterin wieder in die Augen zu sehen.

»Ich habe sie seit ... warte, was ist heute für ein Tag?«

»Keine Ahnung«, gestand Simon, der den Überblick für Zeit und Raum verloren hatte.

»Vorgestern«, fiel Lola ein. »Ja, vorgestern habe ich sie zuletzt gesehen. Sergej ist stinksauer deswegen.«

»Wer zur Hölle ist Sergej?«

»Der Boss.« Das nervöse Zucken in Lolas Augen, wenn sie den Namen ihres Bosses aussprach, machte ihm klar, dass ihm seine Begegnung mit Karel absolut ausreichte und er auf Sergejs Bekanntschaft durchaus verzichten konnte. »Und Lenka. Wie sieht sie aus?«, wollte er daher unverzüglich wissen, obwohl alles, woran er sich erinnerte, ihre dunkelblonden Haare waren, die das Gesicht verdeckten und die bläulich schimmernde Haut ihres unnatürlich verdrehten Oberkörpers. Simon schloss die Lider und rief sich das Bild der Leiche zwischen dem hohen Gras vor Augen, doch es blieb schemenhaft. Vielleicht war da auch ein Tattoo über der Hüfte, aber womöglich war die Tätowierung auch nur ein handtellergroßes Hämatom gewesen?

»Lenka ist einen halben Kopf kleiner als ich«, redete Lola in seine Überlegung hinein. »Ihre Haare sind blond, aber nicht so hell. *Tmavě.* Ich weiß nicht, wie man das sagt auf Deutsch. Blaue Augen. Deswegen haben die Männer sie meistens ausgewählt, wegen ihrer Augenfarbe, verstehst du?«

Simon nickte mechanisch. »Hatte sie ein Tattoo? Hier ungefähr?« Er ließ seinen Zeigefinger ein Stück über seinem Becken kreisen, auch wenn er sich bei der Seite unsicher war.

»Štír, ano! Ja, ein Skorpion, woher weißt du?« Lola war jetzt deutlich aufgeregt. »Du hast sie getroffen.«

Mit meiner Stoßstange. Nein verdammt! Er durfte jetzt nichts durcheinanderbringen. Verfluchte Kopfschmerzen, die wurden immer schlimmer. »Weißt du noch mehr? Hat sie vielleicht gesagt, wohin sie wollte?«

»Was meinst du?«

»Wollte sie über die Grenze?«

Diese Frage überraschte Lola. »Das ist nicht erlaubt.« Sie richtete sich wieder auf. Schaute sich aufs Neue um, doch da war niemand. Nicht einmal ein Geräusch, bis auf den Wind, der in unregelmäßigen Böen zwischen den Baumstümpfen hindurchfegte und dabei eigenwillige Lieder pfiff.

»Vielleicht stimmt es«, sagte Lola.

»Was?«

»Das mit Deutschland. Sie hat einen Freier, einen Stammgast, der immer nur sie aussucht. Jetzt, wo du es sagst, der war schon länger nicht mehr hier. Meinst du, Fanny hat ...? Aber es ist uns verboten, Hausbesuche zu machen. Schon gar nicht auf die andere Seite ...«

»Kennst du den Namen des Freiers?«

»Spinnst du? Meinst du, die stellen sich vor. Keiner ist so dumm wie du und sagt seinen richtigen Namen, Simon!«

»Hilf mir hoch!«, verlangte er und streckte ihr die Hand entgegen. Zu perplex, um seine Bitte abzulehnen, fasste sie danach und zerrte an ihm, bis er endlich aufrecht vor ihr stand. Zum Glück war da noch die Hausmauer, sonst hätte der Schwindel, der in seinem Hirn herumrührte, ihn erneut von den Beinen geholt. Wieder versuchte er den Schmerz wegzuatmen, was nur sehr bedingt gelang. »Hatte sie schon mal Probleme mit diesem Freier?«

»Meinst du, sie ist so blöd und geht zu ihm, wenn's so wäre?«

Das klang logisch, Simon wollte die Überlegung aber noch nicht loslassen. »Und mit einem anderen vielleicht?«

Lola rümpfte die Nase. »Ist schon was her, aber der hat Hausverbot.«

»Was ist vorgefallen?«

»Was glaubst du? Es sind immer mal wieder Idioten darunter, die sich verlieben.«

Erneut gestand er sich ein, dass er keine Vorstellung von diesem Milieu hatte.

»Habt ihr Wölfe hier in den Wäldern?«, fragte er unvermittelt.

»Ich verstehe nicht?«

Simon ließ sich nicht beirren. Er musste das jetzt einfach wissen, sonst drehte er noch durch. »Könnte Lenka von einem Wolf gebissen worden sein?«

»Was fragst du für blödes Zeug? Nein, hier gibt es keine *Vlk*. Sag mir lieber, wo du Lenka gesehen hast!«

»Das habe ich nicht.«

Lola ballte ihre Hände zu Fäusten und drosch sie gegen seine Brust, wodurch er gegen die Wand prallte »Lüg nicht!«

Mehr blind als gezielt packte er ihre Unterarme, bevor sie erneut zuschlagen konnte. »Hör zu! Ich muss zurück über die Grenze.«

»Warum soll ich dir helfen, Arschloch? Lass mich los oder ich schreie, bis Karel kommt.« Sie wehrte sich, wenn auch nicht sonderlich heftig, doch jedes Zerren und Reißen von ihr verursachte einen Lichtblitz in seinem Schädel. »Scheiße! Ich muss sofort zurück in dieses Dorf, Heindlsäge. Kennst du das?«

Lola hörte auf herumzuzappeln, wofür er zutiefst dankbar war. Er ließ ihre Arme los, hielt sich stattdessen an der Wand fest und versuchte nicht umzukippen.

»Ist sie dort, in dem Ort?«, fragte Lola.

Simon suchte ihren Blick, und Lola fand darin ihre Bestätigung, was den Verbleib ihrer Kollegin anging, die sehr wahrscheinlich auch ihre Freundin war, so wie sie sich um sie sorgte. »Lenka hat Pläne«, sagte sie leise. Es klang, als wäre sie neidisch.

»Was meinst du?«

Lola schüttelte den Kopf. »Egal. Kannst du sie zurückbringen?«

Er nickte eine stille Lüge.

29

Anfangs marschierte er wie über Reißzwecken. Die Hüfte, die Beine, überall pochte, zog oder drückte es bei jedem Schritt. Als hätte Karels Schraubstockpranke irgendwas kaputt gemacht, und der dadurch verursachte Schmerz verteilte sich nun im ganzen Körper. Doch es wurde besser, je länger er sich bewegte. Nur das Pochen hinter den Schläfen kannte kein Einsehen. Er biss die Zähne zusammen, während er in einem Zickzackkurs um die abgeknickten und verfaulten Baumstümpfe herum durch den zerstörten Wald stapfte. Es existierte tatsächlich ein Schleichweg, schmal und ausgetreten, und man konnte sich vorstellen, dass er schon vor Jahrhunderten von Schmugglern benutzt worden war. Gelegentlich musste er durch matschiges Terrain wandern, doch seine Sneakers waren ohnehin nicht mehr zu retten. Und durchnässt war er ohnehin, die Jeans mit Schlamm überzogen, der an den Oberschenkeln bereits auszuhärten begann. Immer wieder erreichte er Stellen, an denen der Waldboden mit Heidelbeersträuchern zugewachsen war, was es schwierig machte, den Pfad im Auge zu behalten. Falls er davon abkam, war er verloren, aber er versuchte, nicht darüber nachzudenken. Erstaunlicherweise behielt er im Straßen- und Gassenwirrwarr von Städten stets den Überblick, auch wenn die Metropole ihm fremd war. Sobald Häuser und Gebäude um ihn herum waren, verstand er die Planung, die dahintersteckte, und er fand ohne größere Umwege schnell sein Ziel. In der Unordnung der Natur passierte genau das Gegenteil. Er irrte herum, entdeckte zu selten etwas, das ihm als Orientierung diente. Es war ihm nicht möglich, eine Himmelsrichtung zu bestimmen oder was auch immer man brauchte, um aus einem endlosen Wald wieder herauszufinden. Der Schmugglersteig war seine einzige Chance, sofern Lola ihm nicht irgendeinen Mist erzählt hatte. Aber das glaubte er nicht. Sie wirkte ehrlich besorgt um Lenka. Simon behielt die Zuversicht, dass Lola ihm geglaubt hatte, als er behauptete, ihre Freundin zurückbringen zu können. Wobei das sehr wahrscheinlich sogar passierte. Man würde Lenka früher oder später nach Tschechien überführen – in einem Zinksarg.

Mit seinen Gedanken beschäftigt und die Augen konzentriert auf den Boden gerichtet, fiel ihm erst mit einiger Verzögerung auf, dass er den Friedhof der Baumstümpfe hinter sich gelassen hatte. Plötzlich war da wieder ein intaktes Blätterdach über ihm, das nur noch wenige Löcher übrig ließ, durch die er den Himmel sehen konnte. Damit begleiteten ihn auch wieder die Geräusche des Waldes. Vögel zwitscherten in allen erdenklichen Stimmlagen. Und auch der Wind hatte sein Pfeifen in ein sanftes Rauschen gewandelt. Der bislang weiche, torfige Untergrund wurde steiniger, was allerdings nicht bedeutete, dass er schneller vorankam, da der stellenweise bemooste Fels tückisch glatt war. Mittlerweile tränkte der Schweiß sein T-Shirt, und es klebte ihm unangenehm am Rücken. Um sich abzulenken, dachte er weiter über Lola nach. Plötzlich hatte sie es eilig gehabt, zurück in den

Klub zu kommen. Sicherlich weil sie Angst vor diesem Grobian Karel hatte. Oder vor Sergej, ihrem Boss. Er hätte gerne noch von ihr gewusst, woher sie diesen verschlungenen Weg rüber nach Deutschland kannte. Der ihm mittlerweile endlos vorkam. Jetzt, nachdem der Wald ihn wieder völlig in sich aufgenommen hatte, gab es noch weniger, woran er sich orientieren konnte. Mehrmals erlangte er den Eindruck, dasselbe Ensemble an Bäumen und Felsformationen passiert zu haben. War er im Kreis gelaufen? Hatte er den Weg im letzten Heidelbeerfeld verloren und stattdessen einen Wildpfad eingeschlagen? Wenn wenigstens sein Handy noch in Betrieb wäre, könnte er zumindest die Uhrzeit bestimmen. Denn auch dafür hatte er jedes Gefühl verloren. Ab und an flutete die Sonne einen Schacht, der bis runter auf den Waldboden reichte. Folglich stand sie bereits hoch am Himmel. Konnte das tatsächlich sein? War es schon Mittag? Dann war er schon weitaus länger unterwegs, als er glaubte. Wäre Krantz nicht so halsbrecherisch schnell gefahren, hätte er die Entfernung bis über die Grenze und zum Sexklub vielleicht besser einschätzen können.

Ein steiles Stück bergab, zwischen schroff aufragenden Felszinnen hindurch, brachte ihn heftig ins Schwitzen. Seine Knie rebellierten. Jetzt kamen ihm auch die Wölfe wieder in den Sinn, die sich in diesem Urwald herumtrieben.

War da nicht eben ein Geräusch? Simon fuhr herum, suchte den Tannenhain ab, der dort schräg über ihm dicht an dicht den Hang hinaufwuchs. Genau die Art von Deckung, die ein Raubtier wählen würde, um sich so nah wie möglich an seine Beute zu schleichen, bevor es daraus hervorsprang. Er stolperte. Blieb mit der Schuhspitze an einer Wurzel hängen, weil er nicht darauf achtete, wohin er seine Füße setzte. *Idiot*, brüllte er innerlich, während er vornüberkippte, jetzt nur noch an die kantigen Steine denkend, auf die er fiel, ohne sich an etwas klammern zu können. Er schrie. Hörte schon das Knacken im Brustkorb, bevor er überhaupt den Felsen berührte, der ihm die Rippen brach. Auf dem abschüssigen Steig rutschte er weiter, schrammte sich den Bauch auf und die Handflächen an den Zweigen, nach denen er packte und die doch nicht verhinderten, dass er kopfüber zwischen den Granitfindlingen den Abhang hinabkullerte wie ein losgetretener Stein. Er wusste nicht, wie oft er sich überschlug, bis eine dornige Brombeerhecke ihn auffing und sich tausend feine Nadeln überall durch seine Klamotten hindurch tief in sein Fleisch bohrten.

Und da lag er nun. Geplagt von den Schmerzen des Sturzes und dennoch stocksteif, weil er sich nicht zu bewegen wagte, um sich nicht noch mehr blutige Kratzer zu holen. Selbst zu atmen wagte er kaum, weil die Brombeerbuschstacheln auch in der Haut über seinen Rippen steckten. Und trotzdem roch er es. Unverkennbar strömte ein vertrauter Gestank in seine Nase. Er war angekommen.

30

Auch das noch! Jemand hat das Wohnmobil durchsucht, ohne dabei unauffällig vorzugehen. Überall lagen Maggies und seine Klamotten herum. Die Schubladen standen offen, was sie in den Schränken verstaut hatten, blockierte den Gang. Bei dem Chaos konnte Simon unmöglich sagen, ob etwas fehlte. Abgesehen davon, dass er sich nicht in der Verfassung fühlte, dies genauer nachzuprüfen. Er schleppte sich nach hinten und ließ sich ungeachtet des Drecks und Bluts an ihm aufs Bett plumpsen. Er wollte eigentlich etwas trinken, beschloss aber, erst wieder zu Atem zu kommen. Am ganzen Leib blutig gekratzt, von Hämatomen übersät, mit Prellungen und was wusste der Teufel noch alles. Seine Rippen waren offenbar doch nicht gebrochen. Sonst hätte er diesen letzten Kilometer aus dem Wald heraus und über die Kuhweide bis hinein ins Dorf sicher nicht geschafft. Womöglich war eine davon angeknackst, denn der Brustkorb pulsierte heiß und schmerzte saumäßig. Jedoch bekam er gut Luft und wenn er still lag, war der Schmerz erträglich.

Es war der Schweinemist gewesen, den er in der Brombeerhecke liegend gerochen hatte. Der gleiche süßliche Mief, der gestern schon über Heindlsäge hinweggezogen war. Dadurch wusste er, dass es nicht mehr weit sein konnte. Das hatte ihm geholfen, sich unter Flüchen aus dem Dornengestrüpp zu befreien. Danach ließ er seine brennenden Beine den Rest erledigen. Und jetzt lag er wieder, wohlwissend, dass er sich der Schwere, die ihn in die Matratze drückte, nicht ausliefern durfte. Er musste sich erneut aufraffen, seine Wunden versorgen und dann seine Suche nach Maggie fortsetzen.

Er schreckte hoch, als hätte seine Zungenspitze die beiden Pole einer Neun-Volt-Batterie berührt. Er war doch wohl nicht schon wieder eingeschlafen? Es war unmöglich, den Schmerzensschrei zu unterdrücken, als er sich aufrichtete. Wie ferngesteuert taumelte er vor bis zur Küche. Wie spät mochte es sein? Durch das Dachfenster erblickte er einen fahlblauen Himmel. Gierig trank er von dem abgestandenen Wasser, das noch da war. Danach schloss er das Handy ans Ladekabel an, um zu testen, ob Otto die Batterie repariert hatte. Nichts. Er verspürte erneuten Hass auf den Mechaniker. Mit der Wasserflasche unterm Arm schleppte er sich in die Nasszelle und versorgte seine Blessuren. Mittels eines Handtuchs, das er immer wieder mit Mineralwasser beträufelte, säuberte er die Schnitte und Kratzer. Soweit er sich eben dabei verrenken konnte, denn jede unachtsame Bewegung wurde zur Qual.

In dem Durcheinander, das der Einbrecher bei den Klamotten hinterlassen hatte, suchte er sich frische Sachen heraus und streifte sie sich so sachte über, als wären Hemd und Hose aus Stacheldraht gewoben. Dabei schaute er beiläufig in das Fach, in dem Maggie ihre Spiegelreflexkamera während der Fahrt verstaut hatte. Es war leer, der sündhaft teure Fotoapparat weg. Samt der Tasche, in der sie auch alle Objektive und das ganze Zubehör aufbewahrte. Sie hatte sie noch kein einziges Mal benutzt, seit sie auf Achse waren. Und nun hatte so ein dreckiger Hund aus diesem Bauernkaff sie mitgehen lassen. Verkniffen vor Zorn schaute Simon aus dem Fenster über der Essnische. Die Tür zur Werkstatt stand offen. Augenblicklich kumulierte die Wut zum Orkan, und sein Körper schüttete genug Adrenalin aus, um die Schmerzen ertragen zu können. Statt in die durchweichten und dreckverkrusteten Sneaker schlüpfte er in seine nagelneuen Wanderstiefel und zurrte die klobigen Teile an seine geschundenen Beine. Keine zehn Sekunden später stürmte er in Ottos Schrauberhöhle. Der Mechaniker stand unter einem auf der Hebebühne aufgebockten Wagen und hantierte am Auspufftopf herum.

»Wer war im Wohnmobil?«, keifte Simon ihm entgegen.

Otto fuhr herum, die schwere Rohrzange, die er eben noch in der Hand hatte, fiel scheppernd zu Boden. »Kreizdeife, musst mich so daschrecken!« Otto ließ die Zange liegen und stapfte auf ihn zu. Er trug unverändert zu gestern seine schwarze Schmiere im Gesicht, an den Händen und bis hinauf zu den Ellbogen. Die Luft in der Halle war mit intensivem, metallischem Geruch geschwängert, der Simons Kopfschmerzen unverzüglich neues Futter gab. »Es hat jemand bei uns eingebrochen und alles verwüstet«, berichtete er aufgebracht und anklagend. »Außerdem ist die Kamera weg.«

Otto zuckte mit seinen breiten Schultern. »Hab nix bemerkt.«

»Hab nichts bemerkt«, ähnte Simon ihn nach. »Scheißdreck noch mal. Meinst du wirklich, dass ich dir das abnehme? Ihr steckt doch hier alle unter einer Decke!«

Der Mechaniker streckte ihm seinen öligen Zeigefinger

entgegen. »Brems dich, Spezi! Sonst kannst dich umschauen, wer deine Kraxn repariert.«

»Repariert hast du bisher noch gar nichts, also hör auf mit dem Geschwätz! Oder was ist mit dem Scheinwerfer?«

»Ist angekommen!«, verkündete der Mechaniker. »Ich halt mich an die Absprachen.« Wegwerfend zeigte Otto auf einen Karton, den er allerdings noch nicht geöffnet hatte. Auch wenn Simon das Blut in den Ohren pochte, hatte dieser Karton eine besänftigende Wirkung auf ihn. Es war doch tröstlich zu erfahren, dass die Welt da draußen noch bestand. Doch die Erleichterung währte nur zwei Sekunden. »Wieso hast du ihn nicht gleich eingebaut?«, zischte er.

»Bringt ja nix, solange du keine neue Batterie hast. Die alte is jedenfalls hinüber, das hab i geprüft.«

Die Batterie, die bis gestern tadellos funktioniert hatte. Er konnte schwer glauben, dass Lars ausgerechnet bei so einem wichtigen Teil nachlässig gewesen war. Allerdings blieb ihm zum jetzigen Zeitpunkt nichts anderes übrig, als Otto das regeln zu lassen. »Bis wann kannst du eine Batterie besorgen?«, fragte er zähneknirschend.

»Wenn's pressiert, könnte i zum Händler nach Freyung fahren.«

»Heute noch?«

»Freilich.«

»Scheiße, worauf wartest du?«

»Auf den Vorschuss«, erklärte Otto und hielt dreist seine Hand auf. »Kostet dreihundert, das Teil, die streck i sicher nicht vor.«

Augenblicklich dachte Simon an das Geld, das ihm auf der tschechischen Seite vom Türsteher des Pussycat abgeknöpft worden war. »Dreihundert. Ich habe keine dreihundert cash, Himmel noch mal!«

»Das nenn i Pech«, kommentierte Otto und grinste schief. »Bevor du fragst, einen Bankomaten brauchst in Heindlsäg gar nicht erst suchen.«

Simon ballte die Fäuste. Erwartete dieser windige Mechaniker tatsächlich, dass er ihn anbettelte?

»Besorg ihm die Batterie, Otto!«, verlangte eine Stimme hinter ihm.

Otto zuckte förmlich zusammen. Simon wirbelte herum. Tatsächlich rechnete er mit einem Angriff, doch da stand nur eine kleine, unscheinbare Frau in Jeans und kariertem Flanellhemd, die augenscheinlich bereits in ihren späten Fünfzigern war. Ihr blondes, zweifelsfrei gefärbtes Haar trug sie hochgesteckt. Die Lippen ihres faltigen Mundes waren dunkelrot geschminkt, die Augenbrauen aufgemalt, was wenig zu ihrem sonst legeren Holzfäller-Outfit passte. Der kompromisslose Blick aus ihren bernsteinfarbenen Augen ließ ihn einen Schritt zurückweichen. Sie mochte kaum über einen Meter sechzig sein, aber ihr energisches Auftreten machte sie deutlich größer.

»Ilona«, hörte er Otto sagen. Das war alles, was der Mechaniker herausbrachte.

»Hast verstanden!«, setzte Ilona nach, und Otto willigte tonlos ein. »Und gleich!«

Das reichte endgültig, dass Otto sich ohne einen Widerstand und mit hängendem Kopf aus seiner Werkstatt trollte.

»Danke«, presste Simon skeptisch hervor, obwohl er sich doch eigentlich darüber freuen sollte.

»Ich habe Sie gesucht«, sagte Ilona, der es offenbar weniger schwerfiel, nach der Schrift zu sprechen, auch wenn sie ohne Frage zum Dorf gehören musste. Noch dazu war sie hier im Ort nicht irgendwer, wenn er danach ging, wie Otto vor ihr kuschte.

»Gesucht? Mich? Wieso?«

»Weil ich davon ausgehe, dass Sie Ihre Frau vermissen.«

31

Er brauchte drei Sekunden, bis er die Worte im Oberstübchen verarbeitet hatte. »Sie wissen, wo Maggie ist?«, fragte er und hatte Mühe, an sich zu halten.

Ilona lächelte schmallippig. Sie deutete nach draußen. Simon musste sich beherrschen, nicht an ihr vorbei aus der Werkstatt zu stürmen. Er gewährte ihr sogar den Vortritt, auch wenn er innerlich bebte. Vor der Werkstatt parkte ein nagelneuer Land-Rover-Geländewagen in Jägergrün mit langem Radstand und protzigen Felgen. Simon, der gerne seine Zeit damit vertrödelte, sich teure Luxusautos auf den entsprechenden Herstellerwebsites zu konfigurieren, wusste auf Anhieb, dass man für diese Ausführung um die einhunderttausend Euro hinblätterte. »Steigen Sie ein!«, verlangte Ilona und machte es ihm vor.

»Wer sind Sie?«, wollte er wissen, doch statt zu antworten, rutschte die Frau hinters Lederlenkrad. Womit er keine Wahl hatte, er musste ebenfalls einsteigen. Wie Krantz heute Morgen trat auch Ilona aufs Gas, kaum dass er richtig saß. »Ist nicht weit«, sagte sie, als sie bemerkte, wie er fahrig am Sicherheitsgurt herumnestelte. Die Aussicht auf einen weiteren heißen Ritt über schmale Mittelgebirgslandstraßen verengte seine Luftröhre. Im Augenwinkel sah er, wie sie über sein Gebaren lachte, wodurch sich ihre Oberlippe weit über ihr Zahnfleisch nach oben zog. Er dachte wieder an *From Dusk Till Dawn* und an Salma Hayeks Verwandlung in einen Vampir.

Simon zwang sich, aus dem Seitenfenster zu sehen. Sie rauschten ortsauswärts, dort vorbei, wo der Gestank von Schweinegülle die Luft erfüllte, den selbst die Klimaanlage des edel ausstaffierten Land Rovers nicht neutralisieren konnte.

»Darf ich endlich wissen, wer Sie sind?«, nahm Simon einen zweiten Anlauf, als auch der Gurt endlich straff um seinen Brustkorb spannte, was ein unvermeidliches Ziehen im Rippenbereich zur Folge hatte. Einen Schmerz, den er zu verbergen suchte.

»Ilona Wipplinger. Die Frau des Bürgermeisters«, sagte sie. »Und was ist Ihnen passiert?«

»Ich weiß nicht, was Sie meinen? Jede Menge ist passiert.«

»Fangen wir mal mit Ihrem zerkratzten Gesicht an?«

Verlegen betastete er seine Wangen. »Kleiner Ausflug in die Wildnis. Aber hören Sie, das ist jetzt völlig irrelevant. Wo ist Maggie?«

Ilona nahm die rechte Hand vom Lenkrad und tätschelte ihm den ebenfalls aufgeschrammten Unterarm. »Keine Sorge, jetzt wird alles wieder gut.«

32

Es dauerte keine drei Minuten, und Ilona bog in eine bekieste Einfahrt ein. Sie fuhren auf einen alten Dreiseithof zu, der aufwendig renoviert aussah. Das erste ansprechende Gehöft, das er in Heindlsäge zu Gesicht bekam. Das Wohngebäude verfügte über drei Stockwerke, die Anbauten zu beiden Seiten waren ehemals Stall und Stadel, sahen aber nicht danach aus, als wären darin heute noch Tiere und Futtermittel untergebracht. Das zwischen den uralten Balken freigelegte Mauerwerk war zu Teilen mit Glaselementen ersetzt worden, ohne dass der ursprüngliche Charakter der für die Region typischen Architektur verloren ging. Er tippte darauf, dass die beiden Flügel der einstigen Bewirtschaftungsbauten zu Büroräumen oder Ferienwohnungen ausgebaut worden waren. Unter den meisten Fenstern hingen prächtig blühende Geranienarrangements. Vor dem Hauseingang plätscherte Wasser in einen mächtigen Granittrog. Der Anblick des herausgeputzten Gehöfts verfügte trotz aller architektonischen Finessen über die ungewollte Kitschhaftigkeit einer Heimatfilmkulisse. Einzig der in einer Ecke abgestellte Traktor, eine dieser hoch technisierten, satellitengesteuerten Landmaschinen mit übermannsgroßen Hinterrädern, zerstörte die Idylle ein wenig. Die Frau des Bürgermeisters parkte direkt neben dem Trecker. Sonst entdeckte er kein weiteres Auto mehr, was gegen seine Theorie mit den Fremdenzimmern sprach. Aber er hatte eigentlich auch etwas ganz anderes im Kopf, als sich über mögliche Finanzierungsmodelle dieses Landsitzes Gedanken zu machen.

Ilona führte ihn ins Haus, das innen nicht minder beeindruckend restauriert und eingerichtet war. Alles auf alt belassen oder besser gesagt in neu aufbereiteten Originalzuständen. Abgetretene, vermutlich zwei- oder gar dreihundert Jahre alte Steinplatten, offenes Gebälk an der Decke, aber auch dort, wo einst Wände waren, was aus dem unteren Bereich eine großzügige Wohnfläche machte. Bestückt mit antiken Holzmöbeln, kombiniert mit funktionalem Interieur. Vor einem scheunentorgroßen, offenen Kamin war eine ausladende Sitzmöbellandschaft drapiert. Über der aus Granitsteinen gemauerten Feuerstelle hing ein überdimensioniertes Ölgemälde, das einen Mann in Jägermontur zeigte, mit heroischem Blick gen Himmel, stolz geschwellter Brust, das Gewehr lässig in der Armbeuge. Zu seinen Füßen lag ein braun-grau gefleckter Jagdhund. Ein grässliches Bild, das man gerade deswegen fasziniert betrachten musste. Und sonst, überall totes Getier oder Teile davon, so wie drüben im Wirtshaus. Nur mit dem Unterschied, dass die Taxidermie hier deutlich bessere Arbeit geleistet hatte. Neben den präparierten Jagdtrophäen zierten Felle, Hörner und Geweihe die Wände. Gegerbte Häute, die sich mit Flickenteppichen abwechselten und teilweise den Boden bedeckten, über den sie gingen. Diese Zurschaustellung des Tötens und Schlachtens zerstörte für Simon jede Art von Heimeligkeit. Doch Ilona ließ ihm ohnehin keine Zeit, die Eindrücke der durchgestylten und gleichwohl gruseligen Bauern- oder vielmehr Jägerstube weiter auf sich wirken zu lassen. Sie bog in einen langen, weiß getünchten Flur ohne jegliche tierische Dekoration ab, und er hastete hinterher. Immer noch konnte er nur schwer glauben, dass sie ihn zu Maggie brachte, setzte aber gleichzeitig all seine Hoffnung darauf, dass sie die Wahrheit sagte.

Der Trakt, in den sie gelangten, war schmucklos. Irgendwie unfertig oder als wären den Hausbesitzern die Ideen ausgegangen. Oder die Jagdtrophäen. Der mittels einer Jalousie abgedunkelte Raum, den er schließlich hinter Ilona betrat, war wohl tatsächlich so etwas wie ein Gästezimmer. Trotz des ausgesperrten Tageslichts erkannte er die spartanische Einrichtung, die aus einem schmalen Schrank, einem Tisch mit zwei Stühlen und einem Bett samt Nachttisch bestand. Neben dem Bett ragte eine Metallstange empor, wie sie in Krankenhäusern Verwendung fand. An der Vorrichtung hing ein Plastikbeutel, der eine klare Flüssigkeit enthielt. Von dem Infusionsbehälter führte ein Schlauch bis hinab zu einer Kanüle, die mittels Pflaster an einem Arm fixiert war. An Maggies Arm.

33

»Was ist mit ihr?« Seine Stimme überschlug sich.
»Alles gut, sie schläft.«
»Sie schläft? Warum schläft sie?« Mit zwei Schritten war er am Bett und beugte sich über sie. Dabei fiel ihm der Verband um ihren Kopf auf. »Was haben Sie ihr angetan?« Er wagte es nicht, sie zu berühren, so zerbrechlich sah sie aus, wie sie tief in das Kopfkissen gesunken dalag. Er bemerkte, wie sich unter ihren geschlossenen Lidern die Augäpfel wild hin und her bewegten, als suchte sie gerade ein Albtraum heim. Sein Herz hämmerte vor Angst um seine Frau. War er sich jemals so hilflos vorgekommen? Es war diese Art der Hilflosigkeit, die sich nicht mehr sonderlich von der Verzweiflung unterschied. Er drehte sich zu Ilona um, die mit verschränkten Armen neben der Tür stand.

»Ich habe sie so gefunden. Gestern, im Wald. Sie muss gestürzt sein und hat sich dabei vermutlich den Kopf angeschlagen«, erklärte die Frau des Bürgermeisters.

»Mein Gott, sie braucht einen Arzt!«, kreischte er.

»Beruhigen Sie sich! Sie sehen doch, dass sie medizinisch versorgt wurde. Dr. Erhardt war bei ihr, unmittelbar nachdem ich sie hergebracht habe. Sie hat eine Gehirnerschütterung, weshalb jetzt absolute Ruhe nötig ist.«

Er konnte seine Augen weder auf Maggie noch auf Ilona lassen. »Gehirnerschütterung? Wäre es nicht besser gewesen, sie ins Krankenhaus zu bringen? Soweit ich weiß, muss man bei einer derartigen Kopfverletzung permanent die Vitalfunktionen überwachen. Und wieso braucht sie einen Verband?«

Ilona war neben ihn getreten. Wieder spürte er ihre Hand auf seinem Arm. »Kleine Platzwunde. Drei Stiche. Nicht weiter schlimm. Wie gesagt, Dr. Erhardt hat sie genäht, hinreichend untersucht und ihr etwas gegeben, damit sie schläft. Außerdem habe ich die ganze Nacht über nach ihr gesehen. Sie ist hier in guten Händen.«

»Aber Sie sind keine Krankenschwester oder Ärztin?«

Ilona lächelte. »Hier auf dem Land lernt man von klein auf, sich selbst zu helfen. Wir passen aufeinander auf.«

Simon war nicht überzeugt. Doch das beängstigende Augenrollen unter den Lidern war verebbt, Maggie atmete ruhig und regelmäßig. So regelmäßig wie die Flüssigkeit aus dem Dosierer des Infusionsbeutels in den Schlauch tropfte. »Was bekommt sie da?«

»Kochsalzlösung, mit einem leichten Beruhigungsmittel darin.«

Auch wenn sich alles, was Ilona sagte, vernünftig anhörte, fühlte es sich trotzdem falsch für ihn an. Allerdings war er immer noch viel zu aufgeregt, um seine Gedanken wirklich zusammenhalten zu können. Immer wieder zuckten seine Hände in ihre Richtung. Der Drang, sie in den Arm zu nehmen, sie an sich zu drücken oder auch wachzurütteln, wuchs mit jeder Sekunde. Auch Ilona schien das zu spüren, denn sie packte seinen Unterarm nur noch fester. »Der Doktor wird demnächst wieder nach ihr sehen. Bis dahin müssen Sie

Geduld haben!« Das hörte sich nicht nach einer Bitte an. Erneut geriet er ins Wanken, was die Behandlung betraf, die Maggie hier erfuhr. Gestürzt im Wald. Das passte gar nicht zu seiner sportlichen Ehefrau. Überhaupt ...? »Im Wald, sagten Sie, ich meine, was wollte sie im Wald?«

»Das können wir sie fragen, sobald sie wieder ansprechbar ist. Der Doktor meinte, wir sollten ihr heute noch Ruhe gönnen und darauf warten, bis sie von selbst aufwacht. Dr. Erhardt kann sich auch gerne Ihre Blessuren ansehen. Soll ich ihn anrufen?«

Simon entwand sich Ilonas Griff und trat einen Schritt von ihr weg. »Und Sie, warum waren Sie im Wald?«, fragte er, ohne auf ihr Angebot einzugehen.

Wieder schenkte sie ihm ein nicht zu deutendes Lächeln, bevor sie antwortete. »Ich wollte hoch zur Jagdhütte meines Mannes. Nach ihm sehen, weil er sich schon seit Tagen dort oben verkriecht. Sie können wirklich von Glück sagen, dass ich mich ausgerechnet gestern Abend dazu entschlossen habe, sonst wäre Maggie vermutlich immer noch nicht gefunden worden.«

Er sollte Ilona dankbar sein und ihr das auch zeigen, doch es gelang ihm nicht so recht. »Ich bleibe hier, bis sie aufwacht«, entschied er, holte sich einen der Stühle heran und setzte sich neben das Bett. Die Frau des Bürgermeisters nickte. »Ich mache uns einen Kaffee«, sagte sie und verließ das Zimmer, ohne seine Zustimmung abzuwarten. Kaum war die Tür geschlossen, legte er seine Hand auf Maggies kalte Finger. Er rückte noch näher heran, beugte sich hin zu ihrem Ohr und flüsterte: »Ich bin jetzt hier, mein Engel, wach bitte auf!«

34

Engel?
Engel, Engel, Engel. Wer ist hier ein Engel?
Du hast das Auge.
Simon?
Woher kommt dieser Name?
Simon, Simon, Simon.
Wer bist du, Simon? Woher kenne ich dich? Und was machst du in meinem Kopf?
Während der Name durch meine Gehirnwindungen hallt, bemerke ich, dass die Angst sich zurückzieht. Der Druck der kalten Hand, die mein Herz umfasst, lässt ein wenig nach. Es fällt mir leichter zu atmen. Auch die Schmerzen flauen ins Erträgliche ab. Ist das möglich? Erlischt die Hitze? Werde ich dem Fieberwahn endlich entkommen?
Jedenfalls stelle ich eine deutliche Veränderung fest, die mir sogleich aber auch trügerisch erscheint. Traue keinem!
Oder kann ich dir vertrauen, Simon?
Bloß nicht, sei nicht dumm!
Aber er nennt mich Engel. Und seine Stimme ist sanft. Anders als jene von vorhin. Ich muss herausfinden, was er will.
Dir helfen, was sonst.

Der Gedanke ist versöhnlich, ich merke, wie ich Kraft daraus schöpfe. Neue Energie, auch wenn diese immer noch nicht ausreicht, die Membran zu durchbrechen, die mich davon abhält, in die Realität hinüberzuwechseln. Dorthin, wo ich nicht fragen muss, wer ich bin. Oder wer du bist, Simon.
Etwas kristallisiert sich in meinem Verstand zur Gewissheit. Er ist mir sehr nahe. Nah genug, dass er flüstern kann. Vielleicht ist es das, was mich immer noch zaudern lässt. Dass es keine Distanz mehr gibt, wie zu den Leuten, die sich angeschrien haben. Wieso beunruhigt mich das? Verheißt seine Nähe nicht etwas Gutes?
Simon?
Ist er mein Leuchtturm? Himmel, klingt das kitschig. Ich bin keine Romantikerin. Nein, du bist eine Wölfin. Bin ich nicht, dumme Kuh! Konzentriere dich auf den Leuchtturm, sonst kommst du nie hier raus. Aber was nützt ein Leuchtturm, wenn man nicht sehen kann?
Ja verdammt, ich kann meine Augen nicht öffnen, aber trotzdem, ich spüre die Wärme, die von dem Licht ausgeht. Und der kann ich folgen.
Dann vertraust du ihm?
Tue ich das? Ich spüre nicht nur die Wärme, sondern auch, dass mir von ihm keine Gefahr droht. Nicht so, wie von den Streitenden. Simon ist kein Fremder für mich, darüber bin ich mir mit einem Mal sicher.
Ich bin nicht überzeugt.
Sei still, Wölfin! Verschwinde zurück in den Wald, aus dem du gekommen bist!
Und du? Folgst du blindlings dem Engelsflüsterer, statt auf deine Instinkte zu vertrauen?

Aber Simon leitet mich hinaus aus der Dunkelheit. Ich kann es nicht länger ertragen, hier zu sein. Ich will es schaffen, mit ihm in Verbindung zu treten.

Sag nicht, ich hätte dich nicht gewarnt.

Still jetzt, er spricht zu mir.

Wach auf! Bitte!

Hör doch, wie verzweifelt er mich anfleht.

Ja, ich höre es ...

35

»Wach auf! Bitte!«

Simon erschrak, als ihre Lider nicht mehr nur zuckten, sondern sich einen schmalen Spalt öffneten. Im zweiten Versuch konnte er ihre Iriden sehen, die keinesfalls klar wirkten. Trotzdem, sie sah ihn an. Oder sie blickte einfach durch ihn hindurch? Da war er nicht sicher. »Maggie, ich bin's.«

Simon realisierte, dass sie ihn nicht erkannte. Auch wenn es den Anschein hatte, war sie nicht wirklich wach. Sie war weiterhin zu benommen, um ihre Umgebung wahrzunehmen.

»Was ist dir bloß zugestoßen?«

Ihre Lippen regten sich, doch es reichte nicht, um Worte zu formen.

»Du musst dich erinnern!«

Keine Reaktion.

»Drück zu, wenn du mich verstehst«, verlangte er und presste seine Finger gegen ihre feuchte Handfläche. Nach ein paar Sekunden glaubte er, eine leichte, kraftlose Bewegung zu spüren. Nicht das, was er sich wünschte, aber immerhin ein Zeichen. Ihr Zustand verdeutlichte ihm auf jeden Fall, dass sie hier nicht bleiben konnten. Egal wie hilfsbereit Ilona sich gab, er musste alles daransetzen, Maggie von diesem Ort fortzuschaffen.

»Kannst du auf die Beine kommen, wir müssen schleunigst hier weg!« Das war viel verlangt, aber er wusste nicht, was er sagen sollte. Falls sie auf seine letzten Worte reagierte, bekam er es nicht mit. Er würde sie tragen müssen und sehen, wie weit sie auf diese Weise kamen.

Vom Flur her waren Schritte zu hören. Er zog seine Hand zurück, als wäre es ihm verboten, seine Frau zu berühren. Maggies Lider schlossen sich im selben Moment, als die Tür geöffnet wurde. Ilona kam mit einem Tablett herein. Simon hätte gerne mehr Zeit allein mit Maggie gehabt, doch die erneute Anwesenheit der Bürgermeistergattin zerstörte den Moment. Es kam ihm vor, als zog sich Maggie augenblicklich wieder weiter in sich selbst zurück.

»Hat sich was getan?«

Er schüttelte den Kopf. »Sie schläft immer noch«, sagte er, und irgendwie war das nicht einmal gelogen. Er klemmte seine Finger zwischen die Oberschenkel und hoffte, dass sie nicht bemerkte, wie nervös er war. Ilona stellte den angekündigten Kaffee auf den Tisch. Eine Kanne und zwei Tassen, weißes, verschnörkeltes Porzellan, Omageschirr, wie er es bezeichnete. Dazu Milch und Zucker. Überdies hatte sie noch etwas mitgebracht, das sie ihm nun reichte.

»Das hatte sie bei sich«, sagte Ilona. »Vielleicht wollen Sie jemanden anrufen?«

Simon nahm es an sich. Das Display leuchtete auf. Es kam ihm wie ein Segen vor. Im Vergleich zu seinem war der Akku von Maggies Handy noch über die Hälfte voll, und es wurde sogar eine Verbindung in ein Mobilfunknetz angezeigt. Doch die Freude währte nur kurz. »Was ist?«, fragte Ilona, der seine Enttäuschung nicht entging.

»Ich kenne ihren Code nicht.«

Ilona musterte ihn argwöhnisch. Vermutlich erwartete sie, dass die Eheleute diesbezüglich keine Geheimnisse voreinander hatten. Trotz seiner gelegentlichen Eifersucht hatte Simon nie einen Grund gesehen, Maggies Handy zu durchsuchen. »Macht ihr jungen Leute das heutzutage nicht mit dem Daumen oder indem ihr in die Kamera schaut?«, wollte Ilona wissen. Sie war neugieriger, als ihr zustand. Tatsächlich nutzte Simon zum Entsperren seines Handys immer die biometrische Gesichtserkennung, weil er es als viel zu umständlich erachtete, immer sechs Ziffern einzutippen. Doch Maggie vertrat eine andere Philosophie, für die er sie hin und wieder sogar aufzog. Doch sie blieb eisern und hielt das Öffnen des Handys mittels eines Fingerabdrucks oder FaceID nicht für verantwortbar. Folgte man ihrer Argumentation, brauchte man ihr nur eins über die Rübe zu ziehen. Und kaum, dass sie besinnungslos war, erhielt man ohne Probleme Zugriff auf all ihre Daten. Im normalen Leben hörte sich das fast paranoid an, aber jetzt, hier in der Abgeschiedenheit von Heindlsäge, befand Maggie sich genau in der von ihr befürchteten Situation. Simon konnte nicht mehr anders, als ihre Bedenken zu teilen. Gedankenversunken schob er Maggies Handy in die hintere Hosentasche.

»Trinken Sie Ihren Kaffee, bevor er kalt wird!«, forderte die Hausherrin ihn auf, die ihnen zwischenzeitlich die Tassen gefüllt hatte.

»Später«, murrte er, seinen Blick wieder auf Maggie gerichtet. Ihre Atmung war wieder schneller geworden. Jagte sie der nächste böse Traum, oder was war es, das sie quälte? Kopfschmerzen? Oder hatte sie Angst, weil sie nicht wusste, wo sie sich befand? Verdammt, es war an der Zeit, für klare Verhältnisse zu sorgen. »Sobald sie richtig wach ist, nehme ich sie mit«, verkündete er.

»Haben Sie mir nicht zugehört? Sie braucht vorerst absolute Ruhe. Ärztliche Anweisung. Dafür ist sie hier wirklich gut aufgehoben.«

»Aber ich kann ... ich will sie nicht hierlassen«, entgegnete Simon. Ilona war auf die andere Bettseite getreten, um nicht weiter mit seinem Hinterkopf sprechen zu müssen.

»Ich mache Ihnen das Gästezimmer gleich nebenan fertig, dann können Sie bei ihr bleiben«, schlug sie vor, was ihm den Wind aus den Segeln nahm.

»Ich will Ihnen nicht auch noch zur Last fallen.«

»Sie stören mich doch nicht. Außerdem ist mein Mann bestimmt noch bis morgen in der Jagdhütte, und sonst ist niemand Weiteres im Haus. Also bleiben Sie!«

Simon sah auf. Wie vorhin in Ottos Werkstatt duldete Ilonas Blick auch diesmal keinen Widerspruch.

»Warum tun Sie das für uns?«

»Ist das nicht selbstverständlich? Zu helfen?«

Simon zuckte mit den Schultern.

»Gut, dann lassen Sie es mich so ausdrücken: Ich möchte, dass Sie unser Dorf in schöner Erinnerung behalten.«

36

Wieder einmal hatte er sich zu etwas breitschlagen lassen, was er eigentlich nicht wollte. Auch zu Ilonas Angebot hatte er nicht Nein sagen können.

Ich möchte, dass Sie unser Dorf in schöner Erinnerung behalten. Nun, das würde sicher nicht passieren, egal wie sehr sich Ilona für Maggie und ihn verrenkte. Sie hatte sogar angeboten, ihn zu Ottos Werkstatt zu fahren, damit er dort holen konnte, was er für die Übernachtung auf dem Bauernhof brauchte. Doch er hatte abgelehnt, vor allem, weil er nicht wollte, dass Maggie unbeaufsichtigt blieb. Es waren nur eineinhalb Kilometer, wie Ilona versicherte. Drei, wenn er den Weg retour mit einkalkulierte. Mit den neuen Wanderschuhen hatte er sich allerdings keinen Gefallen getan, wie er sehr schnell feststellte. Bereits als die ersten Häuser von Heindlsäge in Sicht kamen, wusste er, dass er sich Blasen an beiden Fersen laufen würde. Immerhin hegte er die schmale Hoffnung, dass Otto das Wohnmobil mittlerweile wieder fit gemacht hatte und er die Strecke zurück bequem fahren konnte. Ottos augenscheinlicher Respekt vor der Frau des Bürgermeisters hatte ihm womöglich Feuer unterm Hintern gemacht.

Der Nachmittag war angebrochen. Die Aussicht, heute noch von hier fortzukommen, rückte mit jeder Minute weiter in die Ferne. Der stete Wind trug das Geräusch eines Traktors heran, gefolgt von dem infernalischen Brüllen einer Kuh, die in irgendeinem der umliegenden Ställe vermutlich gerade ein Kalb zur Welt brachte.

Wieso hatte Ilona ihn schon fast dazu gedrängt, Maggies Handy zu benutzen? Und wo war der kleine Rucksack abgeblieben, den sie sehr wahrscheinlich bei sich trug, als Ilona sie im Wald gefunden hatte? In der Mittelkonsole der Fahrerkabine lag er jedenfalls nicht mehr. War Maggie deswegen überfallen worden? Konnte es derselbe Scheißkerl gewesen sein, der später auch die Kamera aus dem Wohnmobil geklaut hatte?

Kurz nachdem die Landstraße zur Dorfstraße wurde, passierte er ein schlichtes Häuschen mit verwitterten Fensterläden, vergrauter Fassade und verwildertem Vorgarten. Neben dem Eingang hing ein Schild, dem er, in Gedanken versunken, zuerst keine Beachtung schenkte. Er war mehr oder weniger bereits am Gartentor vorbei, als die Botschaft auf der gravierten Metalltafel, die dort neben den Eingang geschraubt war, in seinem Kopf ankam.

Dr. Hermann Erhardt
Veterinärmediziner
Termine nach Vereinbarung

Zur Hölle noch mal!

37

Zum Platzen geladen, traf er bei der Autowerkstatt ein. Die Blasen an den Füßen waren vergessen. Er konnte immer noch nicht fassen, dass dieser Dr. Erhardt ein verfickter Tierarzt war. Folglich musste er davon ausgehen, dass Maggies Kopfverletzung von einem Arzt diagnostiziert und versorgt worden war, der sonst Rindern seinen Arm in den Arsch steckte.

Die Werkstatt war abgeschlossen. Von Otto kein Piep. Er schloss das Wohnmobil auf. Probierte, den Motor zu starten, doch das Ergebnis war so ernüchternd wie schon gestern. Ihm fiel ein, dass der Mechaniker noch unterwegs sein könnte, um eine neue Batterie zu besorgen. Das brachte seinen Puls etwas runter. Eigentlich lief alles nach Plan. Er wusste, wo Maggie war, und hatte demnächst hoffentlich auch wieder einen fahrbaren Untersatz, um sie von hier wegzubringen. Was die Dorfpolizei zu diesem Vorhaben sagte, war ihm momentan reichlich egal.

Simon ging nach hinten und wurde die starren Wanderstiefel los. Die Socken waren an den Fersen blutig, weshalb er sie nicht auszuziehen wagte. Lustlos durchwühlte er das Chaos, das der Einbrecher bei ihren Sachen hinterlassen hatte, und packte ein, was er zu Ilona mitnehmen wollte. Irgendwie bekam er dabei Maggies Handy in die Finger. Er konnte sich nicht mehr erinnern, es vorhin eingesteckt zu haben, nachdem Ilona es ihm überlassen hatte. *Vielleicht wollen Sie jemanden anrufen?*

Der Gedanke, dass er es vor ihren Augen benutzen sollte, gefiel ihm immer noch nicht. Mittlerweile hätte er nur zu gerne damit telefoniert. Lange glotzte er auf das Display, das zu seinem Erstaunen immer noch eine Netzverbindung anzeigte. Kurz entschlossen tippte er ihr Geburtsdatum ein, doch das Gerät lehnte ab. Also versuchte er es mit dem seinen, was ihn mit der Information versorgte, nur noch einen Versuch zu haben. Frustriert steckte er es wieder in die Hosentasche. Zeitgleich fuhr ein Auto vor. Otto? Endlich!

Simon verzichtete darauf, erneut nach den Flipflops zu suchen. Nur mit Socken an den Füßen sprang er nach draußen. Seine kurzweilige Euphorie stürzte sogleich ins Bodenlose. Gruber und Hannes wuchteten ihre massigen Leiber aus dem Streifenwagen. Er musste sich gegen die Seite des Wohnmobils lehnen, damit die Enttäuschung ihn nicht umwarf.

»Trifft sich prima«, ließ Gruber verlauten und kam breitbeinig auf ihn zugestapft, während Kollege Hannes den Weg Richtung Straße zustellte.

»Was gibt's diesmal?«, fragte Simon, immer noch um Haltung ringend. Gruber stemmte seine Fäuste in die fleischigen Hüften. Auch die Schweißflecken unter den Armen des Uniformhemds gehörten bereits zum vertrauten Bild.

»Wir haben den Bericht der KTU bekommen«, begann der Polizist.

»Dann dürfte sich wohl alles geklärt haben«, erwiderte Simon und listete in Gedanken die Erfolge des Tages auf. Maggie gefunden, Batterie im Anmarsch, Unschuld bestätigt.

»Alles geklärt. So kann man's freilich auch ausdrücken«, nahm Gruber den Ball auf, nur um ihn sogleich mit brachialer Wucht zurückzuspielen. »Das Blut an ihrem Wohnmobil stimmt mit dem der toten Prostituierten überein.«

38

Wohin ist er verschwunden, dein Leuchtturm?

Hör auf! Was habe ich dir getan?

Du bist zu leichtgläubig. Den Menschen kann man nicht vertrauen.

Geh weg!

Ich kann nicht. Wir können nicht.

Was meinst du mit *Wir*?

In der Seele bin ich du, und du bist ich.

Nein, sag das nicht! Ich hab das Auge. Und ich bin sein Engel.

Wieso ist er dann fortgegangen? Ohne dich?

Weil sie recht hat, die andere. Die Wölfin. Sie hat recht. Er ist weg, denn ich kann ihn nicht mehr hören. Ihn nicht mehr spüren. Warum ist er fort? Ich verstehe es nicht. Immerhin hat er mich für einen kurzen Moment aus der Dunkelheit befreit.

Drück meine Hand!

Das habe ich doch. Ich habe gedrückt, so fest ich nur konnte. Ich. Maggie. So hat er mich genannt. Und es stimmt. Das ist mein Name. Maggie. Der Engel. Das Auge. Er hätte nicht gehen dürfen.

Du hast nicht fest genug gedrückt.

39

Simon kam bis zwischen die Altreifenstapel, dann trat er in etwas Spitzes, das ohne Probleme durch den Socken hindurch tief in seine Fußsohle drang. Er konnte nicht anders, als sich nach vorne fallen zu lassen, um zu verhindern, den verletzten Fuß noch stärker zu belasten. Also fiel er. Erneut. Diesmal keinen Abhang hinunter, dafür der Länge nach auf den säurezerfressenen Beton. Der Aufprall erinnerte ihn mit aller Brutalität an seine bereits arg in Mitleidenschaft gezogene Rippenpartie. Doch all die Schmerzen, die alten und die just in diesem Augenblick neu hinzugekommenen, waren nichts im Vergleich zu der Panik, die der Schatten in ihm auslöste, der sich sogleich über ihn schob. Simon wälzte sich herum und hob schützend die Hände vors Gesicht. Durch seine gespreizten Finger hindurch blickte er in die entschlossene, grimmige Miene von Polizeiobermeister Volker Gruber.

»Endstation, Bürscherl!«, zischte der Beamte.

Simons Gedanken rasten. Wieso nur hatte er versucht wegzurennen?

Das Blut der Prostituierten. Die Übereinstimmung mit dem auf der Stoßstange.

Die Schlieren, die der Wolf an der Front des Wohnmobils hinterlassen hatte, dieses zwischenzeitlich braun gewordene

Blut, stammte von einer Frau, von der er mit ziemlicher Sicherheit wusste, dass sie Lenka hieß.

Aber was die KTU herausgefunden hatte, konnte unmöglich stimmen. Folglich hatte er nur in Panik geraten und den Kopf verlieren können. Genau so würde er Gruber das jetzt erklären. Und später dann auch dem Richter, der ihn wegen Totschlags und unerlaubten Entfernens vom Unfallort verurteilen würde.

Oder aber, Lenka ist der Wolf gewesen.

»Steh auf, aber dalli!«, verlangte Gruber. Jetzt sah Simon auch Hannes hinter seinem Kollegen auftauchen. Die von Altreifen und Schrottcontainer gebildete Gasse war zu schmal, um beiden Beamten Platz zu bieten.

»Das muss ein Irrtum sein«, keuchte Simon.

»Das wird's G'richt entscheiden«, bekam er als Antwort. Vielleicht lag es am Adrenalin, das ihm half, seine Gedanken wieder einigermaßen unter Kontrolle zu bekommen. Jedenfalls war er plötzlich der Überzeugung, dass alles, was hier mit ihm passierte, gottserbärmlich zum Himmel stank. Er würde wegen dem, was ihm vorgeworfen wurde, niemals vor einem Richter stehen. Zumindest nicht nach einer offiziellen Anklageerhebung durch eine deutsche Staatsanwaltschaft. Das war für ihn plötzlich so sicher wie das Amen in der Kirche. Das verruchte Kuhdorf im Hinterland verfügte über seine ganz eigene Justiz. Es würde ihm ergehen, wie in diesen Wrong-Turn-Filmen, die ihm der Algorithmus seines Streaming-Dienstleisters als Sehempfehlung vorschlug. *Wir nehmen das Gesetz hier in unsere eigene Hand.* Es gab nur eine Sache, die er tun konnte. Fliehen. Weglaufen und jemanden finden, der ihm glaubte.

Gruber nestelte an einer seiner Gürteltaschen herum und beförderte wieder die Handschellen zutage. »Diesmal wird's ernst, Amigo!«

Amigo! Herrgott noch mal, hat er mich gerade wirklich so genannt? Simon robbte sich weiter in die Altreifenstapelgasse hinein, weg von Gruber und seinen matt glänzenden Stahlfesseln. Dabei schrammten seine Hände über den porösen Untergrund und über dort verstreut liegenden Unrat und Schrott, bis seine Rechte gegen raues, massives Metall stieß. Ohne hinzusehen, ertastete er rostigen Stahl. Einen schweren Eisenstab, der sich mit seinen Fingern perfekt umgreifen ließ. Der Polizeimeister beugte sich ihm mit hämischem Siegerlächeln entgegen, nah genug, dass er den Bieratem des Mannes riechen konnte. Angewidert und mit all seiner verbliebenen Kraft, drosch Simon ihm die mindestens fünf Kilo schwere Antriebswelle gegen die linke Kniescheibe.

40

Der Schrei aus Schmerz und Wut fuhr ihm durch Mark und Bein. Irgendwie hatte er sich aufgerappelt und sich zwischen Reifenstapeln und einem ausgeschlachteten, nur noch aus einem Gerippe bestehenden Wagen hindurchgezwängt, um auf das hinter der Werkstatt gelegene Flurstück zu gelangen. Dort musste er nur noch einen unter Strom stehenden Weidezaun überwinden, was nicht ohne Folgen blieb, als ihm der zwölf Volt starke Impuls beim Darübersteigen die Eier grillte. Beflügelt von der Furcht vor den Konsequenzen, einen Polizeibeamten angegriffen zu haben, schaffte er es dennoch, auf den Beinen zu bleiben, und sprintete über die von Kuhfladen durchweichte Wiese. Einen Blick über die Schulter riskierte er nicht, vor allem, weil er nicht mit ansehen wollte, wie Gruber und Hannes auf ihn anlegten. Simon war sicher, dass sie sich dabei nicht mit Warnschüssen begnügten. *Diesmal wird's ernst, Amigo!*

Es knallte nicht, bevor er den Waldrand erreichte und sich, ohne abzubremsen, ins dicht wuchernde Unterholz warf. Er gönnte sich keine Pause, befreite sich aus dem Gestrüpp und von dem Laub, das an ihm hing. Seine Füße wühlten im matschigen Untergrund, bis sie Halt fanden und er wieder aufstehen und weiterrennen konnte. Sein Verstand war offline gegangen, vorerst arbeitete nur sein Körper, der ihn den Berg hinauf und tief hinein in den Forst brachte. Über das Rauschen und Pochen in seinen Ohren hinweg glaubte er zu hören, wie sie ihn verfolgten. Vernahm das Rascheln von Blättern und das Knacken von Ästen, zertreten von grobstolligen Stiefeln. Schwor sich irgendwann, dass es nicht mehr allein die zwei Polizisten waren, die ihm nachstellten, sondern auch noch andere Leute aus dem Dorf. Die, die man in aller Schnelle hatte zusammentrommeln können. Und sie hatten auch Hunde dabei. Das stete Bellen, dessen Echo zwischen den Baumstämmen hin und her sprang, konnte keine Einbildung sein.

Irgendwann brach er zusammen. Kippte einfach um, während er wie von Sinnen rannte und über den von Tannennadeln gepolsterten Boden dahinrutschte, bis er sich in hervorspringendem Wurzelwerk verfing. Sein Atmen rasselte so laut, dass er nichts anderes mehr vernahm. Das Herz hämmerte rasend schmerzhaft und in unregelmäßigem Rhythmus in der Brust. Die Lungen brannten. Er konnte gar nicht so schnell so viel Luft in sich aufnehmen, wie sein Körper verlangte, um die Blutsättigung mit Sauerstoff aufrechtzuerhalten. Ihm wurde schwarz vor Augen, also machte er sie zu. Sein Magen verkrampfte. Gerade noch konnte er sich zur Seite drehen, bevor er sich übergab. Alles, was er herauswürgte, war bitterer Schaum, ohne dass er sich danach erleichtert fühlte. Kraftlos sank seine Stirn auf den Waldboden. Er hatte es versucht. Alles, was er jetzt noch tun konnte, war zu warten, bis sie ihn aufstöberten.

Vogelgezwitscher war das Nächste, was er vernahm. Ansonsten herrschte Stille. Sogar der Wind war eingeschlafen.

Die Sonne schien schräg durch die Bäume und fühlte sich warm an auf seiner Haut. Zumindest dort, wo er noch keine blutigen Kratzer und nässenden Abschürfungen hatte. Der Schnitt in seiner Fußsohle pulsierte. Über den Bereich des Brustkorbs mit den lädierten Rippen wummerte ein Güterzug mit tausend Waggons hinweg. Alle anderen Knochen und Gelenke ächzten bei der kleinsten Bewegung. Sein Körper war hundertfünfzig Jahre alt. Unbrauchbar. Und doch wusste er, dass er ihn weiter benutzen musste. Denn offenbar kamen sie doch nicht, um ihn zu holen. Hatten die Bluthunde seine Witterung verloren? War das möglich? Für eine Weile lauschte er auf anschwellendes Sirenengeheul von herbeigerufenen Einsatzfahrzeugen, die eine Hundertschaft an Uniformierten herankarrten. Zudem erwartete er jede Sekunde den Rotorenlärm eines kreisenden Hubschraubers zu hören, weil er überzeugt davon war, dass sie ihn mittels einer Wärmebildkamera ausfindig machen wollten. Doch auch davon bewahrheitete sich nichts. Was in Heindlsäge passierte, blieb in Heindlsäge.

Wir nehmen das Gesetz hier in unsere eigene Hand.

Natürlich. Hier löste man die Dinge unter sich. Niemand würde angefordert werden, um die Dorfpolizei zu verstärken. Was im Umkehrschluss bedeutete, dass auch er nicht mit Unterstützung von außerhalb zu rechnen brauchte. Auch er musste es auf sich gestellt hinbekommen. Für Maggie.

41

An einem sonnigen Junitag auf die Nacht zu warten, war ein verdammtes Geduldsspiel. Es wollte partout nicht dunkel werden, selbst nicht im Schatten der Bergkette des Bayerischen Waldes. Nicht dunkel genug also, um sich aus dem Wald zu wagen. Nachdem er sich endlich wieder aufrappeln konnte, hatte ihn der Durst dazu gezwungen, Wasser aus einem schmalen Rinnsal zu trinken. Es schmeckte stark mineralisch und war dennoch eine Wohltat für seine Kehle. Trotz anfänglicher Bedenken hinsichtlich unverträglicher Mikroorganismen in dem Quellwasser soff er wie ein Pferd.

Dann bahnte er sich weiter seinen Weg durch den ewigen Wald. Von seinen Socken waren nur noch Stofffetzen übrig, die um seine Knöchel hingen, doch er schaffte es nicht, sich zu bücken und sie endgültig abzustreifen. Längst war er dankbar für den Schlamm, der seine Füße schwarz gefärbt hatte, denn so konnte er nicht sehen, wie blutig und zerschunden sie waren. Außerdem kühlte der feuchte Dreck die Wunden, und es war ihm momentan scheißegal, welche Art Entzündungen dies später nach sich zog. Sollte er das hier überleben, blieb ihm immer noch Zeit, sich über Blutvergiftung und weiß der Teufel was noch Gedanken zu machen.

Simon überraschte sich schließlich selbst, als er nach stundenlangem Herumirren tatsächlich dort hingelangte, wohin er wollte. Als hätte er auf wundersame Weise nach einem halben Tag im Wald die Topografie dieser rauen Landschaft verinnerlicht. Aus erhöhter Position und vom Waldsaum her betrachtete er den ins Dämmerlicht getauchten Hof des Bürgermeisters. Er machte den Trakt aus, in dem sich das Zimmer befand, in das sie Maggie gesteckt hatten. Noch wollte er nicht darüber nachdenken, ob er es hinbekam, sie auch barfuß zu tragen. Vorrangig galt es, sie erst mal dort herauszuholen. Das nach und nach erlöschende violette Leuchten dieses entsetzlichen Tages reichte aus, sich einen Weg runter zum Anwesen auszuspähen.

Obwohl sich die Nacht schließlich doch und endgültig über die Landschaft legte, gingen keine Lichter in den Fenstern an. Soweit er erkennen konnte, stand auch der Land Rover nicht im Hof. Wie es schien, war also niemand zu Hause, obwohl Ilona beteuert hatte, immer ein Auge auf Maggie zu haben. Einerseits grämte es ihn, erneut belogen worden zu sein, andererseits schuf die Abwesenheit der Bürgermeistergattin die ideale Voraussetzung, um seine Rettungsmission durchzuziehen. Soweit Ilona ihm versichert hatte, würde er auch nicht auf den Hausherrn stoßen. Der frönte, laut ihrer Aussage, seiner waidmännischen Leidenschaft. Damit dürfte auch sichergestellt sein, dass er nicht in die Fänge des Wachhunds geriet, der auf dem Gemälde im Wohnzimmer zusammen mit seinem Herrchen verewigt war. Das alles zusammengenommen barg eine gewaltige Portion Hoffnung. Es konnte gelingen.

Als er feststellte, dass er sich keine weiteren Gründe mehr vorzubeten wusste, die gegen die Durchführung seines Unterfangens sprachen, zwang er sich zum Abmarsch. Geduckt und geräuschlos trat er aus dem Wald. Der Mond leuchtete heller, als ihm lieb war, während er auf das Grundstück schlich. Doch alles blieb ruhig. Nirgendwo ein Bewegungsmelder, der auf ihn reagierte und Flutlichtstrahler entfachte. Das Bürgermeisterehepaar hielt sich an die ländliche Regel des Zusammenlebens. Die Haustür war unverschlossen, gerade so, als hätten sie nichts zu verbergen. Simon horchte in den dunklen Flur. Kurz musste er sich beherrschen, nicht nach Maggie zu rufen. Aber natürlich scheute er sich, auch nur irgendein Geräusch zu verursachen. Flach atmend betrat er das Anwesen. Seine Augen gewöhnten sich schnell an die mangelnden Lichtverhältnisse. Außerdem kannte er den Weg. Nur einmal stieß er gegen die vorspringende Ecke einer Kommode. Die Vase, die darauf platziert war, wackelte, doch er bekam sie rechtzeitig zu packen, bevor sie umfiel. Im Wohnbereich halfen die großen Fensterflächen, die dem Mondlicht ausreichend Einlass boten. Alles war ruhig, nur von irgendwoher tickte eine Uhr. Die Stille sollte ihn eigentlich beruhigen, doch das Gegenteil war der Fall. Sie machte ihn zunehmend nervöser. Eher unbeabsichtigt schielte er rüber zum Kamin, und es kam ihm vor, als folgten ihm die Augen des Mannes auf dem Gemälde, während er in den Gang abbog, der ihn bis zu der Tür brachte, hinter der Maggie in einem Bett lag. Sie ließ sich nicht öffnen. *Ins Haus kann jeder rein, aber die zufällig im Wald aufgelesene Patientin wird weggeschlossen*, dachte Simon. Doch bevor er sich weiter aufregen konnte, stellte er fest, dass der Schlüssel von außen steckte. Es klickte leise, als er vorsichtig den Schlüssel drehte. Die Tür schwang wie frisch geschmiert nach innen. Auf nackten Zehen tapste er hinterher. Wegen der heruntergelassenen Jalousien war es im provisorischen *Krankenzimmer* wesentlich dunkler. Simon erkannte die Silhouette des Betts, neben dem immer noch der Infusionsständer aufragte. Er musste zweimal blinzeln, dann war er sicher. Seine Innereien bröckelten in sich zusammen wie erodierter Sandstein. Die Zudecke hing halb von der leeren Matratze. Maggie war weg.

TEIL 4

HEIM INS REICH

42

Er kam nicht dazu, über die neue Situation nachzudenken. Etwas sprang ihn von hinten an. Das Gewicht warf ihn nach vorne. Simon strauchelte. Mit der Hüfte prallte er schmerzhaft gegen die Bettkante. Gesicht und Oberkörper wurden ins Bettzeug gedrückt, womit jeder seiner Laute, die er von sich zu geben versuchte, im Keim erstickt wurde. Er spürte heißen Atem an seinem Ohr. Hörte ein Knurren, das seine Pulsfrequenz über die Zweihundert jagte. Wer auf ihm lag, ließ nicht zu, dass er sich aus der Umklammerung befreite. Er wehrte sich weiter, auch wenn er immer weniger Luft bekam. Doch er wollte nicht aufgeben. Konnte nicht. Die Furcht, zu ersticken, mobilisierte neue Kräfte. Endlich schaffte er es, ein Knie auf die Matratze zu schieben, und bekam damit einen besseren Hebel. Mit einem Ruck schleuderte er seinen Angreifer gegen das Kopfteil. Der Infusionsständer kippte und knallte scheppernd zu Boden.

Es war der Laut, den sie von sich gab, dieses überraschte Aufstöhnen, das ihn erkennen ließ, wer auf seinen Rücken gesprungen war. »Maggie! Verdammt, ich bin's!«, presste er hervor.

Er spürte es mehr, als er es sah. Verhindern konnte er es trotzdem nicht. Sie zog die Beine an und trat ihm hart gegen seinen Brustkorb. Nun war er es, der jaulte. Der Schrei ließ sich wegen der angeknacksten Rippen nicht unterdrücken. Das weckte sie irgendwie auf. »Simon?«, kam es leise von der oberen Bettseite.

»Ja, wer sonst. Musste das sein mit dem Tritt?«

Maggie schwieg. Das Licht reichte nicht, um ihre Augen zu sehen. Sie war ein Schatten. »Wir müssen hier raus!« Die Frage, ob sie gehen konnte, hatte sich erübrigt. Sie konnte sogar kämpfen.

»Ich bin so müde, Simon.« Ihre Stimme war eigenwillig spröde. Wie trockene Blätter, die der Herbstwind aneinanderrieb, kurz bevor sie abfielen. Und genauso leise. Er rollte sich vom Bett und kam irgendwie auf die Beine. »Los jetzt!«, sagte er und streckte ihr seine Hand entgegen. Zaghaft rutschte sie näher. Als hätte sie Angst, dass er ihr etwas antat. Was hatten diese Arschlöcher bloß mit seiner Frau gemacht? Wieso war sie so verstört. »Was macht dein Kopf?«

Sie tastete nach dem Verband. »Weiß nicht?«

Endlich ließ sie sich vom Bett ziehen. Eben noch war sie auf ihn losgegangen wie eine Furie, nun hing sie wie ein nasser Sack an ihm. Der Angriff auf ihn musste sie ihre gesamte Energie gekostet haben.

Er brachte sie in den Gang. Erst dort konnte er sehen, dass sie einen ausgebeulten Jogginganzug trug, der keinesfalls ihrer war. Verschrumpelte Ärmel und zu kurze Hosenbeine, aus denen ihre nackten Füße ragten. Nun würden sie beide barfuß auf der Flucht sein, denn er wollte sich nicht damit aufhalten, in diesem riesigen Haus nach ihren Kleidern zu suchen. Schwer auf ihn gestützt, schleifte er sie neben sich her. Offenbar hatten sich Wolken vor den Mond geschoben, denn der Rückweg kam ihm deutlich dunkler vor. Eben erreichten sie den Flur, der auf den Ausgang zuführte, als ein Wagen auf den Hof gefahren kam. Die Scheinwerfer leuchteten durch die bunten Glasornamente, die in die Haustür eingearbeitet waren. Zwei Lichtkegel strichen gespenstisch über sie hinweg. Simon erstarrte. Das Herz hämmerte bis hoch in die Schläfen. Sie waren so knapp davor.

Mit Maggie an seiner Seite machte er drei Schritte rückwärts. Dann sah er den Vorhang. Gerade noch rechtzeitig, bevor draußen die Scheinwerfer ausgingen und es stockfinster wurde.

Der Vorhang verbarg eine Nische. Simon griff in schwere Stoffe. Jacken und Mäntel. Es roch muffig nach Erde und Feuchtigkeit. Auf dem Boden stolperten sie über abgestellte Schuhe. High Heels ebenso wie Gummistiefel. Er schob beiseite, was ging, und kauerte sich mit Maggie im Arm in eine Ecke. Sie wirkte apathisch, als wäre sie wieder weggetreten. Jemand öffnete die Haustür. Er tastete nach ihrem Mund und legte seine Hand darüber. Sie wehrte sich nicht. Um durch den schmalen Spalt zwischen Wand und Vorhang sehen zu können, musste er sich unbequem verrenken, was ein schmerzhaftes Ziehen zur Folge hatte. Kein Wunder, bei seiner momentanen Konstitution. Er biss die Zähne zusammen, weil er sehen musste, wer das Haus betrat. Mit Ilona würde er gegebenenfalls fertig werden. Und falls es der Jägergatte war? Sofort kam ihm auch der Hund in den Sinn. Damit waren sie geliefert.

Er sah die offene Tür und darin die Umrisse einer wuchtigen Gestalt, die gerade so durch den Türrahmen zu passen schien. Der Schatten humpelte, das war klar auszumachen. Und da war noch etwas. Jetzt, da ihn das grelle Autolicht nicht mehr blendete, konnte er durch den immer noch offenen Eingang im fahlen Mondlicht den Streifenwagen vorm Haus erkennen. Diese Beobachtung fegte alle Zuversicht hinweg. Gruber hatte ihn gefunden.

43

Im Flur flammte die Deckenleuchte auf. Simon zuckte zurück, weit hinein in den Schatten der Garderobennische. Gruber war allein. Was suchte der Dorfbulle hier? Wie war er überhaupt darauf gekommen, dass Simon sich im Haus des Bürgermeisters aufhielt? Dafür gab es nur eine einzige Erklärung. Der Polizist wusste, dass sich Maggie hier befand. Und ging deshalb einfach davon aus, dass auch Simon früher oder später hier auftauchte. Folglich brauchte er sich nur auf die Lauer legen und zu warten. Nur dass Gruber Licht gemacht hatte, passte nicht zu dieser Theorie. Außer aber, er wusste, dass Simon schon im Haus war. Verfluchter Mist!

Womöglich waren in diesem überkandidelten Bauernhaus doch Überwachungskameras installiert, die er nur nicht bemerkt hatte. Vermutlich hatte er einen stillen Alarm ausgelöst. Maggie regte sich. Ausgerechnet jetzt schien sie wieder zu sich zu kommen. »Pst!«, hauchte er ihr ins Ohr. Er befürchtete, dass sie ihn jede Sekunde in die Hand beißen könnte, mit der er immer noch ihre Lippen verschloss. Aber er durfte jetzt nichts riskieren. Die klitzekleine Chance ausnützen, die ihnen noch blieb. Wenn Gruber von Maggie wusste, würde er doch wohl zuerst in dem Seitenflügel nach ihm suchen, in den sie Maggie gesperrt hatten. Dann blieben ihnen vielleicht zehn

Sekunden, bevor der Polizist schnallte, dass sie dort nicht mehr waren. Zehn Sekunden, um durch die Haustür und in den Hof hinauszurennen. Und sich von dort so schnell wie möglich wieder in den Wald zu flüchten.

Simon wagte nicht mehr, durch den Spalt zu linsen, aber er hörte die unrunden Schritte des dicken Mannes. Der Bulle hielt sich entgegen seiner Einschätzung immer noch im Flur auf. Was trieb er da? Weit entfernt von ihnen konnte er jedenfalls nicht mehr sein. In Simons Vorstellung stand Gruber breitbeinig vor der Nische, seine Knarre in der einen Hand und den Vorhangsaum in der anderen, bereit, ihn schwungvoll zu öffnen. Maggie stieß einen gequälten Laut aus, den er nicht zur Gänze dämpfen konnte. Das war's. Jetzt waren sie geliefert.

Statt eines zur Seite wischenden Vorhangs schrillte ein Handy. Geradewegs hinter dem schweren Brokatstoff, wie es sich anhörte. Es klingelte viermal, bis Gruber die richtige Taste fand. »Was is?«

Der Anrufer selbst war nur rudimentär zu verstehen, und was ihm mitgeteilt wurde, ließ keine Schlüsse darauf zu, warum der Polizeiobermeister kurz vorm Zugriff angerufen wurde. Die Sekunden, während Gruber zuhörte, was man ihm zu berichten wusste, dehnten sich zur Ewigkeit und endeten mit einem knappen Kommentar des Dorfbullen: »Zefix! Bin unterwegs.«

44

So schnell er gekommen war, verschwand Gruber auch wieder. Was war in Heindlsäge passiert, was für den Polizisten wichtiger war, als einen Flüchtigen zu stellen, der nach der aktuellen Spurenlage eine Frau auf dem Gewissen hatte? Immerhin waren sie dadurch aus dem Haus des Bürgermeisters entkommen, und Simon war nun dabei, seine immer noch weggetretene Frau in Trekkingschuhen, die er aus dem Haus des Bürgermeisters gestohlen hatte, durch die unheimliche Finsternis eines mitteleuropäischen Urwalds zu zerren. Er hatte nicht die geringste Ahnung, wohin und in welche Richtung sie unterwegs waren. Seine ganze Hoffnung ruhte darauf, dass sie irgendwann auf eine Straße trafen, auf der sie im besten Fall ein Auto anhalten konnten. Jemanden fanden, der sie möglichst weit von hier wegbrachte, zurück in die Zivilisation. An einen Ort, an dem man ihm zuhörte und Glauben schenkte.

Er beneidete Maggie um ihre Teilnahmslosigkeit. Sie ließ alles über sich ergehen, bekam sehr wahrscheinlich gar nicht mit, was ihr gerade zugemutet wurde. Was immer Dr. Erhardt ihr verabreicht hatte, momentan half es mehr, als es schadete.

Die Schuhe, die er geklaut hatte, waren ihm zu groß, und er wollte nicht an das rohe Fleisch denken, in das sich seine

Fersen mittlerweile verwandelt hatten. Außerdem war ihm klar, dass sie bald etwas zu trinken brauchten, doch immer, wenn er irgendwo in der Finsternis das Säuseln von Wasser vernahm, war ihnen nach wenigen Metern der Weg dorthin durch dichtes Gestrüpp oder steile Felsen versperrt, die ohne Licht unmöglich zu überwinden waren.

Maggie ließ seine Hand los. Erstmals, seit er sie aus dem Haus des Bürgermeisters geholt hatte. Sie sah zu Boden, und dadurch erkannte auch er, dass sie nicht mehr über aufgeweichten oder laubbedeckten Waldboden gingen. Unter ihren Füßen befand sich Asphalt. Löchrig, rissig, teilweise nicht mehr vorhanden, weggebröckelt, erodiert durch Wind, Wetter und Verkehr, aber ohne Frage, er hatte gefunden, wonach er suchte. Eine Straße. Und dem nicht genug, war da noch etwas. Ein roter Schimmer, einige hundert Meter voraus, jenseits einer Biegung. Zuerst dachte er, seine erschöpften Augen spielten ihm einen Streich. Doch offenbar sah es auch Maggie, denn sie stakste auf wackligen Beinen dem Licht entgegen.

Die vage Hoffnung, dass es sich dabei vielleicht um die Rücklichter eines am Straßenrand parkenden Wagens handeln könnte, war schnell dahin. Die verblendeten Fenster des Klub Pussycat erstrahlten nachts in einschlägigem Rot, und dieses intensive Leuchten verwandelte die Wasserpfützen auf dem Parkplatz davor in kleine Blutseen. Für Sekunden weigerte er sich zu akzeptieren, dass er Maggie und sich über die Grenze gebracht hatte. Ausgerechnet an diesen Ort.

»Pussycat«, hörte er Maggie sagen, und ihre Stimme ließ ihn zusammenzucken. Sie hatte nach der Flucht von Ilonas Bauernhof keinen Ton mehr von sich gegeben. Und dass ihr erstes Wort nun ausgerechnet der Name des tschechischen Puffs war, unterfütterte seine Desillusion zusätzlich.

»Hier wird man uns nicht helfen«, sagte er, dann bemerkte er, dass Maggie ihn überhaupt nicht ansah. »Aber ich weiß jetzt, wo wir sind, und wenn wir die Straße zurückgehen, in die Richtung, aus der wir gekommen sind, dann ...«

Noch während er sprach, wankte Maggie auf den Eingang des Bordells zu. Er machte drei schnelle Sätze und packte sie wieder am Arm. Diesmal reagierte sie auf ihn und wirbelte herum. »Lass mich!«, keifte sie, und er gab sie sofort frei.

»Wir – wir können hier nicht bleiben«, stammelte Simon, und dann blieb sein Blick an einem der drei Wagen hängen, die vor dem heruntergekommenen Gebäude abgestellt waren. »Heilige Scheiße ...«

Selbst Maggie, die weiterhin nicht ganz bei sich war, schien die erneut hochlodernde Panik in seinen Augen zu bemerken, weshalb sie zuließ, von ihm in den Schatten der angrenzenden Büsche gezogen zu werden. »Das Auto da ...«, begann er, auch wenn er spürte, dass Maggie nicht interessierte, was er soeben entdeckt hatte. »Das gehört Ilona.«

Simon war nicht vergönnt, auch nur eine Sekunde darüber nachzudenken, wieso der ihm vertraute Land Rover vor dem Pussycat parkte. Zwanzig Meter entfernt öffnete sich der Eingang des Klubs, und die ihm vertraute Statur von Karel dem Rausschmeißer tauchte im Türrahmen auf. Diesmal war er nicht allein. Der Tscheche komplimentierte einen mutmaßlichen Kunden auf grobe Weise hinaus in die Nacht. Ein Vorgang, der ihm noch recht gut vertraut war. Im Gegensatz zu ihm endete der Mann jedoch nicht in einer der Regenpfützen vor dem Etablissement. Im roten Licht der Puffillumination war dennoch deutlich zu sehen, dass der Freier um sein Gleichgewicht kämpfte. Weniger wegen des Schubsers, den er von dem Türsteher verpasst bekommen hatte, sondern augenscheinlich, weil er ordentlich getankt hatte. Karel rief ihm ein paar unverständliche, aber ohne Frage nicht sonderlich nette Worte hinterher und zog dann die Tür wieder hinter sich zu.

Der Parkplatz war hell genug ausgeleuchtet, es gab keinen Zweifel. Er kannte diesen Mann. Doch erst, als der Betrunkene nahe genug bei ihnen war, wusste er auch, wo er ihn schon einmal gesehen hatte. Auf einem Ölgemälde, das über einem offenen Kamin hing. Der Freier war der Jäger. Ilonas Mann. Der Bürgermeister von Heindlsäge.

45

So sah das also aus, wenn Ilonas Ehegatte auf die Jagd ging. Gemessen an seiner Kleidung, kam er tatsächlich gerade von der Pirsch. Dunkelgrüne Wollweste, Drillichhosen im selben Ton, klobige Schnürstiefel, am Gürtel ein Lederetui, in dem ein Messer mit Geweihgriff steckte. Der Bürgermeister drehte sich einmal um seine Achse, offensichtlich auf der Suche nach seinem Wagen. Simon schob Maggie noch tiefer ins Gebüsch. Da öffnete sich ein weiteres Mal die Bordelltür. Wieder war es Karel. »Hey, Wipplinger, hast vergessen!«, brüllte er und winkte mit einem Hut über seinem fassförmigen Kopf. Der Angesprochene fuhr herum, wobei er wieder heftig ins Wanken geriet. »Kreizdeife«, zischte er und marschierte in Schlangenlinien auf den Rausschmeißer zu, wobei er in jede Pfütze trat, die auf seinem Weg lag. Statt den Hut zu werfen, kam Karel dem Bürgermeister entgegen. Deutlich besänftigter als noch vor einer Minute. Offenbar war dem Tschechen wieder eingefallen, dass es nicht einträglich war, einen treuen Stammkunden zu vergraulen, interpretierte Simon dessen konträres Verhalten. Schließlich standen die beiden Männer sich gegenüber, und der Hut ging an seinen Besitzer zurück.

»Karel, bittschön! Du musst mir glauben!«, sagte der

Bürgermeister. Nein, er flehte regelrecht, und das mit weinerlicher Stimme.

»Leck mich, Wipplinger!«

»Bitte, mein Freund!«, entgegnete Ilonas Mann. Seine Zunge war träge vom Alkohol.

»Nix Freind! Nix mehr, wann du nix sagst, wo Fanny is!«

»Hörst mir nicht zu, Karel, Sakrament! Ich weiß es nicht. Sie is doch nicht gekommen. Nicht wie vereinbart. Gar nicht, is sie gekommen. Sag, meinst, sie liebt mich nicht mehr?«

»Hat sie noch nie, Wipplinger. Und jetzt zisch ab, schlaf aus deine Rausch!«

Der Bürgermeister fasste nach Karels Kragen, doch der wehrte ihn ab und verdrehte ihm den Arm, wodurch der Bayer unterdrückt aufheulte und mit schmerzverzerrtem Gesicht auf die Knie sank.

»Fass mich nix an!«, warnte Karel, immer noch das Handgelenk des Bürgermeisters in seinem Schraubstockgriff.

»Au, au! Lass mich aus!«, bettelte dieser.

Karel beugte sich hinab und senkte seine Stimme, doch auch die Nacht um sie herum hielt die Luft an, damit jedes Wort glasklar zu verstehen war. »Horch auf, Wipplinger, eins geb ich noch mit fir driber nachdenken. Ist Fanny nicht bald zurick, dann kommt Sergej auf schlechte Idee und macht selbst Hausbesuch bei dir. Was geht nix gut aus, wie dich denken kannst.« Damit ließ Karel vom Bürgermeister ab und stapfte zurück in den Klub.

Ins rote Licht getaucht, kauerte Ilonas Mann auf allen vieren auf dem schlammigen Boden. Wie es sich anhörte, heulte er. Jedenfalls zerschnitt hin und wieder ein leises Schluchzen die Stille. Ohne jede Vorwarnung setzte Maggie sich in Bewegung. Simon war zu perplex, um sie zurückzuhalten. Er war erst bei ihr, als sie dem Bürgermeister schon auf die Beine geholfen hatte.

»Dankschön, das Fräulein«, lallte dieser und wischte sich mit dem Handrücken die Tränen aus seinen Augenwinkeln. Für den Moment stutzte er. Maggie sagte nichts. Sah nur zwischen Simon und dem für sie offensichtlich fremden Mann hin und her. »Ui, was is passiert?«, fragte der Bürgermeister, deutlich verwirrter als noch vor zwei Sekunden, und deutete auf Maggies Verband. Sie taste nach ihrem Kopf. Es war ihr anzusehen, dass sie die Mullbinde über der Stirn schon vergessen hatte.

»Gestürzt«, erklärte Simon, worauf der Bürgermeister ihn misstrauisch musterte. »Kleiner Unfall mit Gedächtnisverlust«, führte Simon näher aus.

»Sauber«, kommentierte der Bürgermeister.

»Bringen Sie mich hier weg!«, verlangte Maggie mit glasklarer Stimme. Mit einem Mal hörte sie sich wieder hellwach an.

»Und was mach ma mit ihm?«, wollte der Bürgermeister wissen, der nicht abgeneigt zu sein schien, Maggie diesen Gefallen zu erweisen. Sie drehte den Kopf und machte ein Gesicht, als fiel ihr jetzt erst auf, dass Simon neben ihr stand.

»Ihn auch«, entschied sie.

»Sauber«, raunte der Bürgermeister, »aber nur, weil Sie so nett waren, Fräulein. I bin der Roman.« Er hielt ihr seine Hand hin, die Maggie sofort ergriff. Simon musste sich beherrschen, nicht dazwischenzugehen. *Du verbündest dich gerade mit dem Feind!*

»Pack mas!«, sagte Ilonas Mann, fummelte einen Autoschlüssel aus der Hosentasche und entriegelte den Land

Rover, der ihnen dankbar entgegenblinkte. Bevor er sich in Bewegung setzte, wandte er sich noch einmal dem Eingang des Pussycat zu und spuckte angewidert auf den Boden. »Dreckspuff«, knurrte er und wankte zu seinem Wagen.

»Er ist sturzbesoffen«, raunte Simon zu Maggie, die jedoch nicht den Eindruck machte, darüber beunruhigt zu sein. Also stiegen sie ein, wobei sich Roman Wipplinger wie selbstverständlich hinters Steuer setzte und Maggie neben ihm auf dem Beifahrersitz Platz nahm.

46

Sie wusste nicht, was mit ihr geschehen war. Nicht einmal, wo sie sich befand. Natürlich, sie saß in einem Wagen, den sie allerdings nicht kannte, ebenso wenig wie den Mann, der ihn lenkte und der nach Schnaps und Zigarettenrauch stank. Sie fuhren durch einen Wald, und immer, wenn die Bäume einen Spalt Himmel freigaben, leuchtete zwischen den Wipfeln ein übergroßer Vollmond. Der Mann, der sich als Roman vorgestellt hatte und ihr deswegen vielleicht doch nicht so fremd war, wie sie meinte, hatte es eilig. Aber der rasante Fahrstil machte ihr nichts aus. Nicht einmal, dass er betrunken war. Solange er sie nur heil aus diesem Wald hinausbrachte, war ihr alles recht. Warum sie das so unbedingt wollte, konnte sie nicht beantworten. Sie rannte vor etwas weg, das musste als Erklärung vorerst reichen.

Roman war alt. Bestimmt um die sechzig. Sein grau meliertes Haar stand ihm wirr vom Kopf ab, seine unrasierten Wangen waren eingefallen. Er wirkte nicht unbedingt gesund, die Tränensäcke unter seinen Augen waren dunkel und aufgequollen. Maggie musste an schwarze Nacktschnecken denken. Er trug eine Wolljacke, die trachtenmäßig aussah, und eine tannengrüne Outdoorhose. Es sah für sie so aus, als gehörte er hierher, trotzdem machte er einen verlorenen

Eindruck. Als wäre er von einem Jägersitz gefallen und danach in seiner Verwirrtheit in dieses Bordell geraten, aus dem man ihn vorhin wieder grob hinausgeworfen hatte. Grundsätzlich war es ihr zuwider, dass Männer in solchen Etablissements verkehrten, und sie glaubte natürlich nicht wirklich, dass er versehentlich dort gelandet war. Aber sich seine Geschichte so zu erklären, machte ihn für sie sympathischer. So war es einfacher, ihn zu bedauern, weil er hinter der betrunkenen Fassade eine tiefe Traurigkeit versteckte.

Sie drehte sich ein wenig nach hinten. Auf der Rückbank saß Simon. Auch er war unglücklich. Zudem sah er schrecklich aus. Abgekämpft. Dreckig, als hätte er seit Wochen auf der Straße gelebt. Er stank nach Gülle, Erde und altem Schweiß. Trotzdem empfand sie Gefühle für ihn. Nicht nur, weil er sie aus diesem Zimmer befreit hatte, an das sie nur mit Widerwillen zurückdachte, so schrecklich hatte sie sich dort gefühlt. Sie vermutete, dass er wegen ihr so abgerissen und wie durch den Fleischwolf gedreht daherkam. Simon hatte auch schon vor dem Zimmer mit den bösen Erinnerungen eine Rolle in ihrem Leben gespielt. Sie konnte nur gerade nicht sagen, welche. Immer noch war sie vollkommen durcheinander. Alle Erinnerungen in ihrem Kopf schienen zerbrochen zu sein, und die Fragmente ließen sich nicht wieder zusammenzufügen.

Simon war hinter den Sitz des Fahrers gerutscht und warf ihr einen verschwörerischen Blick zu, als erwartete er, dass sie seine Gedanken kannte. Wenn sie ihm nur klarmachen könnte, wie schrecklich unaufgeräumt ihr Kopf war. Oder wie leer ihr Herz. Außerdem tat ihr alles weh. In jeder einzelnen Faser ihres Körpers hallte das Echo der Schmerzen nach, die man ihr zugefügt hatte.

Das Rattern der breiten Reifen des Geländewagens auf dem Asphalt wurde mit einem Mal deutlich leiser. Auch das Geschaukel nahm ab. »Heim ins Reich«, brabbelte Roman, und wie aufs Stichwort zog Simon sich an der Lehne des Vordersitzes noch vorne und streckte seinen Kopf über die Mittelkonsole. »Ich weiß, was Sie mit Fanny gemacht haben«, sagte er.

Sofort geriet der Wagen ins Schlingern. »Was willst?«, fauchte Roman. »Wovon redest?« Er fuchtelte mit der Rechten herum, als wollte er eine lästige Fliege verscheuchen.

»Sie wissen, von wem ich rede. Von Fanny, die im wirklichen Leben Lenka heißt.«

»Scheißdreck!«, fluchte Roman und trat kurz, aber ungemein heftig auf die Bremse. Maggie wurde vom Gurt im Sitz gehalten, aber Simon, der nicht angeschnallt war, wurde durch die Sitze katapultiert und prallte mit Stirn und Nasenbein gegen das Infodisplay am Armaturenbrett. Vor Schreck riss Roman heftig am Lenkrad. Auch wenn der Straßenbelag nun besser war, war die Fahrspur schlichtweg zu schmal, um das Gefährt nach dem Manöver noch darauf halten zu können. Sie schanzten vom leicht erhöhten Straßendamm über Dickicht und zwischen zwei Bäumen hindurch direkt hinein in den Wald. Der Wagen stieß Warntöne aus, die wie Schmerzensschreie klangen, während sie eine abschüssige Böschung hinabschlitterten. Roman kurbelte wie besessen am Steuer, ohne dass er damit einen Effekt erzielte. Um sie herum knackte und knisterte es, Äste schrammten rechts und links am Fahrzeug entlang. Ein mächtiger Baumstamm tauchte im Scheinwerferlicht vor ihnen auf. Sie schossen direkt darauf zu. Maggie schloss die Augen.

47

Irgendwie war er mit Kopf und Oberkörper in den Fußraum der Beifahrerseite gerutscht, während seine Beine hoch zum Fahrzeughimmel ragten. Unter seiner Schädeldecke dröhnte es. Blut schoss ihm aus der Nase. Doch am schlimmsten waren die unkontrollierten Tritte, die er von Maggie abbekam, weil sie im Sitz über ihm durchgeschüttelt wurde, als würde sie ein Rodeopferd zureiten. Alles, was er noch tun konnte, war, seine Arme schützend um seinen Schädel zu legen und darauf zu warten, dass der Horror ein Ende nahm.

Mit einem heftigen Schlag, bei dem sich ihm innerlich sämtliche Organe verschoben, erfolgte der abrupte Halt. Der Land Rover stand still. Die Signaltöne, die der Wagen von sich gegeben hatte, seit er zwischen den Sitzen hindurch nach vorne geschleudert worden war, erstarben. Metall knackte. Jemand atmete laut. Warme Flüssigkeit füllte seinen Mund, und er kam nicht hinterher, sie zu schlucken, weshalb sie ihm rechts und links aus den Mundwinkeln lief. Maggies linker Fuß drückte qualvoll gegen seine Weichteile. In seinem Kopf überschlugen sich die Gedanken. Was hatte er sich nur dabei gedacht? Er hatte die Bombe platzen lassen, kaum dass sie zurück in Deutschland waren, und dadurch eine weitere Katastrophe ausgelöst. Wie konnte er so dämlich sein zu glauben, dass Wipplinger nach der Offenbarung hinsichtlich Lenkas Ableben einfach gemächlich weiterfahren würde? Was war er nur für ein Vollidiot.

Bevor er sich nach Maggies Befinden erkundigen konnte, öffnete sie die Tür. Die Innenraumbeleuchtung glomm auf, und er erkannte, dass sich über ihm die Airbags geöffnet hatten. Er bekam mit, wie Maggie ihren Gurt löste und ausstieg. Das schaffte Platz für ihn, sich in eine erträglichere Position zu winden. Er musste aus dem Wagen raus, ehe das Adrenalin sich so weit verdünnte, dass er die Schmerzen wieder zu einhundert Prozent fühlte. Unverhofft spürte er zwei Hände, die ihn an den Schultern packten und ins Freie zerrten. Mit dem Rücken voran landete er auf dem feuchten Waldboden. Ein Gefühl, das ihm vertraut war. Das Blut aus seiner sehr wahrscheinlich gebrochenen Nase ergoss sich jetzt in seine Augen, wodurch er noch weniger sehen konnte. »Maggie«, presste er hervor, doch sie antwortete nicht. Er hörte Schritte im Laub, die sich entfernten. Sofort packte ihn wieder die Angst. *Lass mich nicht zurück!* Simon rollte sich herum und krabbelte ein Stück, bis er eine Wurzel ertastete. Er fand den dazugehörigen Stamm, an dem er sich hochziehen konnte, während er sich das Blut aus den Augen blinzelte. Durch rote Schlieren hindurch fand er den Mond zwischen den Wipfeln über ihm. Langsam drehte er sich um. Die Schnauze des Land Rovers umarmte den Stamm einer Kiefer, die vermutlich schon mehrere Jahrhunderte an diesem Fleck stand. Das weiche Licht aus dem Innenraum reichte aus, um ihm das Chaos vollumfänglich zu offenbaren. Wipplinger kauerte hinterm Lenkrad auf dem erschlafften Airbag. Auch er blutete. Maggie hatte sich zu ihm in den Wagen gebeugt, und er sah, wie sie zu ihm sprach, zu leise, um verstehen zu können, was sie sagte.

»Lebt er?«, hörte er sich fragen.

»Steh nicht rum und hilf mir!«, entgegnete Maggie.

48

Der Bürgermeister sah nicht gut aus. Das tat er zwar schon vor dem Zusammenstoß mit dem Baum nicht, aber nachdem sie ihn zu zweit aus dem Land Rover gezerrt hatten, glaubte Simon zunächst, dem Mann beim Sterben zusehen zu müssen. Auch wenn er bis auf eine kleine Schramme an der Schläfe keine sichtbaren Wunden hatte, war Wipplingers Gesicht gespenstisch grau, und dünne Speichelfäden liefen ihm aus dem Mund bis runter zum Kinn. Er röchelte unregelmäßig und reagierte nicht auf die Klapse, die Maggie im Wechsel auf seine eingefallenen Wangen verteilte. Sie hatten ihn auf den Boden gelegt, mit dem Hinterkopf auf einen moosbedeckten Stein, und knieten nun rechts und links von ihm.

»Meinst du, er hat innere Verletzungen?«

»So heftig war der Aufprall auch wieder nicht«, antwortete Maggie nüchtern, als wäre sie eine erfahrene Notärztin. An Wipplingers faltigem Hals tastete sie nach dem Puls. Jeder ihrer Handgriffe wirkte irgendwie professionell, und Simon konnte nicht umhin, sie dafür zu bewundern. Sie wusste, was zu tun war oder weckte zumindest den Anschein. Doch sie kümmerte sich ausschließlich um den Bürgermeister, und das versetzte ihm den nächsten Stich ins Herz. Er war auch verletzt. Seine Nase war komplett zugeschwollen, weshalb er nur durch den Mund atmen konnte. Wieso bemerkte Maggie das nicht. »Bist du wieder klar?«, fragte er verhalten, aber sie gab ihm keine Antwort. Auch wenn sie offenbar endlich aus dem durch die Drogen verursachten Zombiestadium erwacht war, sie war trotzdem nicht dieselbe. Irgendwie war er auch nur ein Fremder an ihrer Seite. So wie der Bürgermeister.

Der hörte in diesem Augenblick auf zu atmen. Stattdessen öffnete er seine Augen, die ihnen groß und blutunterlaufen entgegenglotzten. Er richtete sich auf. Maggie wich zurück, rechtzeitig, um dem Schwall auszuweichen, der sich ohne Vorwarnung aus Wipplingers Mund ergoss. Eine nach Alkohol stinkende, saure Brühe, die er zwischen seine gespreizten Beine spie. Die Streuwirkung des Strahls war so breit, dass auch Simon seinen Teil davon abbekam, weil er nicht schnell genug in Deckung gehen konnte. Noch während er angeekelt nach hinten rutschte, suchte den Bürgermeister nach seiner inneren Reinigung ein Hustenanfall heim. Die bellenden Laute hallten in einem Echo zwischen den Bäumen wider. Der Mond leuchtete durch das löchrige Blätterdach kalt auf sie herab.

»Jetzt schauts euch den Scheißdreck an«, raunte Wipplinger, als er wieder Luft bekam, und deutete auf sein zerstörtes Gefährt. Simon packte die Wut. Er schnellte nach vorn und krallte seine Hände in die Weste direkt unterhalb von Wipplingers Hals. Mit all seinem Zorn im Bauch zog er den Jäger zu sich heran. »Rücken Sie endlich mit der Wahrheit heraus! Wieso haben Sie das mit Lenka gemacht?«

»Hör auf!«, zischte Maggie, doch das wollte er nicht. Nicht, bevor er nicht zu hören bekam, wie die tschechische Prostituierte statt des Wolfes in den Straßengraben gelangte.

»I weiß von nix«, krächzte Wipplinger. »I such sie doch selber schon überall.«

Simon hatte nicht vor, sich immer weiter von diesen Hinterwäldlern verarschen zu lassen. Er hob den rechten Arm und ballte seine Faust. Sofort war Maggie zur Stelle und hielt ihn zurück. »Lass mich, er lügt«, behauptete er, felsenfest davon überzeugt, erneut einen Bären aufgebunden zu bekommen.

»Simon, verdammt!«, herrschte Maggie ihn an. Er versuchte sie loszuwerden, doch sie stand hinter ihm und verfügte damit eindeutig über die besseren Hebelkräfte. Also ließ er Wipplinger frei und erhob sich ebenfalls. Er wollte sie wegstoßen, doch sie erriet seine Absicht, wich ihm aus, und er stolperte ins Leere, bis der nächste Baum ihn auffing. Dass jetzt auch Maggie gegen ihn war, brachte ihn noch mehr zum Schäumen. Er wirbelte herum, und diesmal bekam er sie zu fassen. Doch das war auch schon alles. Sie hatte sich zwischen ihn und den Bürgermeister gestellt. Da sie wegen der Hanglage in erhöhter Position stand, schaffte er es nicht, sie aus dem Weg zu drängen. Trotz des groben Profils fanden die zu großen Trekkingschuhe keinen richtigen Halt auf dem weichen Waldboden. Und natürlich war sie kräftig. Eine Fitnesstrainerin, die jeden Tag ihre Muskeln stählte. Es schien, als hatten weder die vermeintliche Gehirnerschütterung noch das, was ihr danach verabreicht worden war, sie sonderlich geschwächt. »Lass mich durch!«, zischte er. »Er muss endlich mit der Wahrheit herausrücken.«

Das Mondlicht ließ ihre Augen funkeln, und für eine Sekunde fühlte er sich eingeschüchtert von diesem Blick. Dieser kurze Moment an Schwäche reichte ihr, um ihn erneut aus dem Gleichgewicht zu bringen. Weil er nicht losließ, fielen sie beide. Dabei landete Maggie auf ihm. Überrascht von seinem hinausgebrüllten Schmerz, rollte sich Maggie von ihm runter, wobei ihr Sweater nach oben rutschte. Doch es war nicht ihre nackte Haut, die Simon im fahlen Mondlicht zu sehen bekam. Er unterbrach den Gegenangriff, bei dem er sich wieder auf sie werfen wollte. »Was ist das?«, fragte er, statt sie zu Boden zu drücken.

Maggie wand sich wie eine Schlange, um einen angemessenen Abstand zwischen sich und ihn zu bringen, bevor sie seinem Blick zu ihrer Taille folgte. Dann sah auch sie es. Dort, zwischen Rippenbogen und Hüftknochen, klebte ein dickes weißes Verbandspflaster. Ihr war sofort anzusehen, dass sie keine Ahnung hatte. Dass sie die wegen ihrer Flucht durch den Wald bereits arg in Mitleidenschaft gezogene Kompresse auch eben erst bemerkte. Maggie war ungemein schnell auf den Beinen, als wollte sie vor dieser neuen Entdeckung fliehen, und hielt dabei den Bund des Sweaters weiterhin nach oben gerafft. Ohne zu zögern, riss sie das Pflaster mit einem Ruck von ihrer Haut.

»Was zur Hölle ...«, entwich es Simon, als er die drei tiefrot entzündeten Kratzer sah, die unter dem Verband zum Vorschein gekommen waren. Drei blutige, parallel verlaufende Rillen von aufgepflügter Haut, die sich auf Höhe von Maggies Nabel mindestens zehn Zentimeter oberhalb ihres Hüftknochens entlangzogen.

Ich habe sie so gefunden. Gestern, im Wald. Ilonas Worte. Es war Simon unmöglich, den Gedanken zurückzuhalten, dass diese Wunden von einem Tier verursacht worden waren. Einem verfluchten Wolf, was auch sonst.

»Woher hast du die? War das ein Wolf?«, fragte er mit brüchiger Stimme, obwohl er doch schon wusste, dass sie keine Ahnung hatte. Sie schüttelte den Kopf. Einen winzigen Moment lang erkannte er neben der Angst in ihren Augen auch wieder seine *alte* Maggie. Sie war also immer noch da drin, in dem Körper dieser Amazone, die ihn so leicht zu Boden ringen konnte.

Aber tief in sich drin war er sicher. Diese Striemen auf Maggies Taille hatte ein Wolf hinterlassen. Und beim nächsten Vollmond würde auch sie sich in eine haarige und blutrünstige Bestie verwandeln und ihm die Kehle aufreißen, noch eher er kapierte, wie ihm geschah ...

Mein Engel, ich befürchte, du bist jetzt ein Werwolf ...

»Maggie?«

Sie reagierte, erwiderte seinen Blick und wirkte mit einem Mal amüsiert. Eigentümlich belustigt wies sie mit dem Kinn auf etwas hinter seinem Rücken, und er wirbelte herum. Der Bürgermeister war verschwunden.

49

Roman hatte die Gelegenheit am Schopfe gepackt, als Maggie mit Simon gekämpft hatte. Und darüber war Simon nun außer sich. Sie verstand nicht, wieso der Jäger für ihn so wichtig war. Sie hatte keine Ahnung, wer Lenka war und wie diese Frau in all dem mit drinsteckte. Doch es lag auf der Hand, dass Simon von ihr jetzt Hilfe erwartete. »Er ist da lang«, sagte sie deshalb und deutete zwischen zwei Buchen hindurch.

»Woher ...?«, setzte Simon an, doch dann folgte er ohne weiteres Zögern der Richtung, die sie ihm gewiesen hatte. Maggie lief hinterher. Wollte sie Antworten für sich, musste sie den beiden Männern nach. Was ihren Körper anging, so gehorchte der immer noch erstaunlich widerstandlos, trotz all der Blessuren, die sie sich zugezogen hatte. Mühelos schloss sie zu Simon auf. Da war diese Energie in ihrem Inneren. Eine ursprüngliche Kraft, die aus dem Tiefsten ihrer selbst zu kommen schien, als hätte sie dort schon immer existiert. Als hätte sie erst jetzt einen Weg gefunden, sie herauszulassen. Entfesselt von diesem Gefühl sprintete sie an Simon vorbei, leichtfüßig hinein in die Dunkelheit des Waldes.

»Warte!«, keuchte er hinter ihr. »Ich kann kaum was sehen ...«

Auch das stimmte. Nachdem sie aus dem Radius hinausgerannt waren, den die Innenbeleuchtung des Geländewagens erhellt hatte, war es ziemlich finster geworden. Ohne dass sie es bemerkte, hatte sich eine Wolkenbank vor den Mond geschoben. Doch sie benötigte weder das Licht des Nachthimmels noch sonst eine Lampe, um jeden Schritt auf sicheren Grund zu setzen und Romans Fluchtweg auszumachen. *Ich folge einfach seiner Fährte.*

»Maggie, bitte!« Simons Winseln ließ sie langsamer werden. Schließlich hielt sie an und drehte sich nach ihm um. Er stolperte heran und bekam nur schwer Luft. So viel zu den aufputschenden Stresshormonen. Er schloss zu ihr auf und hielt sich tatsächlich an ihr fest, um nicht in sich zusammenzusacken.

»Es ist nicht mehr weit«, versuchte sie, ihn aufzumuntern, und erntete einen ungläubigen Blick. »Als wüsstest du, wohin er türmt?«

»In seine Jagdhütte«, erklärte sie überzeugt und war froh, dass Simon zu sehr damit zu kämpfen hatte, wieder zu Atem zu kommen, um ihre Antwort zu hinterfragen.

50

Er folgte mehr ihren Geräuschen, als dass er sehen konnte, wohin sie sich bewegte. Anfangs half der Mond noch bei der Orientierung, doch dann gerieten sie zwischen dicht wachsende Tannen, und seitdem war er wie blind. Immer wieder schlug ihm Nadelgeäst ins Gesicht. Er fühlte Spinnweben und Insektenbeine auf seiner Haut, und der matschige Waldboden sog an seinen Schuhen, in denen er immer weniger Halt fand. *Nicht mehr weit* wurde zu einem äußerst dehnbaren Begriff, und schließlich bezweifelte er, dass sie überhaupt wusste, wohin sie rannte. Und dass sie Wipplinger einholen würden. Zumal die Spur, die sie für ihn legte, nicht geradlinig in eine Richtung verlief. Vielmehr schlug sie Haken, mal nach links, mal nach rechts, selbst an Stellen, wo keine Hindernisse es nötig machten. Mit jedem Schritt, den er Maggie hinterherhetzte, wuchsen seine Sorgen, dass sie sich erneut verirrten. Oder sie sich gar gegenseitig verloren. Doch ihm fehlte die Luft, ihr seine Bedenken hinterherzurufen. Und noch konnte er hören, wie sie durchs Unterholz huschte, auch wenn das Blut in seinen Ohren von einem Rauschen zu einem schrillen Sirren angewachsen war.

Simon rannte ein ganzes Stück über die Lichtung, bis er feststellte, dass er den Tannenhain hinter sich gebracht hatte.

Dann sah er Maggie, jetzt wieder ins Mondlicht getaucht. Reglos stand sie nur drei Meter von ihm entfernt. Er folgte ihrem Blick und tatsächlich, dort war die versprochene Jagdhütte. Nein, mehr als eine Hütte. Was sich vor dem dunklen Wald abzeichnete, war ein richtiges Haus. Zweistöckig, im unteren Bereich verputzt und dann nach oben bis in den spitzen Giebel hinein mit Holz vertäfelt. Es hatte Fensterläden, und über der Eingangstür, zu der drei Steinstufen hinaufführten, hing ein Hirschgeweih. Innen war es dunkel. Wipplinger war womöglich noch gar nicht da, weil Maggie so ein Tempo vorgelegt und sie ihn irgendwo im Dickicht überholt hatten.

Simon versuchte nicht zu gierig zu atmen, als er sich zu Maggie gesellte.

»Ich gehe hintenrum«, machte sie klar und marschierte los, ohne dass er ihrem Plan zustimmen konnte. Vor Erschöpfung am ganzen Körper zitternd, wartete er ab, bis sie zwischen einem Hollunderstrauch und der Hauswand hindurch um die Ecke verschwand. Mit gestrecktem Rücken stapfte er durch das Gras der Waldlichtung auf die Jagdhütte zu. Er kam bis auf zehn Meter heran, dann flog die Tür auf, und ein schwarzer Schatten schoss daraus hervor, direkt auf ihn zu.

51

Der Hund. Wie hatte er den Hund vergessen können? Dieser braun-grau gefleckte von dem Ölgemälde, der nun Realität wurde und dessen struppiges Fell die Nacht schwarz färbte und die Augen gespenstisch zum Leuchten brachte. Simon taumelte rückwärts und rutschte dabei aus einem der Trekkingschuhe, was ihn endgültig aus dem Gleichgewicht brachte. Er landete auf dem Hintern, und schon war der Hund über ihm, die Lefzen weit über seine Reißzähne gezogen. Simon riss die Arme nach oben, und der Hund legte sein ganzes Gewicht darauf. Ein beängstigendes Grollen entwich dem Brustkorb des Köters, als dessen Schnauze nur mehr Zentimeter von seinem Gesicht entfernt war. Simon roch den stinkenden Atem der Bestie, spürte, wie Geifer auf ihn herabtropfte. Schweiß rann in seine Augen und mischte sich mit seinen Tränen und dem Hundespeichel. Das war's jetzt also. So fühlte es sich an, wenn man um sein Leben kämpfte. Und verlor ...

Ein Pfiff ertönte, in derselben Sekunde, in der seine Kraft versiegte. Der Hund wich zurück. Simon ächzte, wagte aber nicht, sich zu rühren. Noch immer fletschte der Hund sein gelbes Gebiss. Erst als eine Gestalt hinter ihm auftauchte, verstummte sein Knurren. Ein Schleier trübte Simons Blick, doch er wusste trotzdem, dass der Bürgermeister auf ihn herabsah. »Du sagst mir jetzt, was der Fanny passiert is!«, verlangte der Jäger. Der Hund schüttelte sich, als wäre er angewidert von dem, was da vor ihm im taufeuchten Gras kauerte.

»Lenka! Ihr richtiger Name ist Lenka«, berichtigte ihn Simon trotzig.

»Glaubst, das weiß i nicht, du Arschloch! Raus jetzt mit der Sprach! Wo is sie?« Es reichte ein kaum vernehmliches Nicken von Wipplinger, und sofort waren die Reißzähne des Hundes wieder gefährlich nah an seiner Kehle. Doch nur kurz, denn unverhofft vollzog sich in dem Tier eine Wandlung. Die Körperspannung erschlaffte, und gleich darauf machte er einen Satz zur Seite und krümmte seinen Schwanz zwischen die Hinterbeine. »He!«, kommentierte der Bürgermeister überrascht das seltsame Verhalten des Hundes, der mit einem Mal gegen den Befehl seines Herrn agierte. Hund und Mensch glotzten in dieselbe Richtung. Simon musste seinen Hals überstrecken, um zu sehen, was die beiden anstarrten. Maggie stand dort, in silberfarbenes Licht getaucht, mit gesenktem Kopf, als beabsichtigte sie, alle drei anzufallen. Vielleicht lag es an seiner verdrehten Perspektive, aber nie zuvor war ihm aufgefallen, wie breit ihre Schultern waren. *Maggie, die Amazone.*

Sie ging in die Hocke, und der Hund trottete ohne Zögern zu ihr. Lammfromm ließ er sich unterm Kinn kraulen.

»Wotan, Fuß! Zefix!«, bellte der Bürgermeister, was Wotan nicht mehr juckte. Er genoss die Streicheleinheit, die ihm Maggie zuteilwerden ließ. Wipplinger warf Simon einen fragenden Blick zu. Von einer Sekunde auf die andere war er wieder der gebrochene Mann, dem sie auf dem Parkplatz vor dem Pussycat auf die Beine geholfen hatten.

»Lenka ist tot«, sagte Simon und gab ihm damit den Rest.

52

Sie hatte nicht gewusst, wie durstig sie war, bevor ihr Simon ein Glas Wasser reichte. Roman trank Bier, wobei nach dem ersten Ansetzen an die Lippen kaum mehr was davon in der Flasche blieb. Auch Simon hielt sich an einer Bierflasche fest, nippte aber nur verhalten. Wotan lag unter dem grob gezimmerten Esstisch, der einen großen Teil des Innenraums der Jagdhütte ausfüllte. Darüber hing eine aus Weiden geflochtene Lampe und tauchte alles in honigfarbenes Licht, nicht schwach genug, um die Unordnung in der Jagdhütte zu kaschieren. Der Flickenteppich, der sich einmal quer durch den Raum zog, war ausgefranst, abgetreten und dreckig von Schlamm und Laub, das schwere Stiefel über lange Zeit von draußen hereingetragen hatten. Auch die Tischplatte dürfte bereits vergessen haben, wie sich ein feuchter Lappen anfühlte. Außerdem stank es. Nach nassem Hund, nach altem Schweiß, nach Bier, kaltem Zigarettenrauch und Schweinefett aus dem gusseisernen Holzofen. In dem Spülstein, der sich rechts von der Feuerstelle befand, türmte sich ungewaschenes Geschirr. Der Wasserhahn tropfte. Die Tür, die in der linken Ecke aus dem Zimmer führte, stand einen Spalt offen. Maggie glaubte dahinter eine Treppe zu erkennen, über die man höchstwahrscheinlich in den Raum unterm Dach kam. Dort, wo sie das Schlafzimmer vermutete. Vor ihrem geistigen Auge sah sie zerwühltes Bettzeug. Roman war dort oben nicht immer nur allein gewesen.

Lenka ist tot.

Diese Worte hatten den Jäger in einen lethargischen Zustand versetzt. Sie mussten ihn führen, damit er die drei Stufen hinein in sein Refugium bewältigen konnte. Dort war er eine ganze Weile unkoordiniert herumgewankt, bis er den Kühlschrank gefunden hatte. Hilflos hatte er auf die Getränke gedeutet, die darin verstaut waren. Hauptsächlich Bier, dazu ein paar Flaschen mit klarer Flüssigkeit. Schnaps, keine Frage. Roman schaffte es nicht, sie zu bedienen, dafür zitterten seine Hände zu sehr, also übernahm Simon den Ausschank. Jetzt hockten sie im Raum verteilt auf klobigen Holzstühlen und schwiegen sich an. Roman weinte still in sich hinein, während seine Hände die leer getrunkene Bierflasche hin und her rollten.

Lenka ist tot.

Sie hätte wirklich liebend gerne gewusst, wer diese Frau war, die Roman lieber Fanny nannte. Doch sie wagte nicht zu fragen, bevor der Jäger sich nicht endlich beruhigte. Dass der Mann sich der Trauer um Lenka so ohne Scham hingab, berührte sie. Er steckte sie mit seinen ungehaltenen Emotionen regelrecht an. Sie hätte sofort mit ihm heulen können, aber das wollte sie vor Simon nicht tun. Sie ahnte, dass er es nicht verstehen würde. Wenn sie ihn betrachtete, wusste sie, was er sich stattdessen von ihr erhoffte. Er war es, der bemitleidet werden wollte, für das, was er durchgemacht hatte. Weswegen sie mit sich selbst in Zweifel geriet, ob sie ihm bisher eine Partnerin gewesen war, die ihm diesen Eindruck vermittelte. Oder gar schlimmer, ihn tatsächlich mit ihrem Bedauern beigestanden hatte. Zwischenzeitlich war ihr eingefallen, dass sie verheiratet waren. Nicht allein der gleichen Ringe wegen, die sie trugen, sondern weil ihre Gedanken mit jeder Minute, die verstrich, klarer wurden. Nach und nach bekam sie ihr zersplittertes Leben wieder zusammengestückelt. Und trotzdem, da war etwas in ihr, das sich dagegen sträubte, es wieder vollständig in die ursprüngliche Form zu pressen. Sie war verunsichert darüber, ob sie zu dem zurückwollte, was sie hatte, bevor jemand sie in diese unerträgliche Dunkelheit verbannt hatte. *Bevor die Wölfin mich heimsuchte ...*

»Erklär's mir!«, verlangte Roman urplötzlich lautstark und ohne Vorwarnung. Simon schreckte auf. Er sah aus, als wäre er tatsächlich mit dem Bier in der Hand auf dem Stuhl eingenickt. »Wa-was?«

»Warum is sie tot?«

»Kann ich nicht sagen. Hat die Polizei mir nicht verraten.«

»Gruber?«

»Genau der«, bestätigte Simon. Er wirkte nervös. Maggie erkannte sofort, dass Simon mehr wusste, als er bereit war zuzugeben.

Der Jäger schüttelte den Kopf, stand auf und holte ein frisches Bier aus dem Kühlschrank. Diesmal wankte er nicht. Wotan sah kurz auf, legte aber seine Schnauze gleich wieder auf seinen Vorderpfoten ab.

»Gruber«, wiederholte Roman auf eine Art, die deutlich machte, dass er den Genannten nicht leiden konnte. Auch Maggie kam der Name bekannt vor. Und auch, dass sie Romans Abneigung gegenüber diesem Gruber teilte.

»Weißt wenigstens, wie's passiert is? Und wann?«, verlangte Roman zu erfahren, nachdem er die Flasche mit einem Zug zur Hälfte geleert hatte.

Simon schüttelte den Kopf und stierte dabei auf seine Füße. »Kreizdeife, wenn du nix weißt, wieso dann, dass sie tot is?« Endlich sah er auf. »Weil ich ihre Leiche gesehen habe, Himmel noch mal!«, blaffte er zurück. Die Ohren des Hundes unterm Esstisch zuckten. »In einem Straßengraben. Da ist sie gelegen. Nackt. Reicht das?«

»Wann?«

»Gestern ... vielleicht vorgestern, ich blicke nicht mehr durch.«

»Vor zwei Tag hätt sie kommen sollen«, raunte der Jäger. »Is sie aber nicht.« Er knallte die Bierflasche auf den Tisch. »Statt sie zu suchen, hab i mi b'soffen, ich Depp«, lamentierte er kopfschüttelnd vor sich hin. »Und der Karel, dieser Saukrüppel, der hat auch nix g'sagt.« Als er ihn wieder ansah, leuchtete ihm der Zorn aus dem Gesicht. »Meinst, es war der Sergej?«

Simon sah ihn nur ausdruckslos an.

»Wo war das? Wo hast sie gesehen, auf unserer Seite oder drüben, bei die Tschechen?«

»Kurz vor Heindlsäge.«

Diese Information brachte Roman ins Taumeln, bis er die Stuhllehne fand, an der er sich festhalten konnte. »Sie war also schon bei uns herüben ...«

»Wer wusste eigentlich davon, dass Sie sich mit Lenka hier treffen?«, fragte Maggie, die sich nach und nach zusammenreimte, was sich hier vor zwei Tagen ereignet hatte. »Außer diese Männer. Karel und Sergej. Sind ... waren das ihre Zuhälter?« Roman funkelte sie begriffsstutzig an.

»Das finden wir raus, wer was g'wusst hat!«, entschied er schließlich und stapfte rüber zu einem Stahlschrank neben der Eingangstür, dem Maggie bislang noch keine Beachtung geschenkt hatte. Er fummelte einen Schlüssel aus der Hosentasche, öffnete das Vorhängeschloss, riss die Schranktür auf und packte sich eines der dort verwahrten Jagdgewehre.

53

Wipplinger stapfte los, Wotan dicht auf. Simon suchte Maggies Blick. Die Aussicht auf einen weiteren Fußmarsch durch die Wildnis schien ihr nichts auszumachen. Aber ihr hingen auch nicht die Hautfetzen von den Fersen, und sie konnte durch die Nase atmen. Die Kollision mit dem Geländewagen hatte für sie allem Anschein nach keinerlei Verletzungen zur Folge oder sie schaffte es deutlich besser als er, diese zu ignorieren.

Simon war mittlerweile felsenfest davon überzeugt, dass jemand ein perfides Spiel mit ihnen trieb. Er konnte sich zwar immer noch keinen Reim darauf machen, wie und warum ausgerechnet er in diese Intrige geschlittert war, aber es lag auf der Hand, dass man ihm das Ableben von Lenka unterschieben wollte. Unfallflucht mit Todesfolge. *Drauf geschissen.* Hier sollte etwas vertuscht werden, und Maggie und er waren dieser hinterhältigen Absicht zum Opfer gefallen. Darum musste er jetzt alles dafür tun, seine Unschuld zu beweisen. Er musste denjenigen aufspüren, der diese Verschwörung gegen ihn eingefädelt hatte. Und so wie es aussah, war der Einzige, der ihm dabei helfen konnte, ausgerechnet der kauzige Bürgermeister.

Der Weg, den Wipplinger wählte, war weit weniger beschwerlich als die Pfade und Wildsteige, die er in den letzten zwei Tagen hinter sich gebracht hatte. Trotz der brennenden

Schmerzen an den Füßen, des permanenten Stechens seines Brustkorbs und der tobenden Nasenwurzel konnte er einigermaßen das Tempo mithalten, das Maggie und der Jäger vorlegten. Und je länger der Marsch dauerte, desto mehr verfiel er in einen meditativen Trott. Sein Geist löste sich von seinem geschundenen Körper, der widerstandslos voranschritt. Das kannte er nicht von sich. Dass er dazu fähig war, sich über diesen Grenzbereich hinaus zu überwinden. Allerdings war er in seinem Leben noch nie so einer physischen wie auch psychischen Belastung ausgesetzt gewesen. In einer Art Trance marschierte er weiter und erwachte gewissermaßen erst, als der Wald plötzlich endete. Über den Bergen im Osten zeigte sich der erste rötliche Schimmer des neuen Tages. Vor ihnen erstreckte sich Heindlsäge entlang der Landstraße. Sie waren nur noch durch einen Acker vom Dorf getrennt, auf dem in Spalieren Mais wuchs, der ihm bis zur Brust reichte.

Maggie hielt sich nicht damit auf, einen Weg um das Feld zu suchen, sondern drängte sich zwischen die Stauden. Der Bürgermeister hielt kurz inne und tauschte einen Blick mit Wotan. Dann folgten ihr Herr und Hund. Womit Simon wieder hintendran war. Doch jetzt hatte er das Ziel vor Augen. Nach dem Marsch durch das Maisfeld steuerte Maggie zielsicher Ottos abgeranzte Werkstatt an. Sie erreichten den Altmetallcontainer und die Gasse der Reifenstapel. Von dort aus war er vor der Polizei getürmt, nachdem er Gruber eine mit der Antriebswelle verpasst hatte. Wann war das gewesen? Gestern? In einem anderen Leben? Er war sich nicht mehr sicher. In und um Heindlsäge existierte etwas, das Zeit und Raum aushebelte. Irgendeine Macht, die keine physikalischen Grenzen kannte. Bis vor drei Tagen hätte er so etwas noch als baren Unsinn von Verschwörungstheoretikern, Glaubensfanatikern und Fantasten abgetan. Doch seither waren seine bis dahin so rationalen Grundfeste beträchtlich in Schieflage geraten.

Das Wohnmobil stand noch da. Ihr Raumschiff, mit dem sie hier eine Bruchlandung hingelegt hatten.

Wotan kläffte das offen stehende Werkstatttor an. Dreimal, dann stieß Wipplinger einen kurzen Pfiff aus, und der Jagdhund verstummte. Entschlossen betrat Simon die Schrauberhöhle. Es brannte kein Licht. Irgendwo zischte ein Pressluftschlauch. »Otto!«, bellte Simon. Der Ruf verhallte unter der hohen Hallendecke. Hinter ihm knirschten Schritte. Maggie und der Bürgermeister waren ihm gefolgt. Draußen auf dem Vorplatz saß Wotan mit aufgestellten Ohren und nach oben gestreckter Schnauze. Simon befiel der untrügliche Gedanke, dass der Hund Gefahr witterte.

»Was willst vom Schiermaier?«, fragte Wipplinger.

»Ich will wissen, warum er das Wohnmobil manipuliert hat. Und verflucht nochmal, wer ihn dazu angestiftet hat«, zischte Simon. Er suchte Maggies Blick. Doch ihre geweiteten Augen betrachteten etwas in der Ecke bei der Hebebühne. Der Wagen, der gestern noch dort auf Mannshöhe geschwebt war, stand nur auf blanken Bremsscheiben auf dem schmierigen Betonboden. Front und Kühlergrill fehlten nach wie vor, weshalb man den freigelegten Motorblock, Getriebegehäuse und die Vorderachse sehen konnte. Und die zwei Beine, die darunter herausragten.

54

Otto war tot. Daran konnte niemand zweifeln. Sie schauten auf eine Tonne Metall, die Schädel und Oberkörper eines Mannes begruben, der nur der Mechaniker sein konnte. Die Ölschicht auf dem Boden wurde von einer Blutlache überlagert. Eine dunkelrote Zunge, die unter dem Wagen hervorleckte. Das Blut war bereits getrocknet. Allem Anschein nach war Otto nicht erst heute Morgen gestorben, sondern lag dort schon die ganze Nacht über. Simon und Roman standen da wie festgewurzelt. Sie hielten Maggie nicht auf, als sie zu der Leiche ging. Sie bückte sich, um unter das Auto zu schauen. Maggie wollte ihn sehen, den zerquetschten Kopf, den die Getriebeglocke bis über die Hälfte eingedrückt hatte. Es war nur noch eines von Ottos ungewöhnlich blauen Augen übrig, das durch den schmalen, noch verbliebenen Spalt zwischen Werkstattboden und Motorblock zu ihr zurückstarrte. Leer und tot.

»So was passiert doch nicht einfach«, hörte sie Simon sagen. Die Hysterie spielte auf seinen Stimmbändern. »Eine Hebebühne, die senkt sich doch nicht einfach ab. Noch dazu so schnell, dass man nicht noch drunter rauskommt.«

»Sicher nicht«, kommentierte der Jäger. »Das war kein Arbeitsunfall.« Damit war alles gesagt. Maggie erhob sich wieder und betrachtete die Männer. Simon sah verzweifelt aus.

Roman wiederum trug auf einmal sein Gewehr nicht mehr über der Schulter, sondern hatte es über seine Armbeuge gelegt, als beabsichtigte er, es demnächst zu benutzen. »Wie geht's jetzt weiter?«, fragte er. Scheinbar hielt es niemand für nötig, wegen des Toten die Polizei zu rufen.

»Wir nehmen uns den Tierarzt vor!«, entschied Simon. Die Entschlossenheit in seiner Stimme passte nicht zu seiner wankelmütigen Erscheinung.

»Zum Erhardt? Warum jetzt das?«, fragte Roman.

»Er steckt mit deiner Frau unter einer Decke«, erklärte Simon und verließ die Werkstatt. Der Jäger folgte ihm, mehr aus Neugier, als um die Ehre seiner Frau zu verteidigen. Er erweckte den Eindruck, als wüsste er sehr wohl, was Simon mit der *gemeinsamen Sache* andeutete. Nach wie vor fehlten ihr zu viele Informationen, um zu verstehen, was sich hier tatsächlich abspielte. Nur dass deswegen Menschen starben. So wie diese Lenka, von der sie dauernd redeten. Und jetzt auch Otto.

Maggie warf einen letzten Blick auf den Mechaniker und fragte sich, ob er wegen ihr hatte sterben müssen. War sie der Dreh- und Angelpunkt für die schrecklichen Vorfälle in diesem Ort? Sie musste ihren Mann endlich zur Rede stellen. Am besten sofort. Bevor es noch mehr Tote gab. Wenn es dafür nicht schon zu spät war.

Maggie verließ die Werkstatt. Sie entdeckte Simon, der im Wohnmobil saß und mit der Faust aufs Lenkrad eindrosch. Offensichtlich ärgerte er sich darüber, dass der Motor nicht anging. »Er hat es natürlich nicht repariert«, lamentierte er und vollführte eine abfällige Geste in Richtung Werkstatt.

»Wird er jetzt auch nicht mehr«, kommentierte der Jäger, der das Gewehr immer noch in den Händen hielt.

»Gehen wir halt mal wieder zu Fuß«, fauchte Simon in ihre Richtung. Dann hastete er Roman hinterher, der zusammen mit Wotan schon die Dorfstraße hochmarschierte. Maggie folgte mit ein wenig Abstand und schloss erst zu ihnen auf, als sie vor einem rostigen Gartentor anhielten. Kurz meinte sie, schon einmal hier vorbeigekommen zu sein, doch diese Erinnerung fühlte sich an, als wäre es nicht ihre eigene. Simon stieß das Tor auf, das mit einem Knirschen nach innen schwang und an einer Staude hängen blieb, die weit in den gepflasterten Weg ragte, der durch den kleinen Vorgarten zur Haustür führte. Roman ließ Wotan am Zaun abliegen. Dann betraten sie das Grundstück.

Das Schild an der Wand neben dem Eingang wies auf einen Veterinärmediziner hin. Besagten Dr. Erhardt, den Simon vorhin erwähnt hatte. *Termine nach Vereinbarung.* Ihr Ehemann hämmerte ungehalten an die Holztür, wodurch das Vogelgezwitscher erstarb, das sie bis hierher begleitet hatte. Es war immer noch früher Morgen, die Sonne weiterhin hinter den Bergen verborgen. Vermutlich würde der Tierarzt, der hier wohnte, gerade unsanft aus dem Bett getrommelt werden. Doch vorerst blieb der Tumult, den Simon veranstaltete, ohne Reaktion.

»Der wird doch jetzt nicht auch hin sein«, sagte Roman, nur um schnell zu ergänzen: »Wobei, schad wär's nicht um den.«

Maggie bemerkte, dass Simons Schläge verhallt waren. Stattdessen vernahm sie Schritte im Haus. Gleich darauf wurde ein Schloss entriegelt und die Haustür einen schmalen Spalt geöffnet. Dort hindurch linste ihnen ein Mann mit zerzauster weißgrauer Mähne entgegen.

»Tacheles, Erhardt!«, erklärte sich der Jäger und hielt dem Tierarzt die Flinte unter dessen brachiale Hakennase.

55

Mit vorgehaltener Waffe war es nicht schwer, Dr. Erhardt davon zu überzeugen, sie ins Haus zu lassen. Dort sah es so unaufgeräumt aus, wie schon das Äußere der Behausung es andeutete. Der Tierarzt hatte den Hang zum Messie. Der Flur war zugestellt mit Kommoden, Kartons, gestapelten Zeitschriften, Büchern und Plastiksäcken, deren Inhalt auf Klamotten schließen ließ, die aus Altkleidercontainern entwendet worden waren. Der Rest der Wände war vollgehängt mit Zetteln, die mittels Reißzwecken dort angeheftet und mit unleserlicher Schrift vollgekritzelt waren. Sie konnten sich in diesem Gang nur im Gänsemarsch fortbewegen. Der Doktor, der nur ein ausgewaschenes T-Shirt und eine aus der Form geratene Feinripp-Unterhose trug, führte sie in die Küche, in der es wegen der Massen an Inventar und Unrat nicht weniger eng zuging. Es standen nur zwei Stühle an dem mit Geschirr und Lebensmittelverpackungen überfüllten Küchentisch. Erhardt nahm auf einem davon Platz, den anderen beanspruchte Wipplinger, der beim Hinsetzen mit dem Lauf seines Gewehrs unbeabsichtigt eine leere Weinflasche vom Tisch fegte. Das Geschepper blieb unkommentiert, die Flasche kullerte gegen den aufgequollenen Sockel der Küchenzeile. Der Tierarzt machte sich nicht die Mühe, sich danach zu bücken. Maggie lehnte sich gegen die Kühl-Gefrier-Kombi, deren Front mit Haftnotizzetteln und Postkarten vollgepflastert war. Simon selbst blieb im Türrahmen stehen. »Was wollts?«, fragte Erhardt und wirkte mit einem Mal recht unbeeindruckt von dem morgendlichen Überfall. Dann blieb sein Blick eine Spur zu lang an Maggie hängen, als bemerkte er sie erst jetzt. Ihm war anzusehen, dass ihm aufging, wer sie war. Und dass sie auf Ilonas Bauernhof in einem Zimmer weggeschlossen sein sollte, an einem Tropf hängend und bewusstlos. Nun machte ihre Anwesenheit den Mediziner deutlich nervöser als Wipplingers Jagdgewehr. War ihre Flucht noch gar nicht bemerkt worden?

»Was habts ihr mit der Fanny gemacht?«, verlangte der Bürgermeister zu wissen.

Erhardt hob seine buschigen Brauen.

»Stell dich nicht deppert, du weißt, von wem i red«, knurrte Wipplinger und fuchtelte mit dem Lauf seiner Flinte herum.

»Lass mich mit deinen Nutten in Ruh«, konterte der Tierarzt abfällig. Offenbar hatte er den Schreck über Maggies Erscheinung überwunden und auch seinen Rotweinkater einigermaßen in den Griff bekommen.

»Raus jetzt mit der Sprach!«, keifte Wipplinger.

»Frag doch deinen Schwager, der erledigt doch bei uns die Drecksarbeit«, erwiderte Erhardt. Simon machte einen Satz nach vorne und schlug zwischen den beiden auf den Tisch, wodurch weitere Flaschen und Gläser umfielen. »Schluss jetzt! Ich will zuerst wissen, was Sie Maggie angetan haben!«

»Wem?«, stellte Erhardt sich dumm, landete dann aber unweigerlich wieder mit seinem Blick bei Maggie. Simon packte ihn am Kragen. Er war jetzt richtig sauer. »Was hast du ihr gespritzt, du verfluchtes Arschloch?«, brüllte er. »Und wieso überhaupt? Was hätte sie erzählen können, wenn ihr sie nicht ruhig gestellt hättet?« Simon spürte, wie seine Adern über den Schläfen pochten. Erhardt hing reglos zwischen seinen Fäusten. Er stank aus dem Mund. Simon war bereit zuzuschlagen, wenn nicht gleich eine Antwort kam.

»Ich kann für mich selbst sprechen«, ging Maggie dazwischen, und er spürte ihre Hand auf seiner Schulter. Das nahm ihm den Wind aus den Segeln. Er ließ den Tierarzt los, der auf seinem Stuhl zusammensackte. Erhardts zitternde Hand tastete nach einer Schnapsflasche, die noch einen zweifingerbreiten Rest klare Flüssigkeit enthielt. Er setzte sie an und trank alles leer.

»Prost«, kommentierte Wipplinger, der aussah, als könnte er ebenfalls einen Schluck vertragen. Das Gewehr lehnte mittlerweile am Küchenschrank. Maggie drängte Simon zur Seite, um dem Doktor direkt ins Gesicht sehen zu können. Erhardt versuchte ihr auszuweichen, war aber bedingt durch sein Chaos in der Küche in jede Richtung blockiert. Er steckte fest, und Maggie rückte bis auf wenige Zentimeter an seinen Zinken heran. Plötzlich wirkte er deutlich nervöser als noch bei Simons Attacke auf ihn. Er verstand nicht, was da zwischen dem Tierarzt und seiner Frau vorging. Falls der Doktor bis zu diesem Moment noch nicht vollständig ausgenüchtert war, dann erledigte sich das jetzt gerade. Sie brauchte ihn nicht zu berühren, musste ihn nicht einmal dazu auffordern, endlich auszupacken. So weit, wie es das Küchenregal hinter ihm zuließ, legte Dr. Erhardt verkrampft seinen Kopf in den Nacken und begann zu reden. »Ilona hat mich angerufen. Wirklich, ich hatte keine Wahl. Fragen Sie ihn, er weiß am besten, wie sie ist. Wenn Ilona etwas von dir will, gibt's keine Chance, den Gefallen abzulehnen ...«

Der Bürgermeister vollführte eine träge Bewegung mit der rechten Hand, die wohl als Zustimmung gelten sollte.

»Jedenfalls, ich muss in den Wald kommen, oben beim Kempinger-Kreuz, und meinen Arztkoffer mitbringen. Es wär jemand zu verarzten, hat sie g'sagt. Und dass ich was zur Beruhigung einpacken soll. Dabei hätt mich der Holler gebraucht, weil eine Kuh von ihm vorm Kalben war und es Komplikationen gab. Aber das hat die Ilona freilich nicht gelten lassen. Drum bin ich halt raufg'fahren. Den Volker, den hat sie ebenfalls antanzen lassen. So haben sie auf mich g'wartet. Und Sie sind da gelegen, junge Frau. Bewusstlos. Haben geblutet, aus einer Kopfwunde ...« Er zeigte auf die Stelle im Haar, ein Stück über der Schläfe. Maggie tastete unbewusst nach dem Verband, den der Mediziner darübergelegt hatte. Dann hob sie den Sweater an und präsentierte ihm das Pflaster über der Hüfte. »Und was ist damit?«

»Ah, die Kratzer.« Er schüttelte den Kopf. »Die hab ich erst später entdeckt, nachdem wir Sie zu Ilona gebracht haben. Könnt von einem Hund sein. Fällt Ihnen vielleicht wieder ein, wie und wo Sie sich die g'holt haben. Ich würd mich auf Tollwut testen lassen ... und bis dahin, tuns ein bisserl Wundsalbe drauf, die nächsten Tag, dann heilt das gut ab ...«

Simon wollte dazu etwas einwenden, aber Maggie war schneller und fuhr Erhardt ins Wort. »Wie ging's weiter, nachdem Sie mich zu Ilona verfrachtet haben?«

Der Tierarzt versuchte, sich in eine bequemere Verhörstellung zu bringen, was ihm nicht wirklich gelang. »Kümmer dich um sie, hat sie g'sagt. Und dass ich Ihnen was geben soll, damit sie nicht gleich wieder aufwachen. Freilich hatt ich nur was fürs Vieh dabei. Narkoleptikum für Hunde, Kühe, Pferde und so. Das war ihr aber wurscht. Hat sie nicht interessiert, dass ich nicht wusste, wie viel Sie davon vertragen. Aber ich hab's ihr erklärt, glauben's mir das bitte. Ich hab ihr g'sagt, dass sich das Diazepam, das Ketamin und Natriumthiopental schädlich aufs zentrale Nervensystem auswirken könnt. Ich sollt mich nicht anstellen und ihnen was spritzen, hat sie verlangt. Seien Sie froh, dass sie sich auf meinen Vorschlag mit dem Tropf eingelassen hat. Um die Dosierung besser abstimmen und schneller reagieren zu können, wenn ihre Vitalfunktionen in den Keller gehen. Aber mei, ich kann auch jetzt nicht sagen, wie sich das weiterhin bei Ihnen auswirkt. Ich mein, jedes Viech schlägt anders drauf an und beim Mensch ... na ja.«

»Na ja!«, entfuhr es Simon. »Ernsthaft? Sie schießen ihr was in die Vene, ohne die geringste Ahnung, was das mit ihrer Psyche macht? Wenn ich mit Ihnen fertig bin, dann dürfen Sie nicht einmal mehr Kühe besamen, Sie inkompetenter Irrer ...«

»Simon, halt den Rand!«, mahnte Maggie, ohne ihre über den Doktor gebeugte Position zu verändern. »Die Kopfwunde, woher stammt die?«, richtete sie ihre Worte wieder an Erhardt. Dessen Augen wurden noch eine Spur größer. Er machte den Eindruck, als würde er sich jeden Moment bepissen. »Nicht von einem Sturz, das wage ich zu diagnostizieren, auch wenn ich kein Fachmann dafür bin. Schlag gegen den Kopf, vielleicht mit einem Ast. Jedenfalls was Glattes, Rundes. Die Haut ist nur leicht aufgeplatzt, von daher ... Der Hieb war nicht dazu gedacht, sie umzubringen.«

»Ich verstehe es nicht«, mischte Simon sich erneut ein. »Warum dieser ganze Zirkus?«, wollte er wissen, wofür er nur einen weiteren bösen Blick von seiner Frau kassierte. Sie war es, die diese Vernehmung führte. »Wer ist Ilona?«, fragte sie. »Meine Alte«, antwortete der Bürgermeister.

56

Während Maggies Verhör hatte sich der Ablauf der Ereignisse in Simons Kopf zu einer Geschichte verwoben. Einer Geschichte, die sich immerzu um eine bestimmte Person drehte. Ilona. Was wusste Wipplinger? Oder war der Gatte und vermeintliche Bürgermeister nur eine Marionette dieser Frau, die allem Anschein nach die Geschicke im Ort lenkte? Und welche Funktion erfüllte Volker Gruber? Sofern er alles richtig verstanden hatte, war der Dorfpolizist der Schwager des Bürgermeisters, folglich Ilonas Bruder. Gruber hatte auf Geheiß von Ilona zusammen mit dem Tierarzt Maggie entführt. Warum? Er glaubte es zu wissen, aber es erschloss sich ihm nicht. Noch nicht. Vielleicht half es tatsächlich, an den Ort zurückzugehen, wo man Maggie festgehalten hatte. Dorthin waren sie nämlich jetzt unterwegs: zum Bauernhof des Bürgermeisters.

Simon hätte den versoffenen Kurpfuscher schon allein wegen dem, was er Maggie angetan hatte, nicht einfach so zurückgelassen. Aber er war überstimmt worden. Vielmehr war es Maggies Entscheidung gewesen, die Wipplinger nur kommentarlos abgenickt hatte. Also hatten sie den Doktor in seiner vermüllten Behausung zurückgelassen. Seine Bedenken, dass der Tierarzt sie verpfiff, sobald sie ihm den Rücken kehrten, fanden kein Gehör. Der Scharlatan erfuhr mehr Gnade, als er verdient hatte. Nicht einmal fesseln durfte er ihn. Aber womöglich war er in der Tat so eingeschüchtert, dass er die Füße stillhielt. Diese *neue Maggie* konnte den Leuten auf subtile Art wirklich Angst einjagen.

Es war wie verhext. Nicht nur, was das teilweise verstörende Verhalten seiner Frau anging, seit er sie aus ihrem mutwillig hervorgerufenen Narkoserausch geholt hatte. Auch dieses verfluchte Heindlsäge selbst sorgte dafür, seine Irritation immer weiter voranzutreiben. Die nächste Überraschung wartete auf ihn vor dem Eingang des Anwesens. Dort parkte der Land Rover, den Wipplinger in der Nacht zuvor gegen einen Baum gefahren hatte. Nun wiederum völlig unversehrt. *Zur Hölle noch mal!*

»Wir haben zwei davon«, erklärte der Jäger, dem sein verwirrter Blick nicht entgangen war.

»Zwei davon«, wiederholte Simon, ohne dass die einfache Erklärung dazu beitrug, sein Gemüt zu besänftigen.

»Sie is nicht da«, sagte Wipplinger und holte ihn damit aus den Gedanken. Perplex über die Aussage, zeigte Simon auf den Geländewagen, den der Hund gerade intensiv beschnupperte.

»Der Traktor is weg«, klärte der Bürgermeister auf. »Den nimmt Ilona gern, weil sie von so hoch droben prima auf alle runterschauen kann.«

»Eine Idee, wo wir sie finden?«, fragte Simon. Wipplinger sog grübelnd die Oberlippe in den Unterkiefer. Mehr und mehr verstand Simon, wieso der Bürgermeister sich lieber in einer Jagdhütte im Wald verkroch. Beinahe verzieh er ihm, dass er sich dort mit einer tschechischen Prostituierten vergnügte. »Besser wir sehen trotzdem nach!«, verlangte Simon und deutete rüber zur Haustür, zu der sich auch Wotan mittlerweile hin geschnüffelt hatte.

»Wir kriegen Besuch«, sagte Maggie, woraufhin auch er das Fahrgeräusch bemerkte. Keine Sekunde später gab der Wald die Sicht auf den sich nähernden Wagen frei, der sogleich von der Landstraße in die geschotterte Zufahrt einbog. Wie es aussah, hatte Maggie mit ihrer Einschätzung zu Erhardts Verschwiegenheit falsch gelegen. Denn wer sonst hätte ihnen so schnell die Dorfbullen auf den Hals hetzen können.

Das Polizeiauto hielt vor ihnen. Gruber und Hannes vollführten ihr vertrautes Ausstiegsritual, wobei das nach wie vor lädierte Knie dem Polizeihauptmeister offenbar mehr Probleme bereitete als sein Übergewicht. »Ja verreck!«, grüßte Gruber mit festgefrorenem Grinsen. Wipplinger trat einen Schritt vor.

»Geh mir aus'm Weg, ich muss eine Verhaftung der beiden Herrschaften hier vornehmen.«

Der Bürgermeister ließ die Jagdflinte von seiner Schulter gleiten und richtete sie auf den Polizisten. »Vorerst wird hier niemand festgenommen. Erst will ich die Wahrheit hören.«

»He, Hannes, hast du g'wusst, dass unser Herr Bürgermeister ein studierter Jurist ist«, stichelte Gruber. Dann erstarb sein süffisantes Lächeln. »Runter mit dem Gewehr, sofort. Du hast sie wohl nicht mehr alle!«

Simon verfolgte aus dem Augenwinkel, wie Hannes zu seiner Dienstwaffe griff. Die Angst darüber, dass die Situation innerhalb der nächsten Sekunde eskalierte, packte mit frostigen Fingern nach seinem Herzen und verwandelte die Konsistenz der Zeit in zähes Kaugummi. Wipplinger tat das Gegenteil von dem, was ihm befohlen wurde. Statt das Gewehr zu senken, setzte er den Gewehrkolben gegen die Schulter. Dabei schürzte er die Lippen zu einem Pfiff. Im selben Moment, als Grubers Handlanger die Pistole aus dem Holster zog, flog schräg von hinten ein Schatten heran. Wotan versenkte seine Fänge in den Unterarm des Polizisten, ehe dieser den Finger am Abzug hatte. Der beleibte Uniformierte wirbelte schreiend herum. Gruber stimmte in das Gebrüll mit ein und griff seinerseits nach der Waffe. Beeinträchtigt durch das angeschlagene Knie, schaffte er es nicht schnell genug, dem auf ihn zu schnellenden Gewehrlauf auszuweichen, den ihm Wipplinger gegen den feisten Hals rammte. Durch dieses Angriffsmanöver geriet auch der Bürgermeister ins Taumeln, prallte gegen seinen Kontrahenten und Brust an Brust vollzogen sie ein unbeabsichtigtes Tänzchen. Währenddessen bemühte sich Hannes mit schmerzverzerrtem Gesicht, sein Handgelenk aus dem Maul des Jagdhunds zu befreien. Erstarrt verfolgte Simon, was sich da auf dem Hof des Anwesens abspielte. Für den Bruchteil einer Sekunde spielte er mit dem Gedanken, das Chaos um ihn herum zur Flucht zu nutzen. Dann fiel unmittelbar neben ihm ein Schuss, und der Knall wattierte seine Gehörgänge. Jedoch nicht ausreichend genug, um Wotans mitleiderregendes Jaulen zu hören, das in das Echo des Schusses hinein ertönte. Der nächste Schrei kam von Wipplinger, der auch diesmal das Gleichgewicht behalten hatte. Mit vor Entsetzen geweiteten Augen beobachtete er, dass sein geliebter Hund nicht länger am Arm des Polizisten hing, sondern in Schlangenlinien davonhumpelte und dabei eine deutliche Blutspur im hellen Kies hinter sich herzog. Simon presste ein tonloses *Nein* über die Lippen, während der Bürgermeister anlegte und Hannes direkt zwischen die Augen schoss.

TEIL 5

DA SCHAU HER, DIE GANZ BAGAGE BEIEINANDER

57

Die Sonne schob sich blendend über die Baumwipfel und flutete die Szene mit grellem Morgenlicht. Gruber rappelte sich auf und flüchtete in den Streifenwagen, bevor Roman nachladen konnte. Kies spritzte auf, als der Uniformierte mit durchdrehenden Reifen rückwärts hinaus auf die Straße schoss und dabei den sich nähernden Traktor mit Güllefass im Schlepp übersah. Das Fuhrwerk schrammte am Polizeiauto entlang und rasierte ihm den Außenspiegel. Ungeachtet der Havarie, raste Gruber davon. Und falls der Bauer auf seinem monströsen Gefährt etwas von all dem mitbekommen hatte, interessierte es ihn nicht, denn auch er fuhr einfach weiter.

Simon glotzte mit offenem Mund auf den Toten, der auf dem Schotterweg lag wie ein gestrandeter Wal, der keinen Hinterkopf mehr hatte.

Roman holte Wotan ein, beugte sich zu ihm runter und nahm ihn in die Arme.

Simon starrte weiter auf die Leiche.

Maggie folgte dem Jäger, der seinen Hund rüber zu einem der umgebauten Stadel trug und dort durch eine Tür verschwand. Vorsichtig trat sie ein. Der Raum war weiß gekachelt und über zwei Seiten mit einer Edelstahltheke versehen, in der Mitte befand sich ein Ablaufgitter. Es roch nach Blut und Innereien. An der Decke verliefen Stahlrohre, an denen Fleischerhaken hingen. Sie hatte eine Schlachtküche betreten. Roman legte Wotan neben der Spüle ab. Der Hund winselte leise. »Da drin!«, sagte der Jäger und deutete hin zu einem Spind. Maggie öffnete den Metallschrank. Er war gut gefüllt, mit Pillendosen und Medikamentenpackungen, aber auch Spritzen und Kanülen. Sie fand Verbandszeug und Desinfektionsmittel und brachte es rüber zu dem vierbeinigen Patienten. Roman arbeitete routiniert und mit ruhiger Hand. Wohin war der Besoffene verschwunden, als den sie ihn kennengelernt hatte? Oder der Mörder, der vor kaum einer Minute ohne jedes Zögern einem Mann in den Kopf geschossen hatte?

»Mach mir eine Spritze fertig!«, verlangte er, nannte ihr ohne hinzusehen das Medikament, wo sie es fand und wie viel Milliliter sie davon in den Kolben ziehen sollte. »Gott sei Dank, es ist nur eine Fleischwunde. Sie gehört eigentlich getackert, aber jetzt muss es halt auch so gehen«, murmelte er vor sich hin. Maggie ging ihm beim Verarzten zur Hand. Der Hund hielt während der Prozedur ungewöhnlich still, vermutlich spürte er, dass ihm geholfen wurde. Sie waren kaum fertig, da stolperte Simon in die Schlachtküche. »Was macht ihr hier? Fuck, fuck, fuck! Dort draußen liegt ein toter Polizist und ihr ...«

Roman warf Simon einen scharfen Blick zu, der ihn verstummen ließ. »Wotan is jetzt versorgt«, erklärte der Jäger, aber es war Simon anzusehen, dass ihn das momentan nicht im Geringsten interessierte.

»Scheißdreck!«, knurrte er. »Hier taucht vermutlich gleich das SEK auf und ihr ...«

»Es kommt keiner, darauf kannst Gift nehmen«, schnitt Roman ihm das Wort ab. Seine großen Hände kraulten den Hund am Hals.

»Aber ... aber, was machen wir?«, startete Simon einen neuen Versuch, seine Panik unter die Leute zu bringen. Immer wieder warf er Maggie einen flehenden Blick zu. In aller Seelenruhe bückte sich Roman nach einer Decke, die er aus einem Fach unter der Edelstahltheke holte, breitete sie auf den Fliesen aus und bettete Wotan darauf. »Du schläfst jetzt erst mal, mein Guter«, flüsterte er dem Hund zu und küsste ihn sanft zwischen die Ohren. Danach stemmte er sich hoch, griff wieder nach seinem Gewehr, prüfte die Patronenkammer und stiefelte aus seiner Schlachtküche.

»Der ist komplett irre«, kommentierte Simon das Verhalten des Jägers. Maggie sah ihn an. »Kannst du nicht auch mal was sagen?«, fragte er völlig verzweifelt, doch sie war schon auf dem Weg nach draußen.

58

Maggie und der Bürgermeister stiegen einfach über Hannes hinweg. Sie benahmen sich so, als gäbe es den Toten nicht. Simon konnte es nicht fassen. Er hatte einen kaltblütigen Mord mit ansehen müssen. Der Knall der Büchse hallte immer noch in seinen Ohren nach. Die Zuversicht, dass er hier noch lebend rauskam, verlor sich in dichten Nebel der Resignation. Heindlsäge war ein beschissenes Computerspiel, das von der digitalen Welt in die Realität gewechselt hatte. Und damit unberechenbarer als jede Simulation.

Maggie und Wipplinger schlugen den Weg Richtung Dorf ein. Wieso auch immer, aber sie hatten eine Verbindung, die sich ihm nicht erschloss. Wollten sie ihn überhaupt noch dabeihaben? Simon warf einen bedauernden Blick auf seine schmerzenden Füße und dann rüber zu dem Geländewagen vorm Haus. Hätten sie nicht wenigstens fahren können? Missmutig stiefelte er hinterher, vor allem auch, weil er nicht mit einer Leiche allein zurückbleiben wollte. Obwohl er dem Bürgermeister glaubte, dass keine Einsatzkräfte kommen würden, würde dennoch irgendjemand kommen. Und dann wollte Simon auf keinen Fall noch hier herumstehen.

Die Vögel fingen wieder an zu trillern, als wäre nichts passiert und hier das Paradies.«Wohin gehen wir?«, fragte er keuchend, als er Maggie und den Jäger einholte.

»Ich weiß, wo sie steckt«, verkündete Wipplinger.

»Ihre Frau?«

Der Bürgermeister sah ihn mit hochgezogenen Brauen an. Das Gewehr über seiner Schulter schaukelte bei jedem seiner Schritte leicht auf und ab. Diese Waffe hatte ein Leben genommen. Simon musste sich beherrschen, nicht ständig darauf zu glotzen.

Wipplinger bog bereits nach wenigen hundert Metern wieder von der Landstraße ab. Der Feldweg führte durch eine Anpflanzung von Koniferen. Tannenbäume in unterschiedlichen Höhen, die womöglich zum kommenden Weihnachtsfest nicht mehr hier stehen würden. Im Anschluss an die Christbaumplantage folgte ein kleines Wäldchen, das sich schnell wieder zu weitläufigem Weideland hin öffnete. Mittendrin eine Reihe von grün gestrichenen Futtersilos und zwei niedrige Hallen. Zuerst dachte Simon an Stallungen fürs Fleckvieh, doch dann drang ihm der scharfe Gestank von Hühnermist in die Nase. Bald darauf mischte sich der essigsaure Geruch von Silage darunter. Jenseits der Ställe lagerte das Gärfutter in zwei handballfeldgroßen Betonwannen. Die Fahrsilos waren mit schweren Planen abgedeckt, die zusätzlich mit ausrangierten Reifen beschwert waren. Daneben stand ein Schuppen und davor der Traktor, den er gestern vor dem Anwesen des Bürgermeisters gesehen hatte. Dazu ein Lieferwagen, der gerade von einem Mann im Arbeitsoverall mittels eines Gabelstaplers beladen wurde. Zentnersäcke, auf Europaletten verschränkt und mit Schrumpffolie umwickelt, verschwanden im Laderaum des Kleinlasters. *Futtermais* war an den Seiten der Säcke zu lesen. Der Mann am Steuer trug eine Schirmmütze, die er tief in die Stirn gezogen hatte und unter dessen Schild sich der Rauch einer Zigarette fing. Er unterbrach den Beladevorgang, als er sie kommen sah.

»He! Holzinger, wo is sie?«, herrschte Wipplinger ihn an und gestikulierte rüber zum Traktor. Der Bürgermeister deutete ihnen an, stehen zu bleiben, während er zu dem Staplerfahrer ging und eine mehr oder wenige getuschelte Unterhaltung mit ihm anfing. »Ich kenne den«, entfuhr es ihm unterdrückt leise. Es war zwar finster gewesen, und er hatte ihn nur schräg von hinten gesehen, als er aus dem Wohnmobil hinaus auf den Platz vor Ottos Werkstatt geschielt hatte. Dennoch war er fast sicher. Der Kerl auf dem Gabelstapler war der Randalierer im Trachtenjanker, der ihn beschuldigt hatte, seine Freundin überfahren zu haben. Maggie sah ihn fragend an. »Er hat mich bedroht, in der Nacht, als du verschwunden warst«, erklärte er erregt.

Wipplinger kam zu ihnen zurück. »Ich muss mit diesem Holzinger reden!«, verlangte Simon, doch der Jäger stellte sich ihm in den Weg. »Mit dem Karl, nein, das lass ma lieber!«

»Warum?«, herrschte Simon ihn an und wollte sich vorbeidrängen, doch Wipplinger packte ihn an der Schulter. »Der Holzinger kann dir nix sagen!«, machte er klar.

Simon überkam ein Gedanke. »Mich interessiert nicht, was ihr da verschiebt, ich will nur wissen, ob er vorletzte Nacht bei mir vorm Wohnmobil war.«

Der Bürgermeister sah ihm eindringlich in die Augen. »Der Holzinger Karl war's sicher nicht.«

»Das soll er mir selbst sagen«, fauchte Simon.

Die Pranke des Jägers auf seiner Schulter drückte noch fester zu. »Sollte dich der Karl im unwahrscheinlichen Fall besucht haben, dann auf Anordnung der Chefin. Oder hast's immer noch nicht kapiert, wie's hier bei uns läuft?«

Er brauchte nicht zu fragen, wer mit *der Chefin* gemeint war. »Dann hoffe ich für Sie, dass Sie jetzt wissen, wo sie steckt, Ihre Chefin!«

Wipplinger stierte ihm unverhohlen ins Gesicht. »Gehen ma ins Wirtshaus!«

59

Es war nicht abgeschlossen. Auch die Tür zur Gaststube war nur angelehnt, was zu dieser frühen Stunde nicht zu erwarten war. Maggie zögerte. Sie hemmte vor allem der Geruch in dem kalten Flur, der ihr die Gewissheit gab, schon einmal hier gewesen zu sein. Sofort kam ihr die einäugige Alte ins Gedächtnis. Und ihr Ratschlag, den sie ihr mitgegeben hatte. *Geh und schau dich nicht um!* Es war eine Warnung. Und so wie sich danach alles zum Schlechten wandelte, hatte sie sehr wahrscheinlich nicht darauf gehört. Sie hatte sich *umgesehen*, nur wusste sie nicht mehr, was sie hinter sich erblickt hatte. Was nach ihrem Besuch dieser Spelunke und der Unterhaltung mit der Greisin passierte, wollte ihr Unterbewusstsein noch nicht wieder hergeben.

Unter den toten Augen der ausgestopften Tiere an den Wänden betrat Maggie die Gaststube. Zuerst fiel ihr Blick auf die verspannten Nacken von Roman und Simon, die gleich nach dem Eingang stehen geblieben waren und ihr die Sicht auf etwas versperrten, was sie zu Salzsäulen hatte erstarren lassen. Sich der Stärke des Raubtiers weiterhin gewiss, trat sie beherzt neben sie. Was sie zu sehen bekam, ließ auch ihr einen eiskalten Schauder über den Rücken laufen.

Die Wirtshaustische waren zusammen und gegen die Holzvertäfelung gerückt worden, um Platz zu schaffen, für ein Schauspiel, auf das sie gerne verzichtet hätte. In der Mitte des so geschaffenen Raums standen zwei Stühle, im Abstand von zwei Metern gegeneinander gerichtet. Auf dem einen saß ein Mann, nur in Unterwäsche bekleidet. Seine Hände waren mit Kabelbindern auf dem Rücken gefesselt, sein Kopf hing ihm weit in den Nacken. Er war benommen, vermutlich sogar bewusstlos, denn er rührte sich nicht. Das grau melierte Haar stand ihm verfilzt und schweißnass vom runden Schädel ab. Im Gesicht blutete er aus mehreren Wunden. Beide Augen waren zugeschwollen, die Nase aufgequollen zur Größe einer Kartoffel und dunkelrot bis violettblau verfärbt. Durch den rosafarbenen Schaum vor seinen aufgeplatzten Lippen drang ein besorgniserregendes Röcheln. Blutfäden zogen sich seitlich am Kinn entlang und tropften von dort auf sein bereits rot besudeltes Unterhemd, das ihm von unten her über seinen fischbleichen und gleichwohl haarigen Bauch nach oben gerutscht war.

An seiner Seite stand mit geballten Fäusten derjenige, der den Mann auf dem Stuhl so zugerichtet haben musste. Gruber, der Dorfsheriff. Auch sein Uniformhemd war mit Blutspritzern besprenkelt. Er schwitzte stark und atmete keuchend. Wie es aussah, hatte man ihm nicht allzu viel Zeit gegeben, um den Tod seines Kollegen zu verdauen. Seit Roman Hannes erschossen hatte, war noch keine Stunde vergangen. Aber wie es schien, gab es in Heindlsäge Wichtigeres zu tun, als sich um einen ermordeten Polizisten zu kümmern.

Dem Gepeinigten gegenüber saß die Person, von der Maggie wusste, wer sie war, auch wenn sie sie bislang noch nie bewusst gesehen hatte. Ilona war eine schlanke, nicht unattraktive Frau jenseits der fünfzig, bekleidet mit einem trivialen Flanellhemd und Jeans. Ihre blonden Haare hatte sie zu einem Pferdeschwanz gebunden. An den Füßen trug sie dunkelgrüne, mit Dreck verschmierte Gummistiefel, so als käme sie direkt vom Kuhstallausmisten. Sie sah aus wie eine Bäuerin, aber Maggie wusste es besser. Dort auf dem einfachen Wirtshausstuhl thronte die Königin von Heindlsäge. Die Frau, die sie in dem dunklen Raum gefangen gehalten und mit Drogen ruhig gestellt hatte.

»Geh Horst, dir habens ja sauber eing'schenkt«, kommentierte der Jäger die Misshandlung, was die Aufmerksamkeit der Königin und ihres Häschers auf die neu eingetroffene Delegation zog. Horst rührte sich nicht. Stattdessen hielt Gruber mit einem Mal eine Pistole in der Hand und zielte auf Roman.

»Volker, ruhig!«, befahl Ilona und wandte sich ihnen dann mit einem verkniffenen Lächeln zu. »Kommts nur her, wir sind hier eh fertig«, verkündete sie völlig unberührt von dem, was der Mann auf dem Stuhl bis vor Kurzem noch hatte erleiden müssen. Aber wieso sollte sie auch von der Folter des Mannes betroffen sein, die Gruber ganz offensichtlich auf ihre Anweisungen hin durchgeführt hatte.

»Was hat er ang'stellt, der Horst? Hat er was abgezweigt?«, fragte Roman.

»Wurscht jetzt«, antwortete Ilona, ohne Maggie aus den Augen zu lassen. Sie stand vom Stuhl auf und zupfte das Hemd zurecht. »Räum ihn weg!«, orderte sie an.

Gruber verstand. Maggie hätte sich nicht gewundert, hätte er noch salutiert, bevor er den misshandelten Mann samt Stuhl hinter die Theke zerrte. Dort gab er ihm einen Tritt, und das Mann-Stuhl-Arrangement kippte nach hinten. Holz knirschte, etwas brach, nur der Mann, den sie Horst nannten, gab keinen Ton von sich. »Ein Scheißdreck is das!«, schnauzte der Polizist und deutete auf Simon und Maggie. Er brauchte diesen *Scheißdreck* nicht weiter zu erläutern. Sie waren Zeugen, wie ein Staatsbediensteter einen Gewaltakt ausführte, der so sicher nicht in seiner Stellenbeschreibung auftauchte. Neben ihr verfiel Simon in Schnappatmung. Auch ihm war wohl in diesem Augenblick aufgegangen, dass man sie nach dieser Vorstellung nie wieder von hier fortlassen würde.

60

»Gib mir das Gewehr!«, verlangte Ilona. Roman zuckte kurz zusammen, bevor er den Riemen von der Schulter streifte und ihr die Waffe aushändigte. Sie legte die Flinte auf den Tisch in ihrer Reichweite.

»Und jetzt hockts euch hin, zefix!«, keifte Gruber. »Alle drei!« Er deutete fuchtelnd mit seiner Pistole auf eine der mit der Wand verschraubten Holzbänke. »Ich hätt noch mehr Kabelbinder einstecken sollen«, murrte er.

»Werden wir nicht brauchen, die benehmen sich«, erwiderte die Königin und lächelte Maggie milde entgegen, ein Lächeln, in dem allerdings keinerlei Freundlichkeit mitschwang. Ilona trug ebenfalls ein Raubtier in sich, das spürte Maggie sofort. Ilonas Tier war kraftvoll und gefährlich, viel gefährlicher als der Mann, der sie mit der Pistole in Schach hielt. Das konnte sie nicht ignorieren, egal ob sie es sich nur einbildete oder ...

»Wieso?«, hörte sie Simon fragen. Die Verzweiflung schraubte seine Stimme dabei um mindestens eine Oktave nach oben.

»Manchmal biegt das Schicksal falsch ab. Und wenn's dann ganz blöd läuft, übernehmen andere die Kontrolle über dich«, antwortete Ilona in bemühtem Hochdeutsch. Sie wirkte größer, wenn sie saß. Jetzt, da sie nur noch zwei Schritte von ihr entfernt stand, reichte sie ihr höchstens bis zum Kinn. Was nicht bedeutete, dass man sie unterschätzen durfte. »Manchmal ist auch nur der Trottel von einem Ehemann schuld, dass zwei junge Menschen in ein Unglück stürzen«, fügte die Königin an.

»Heh, wart amal, Spatzerl, warum ziehst mich da jetzt mit rein?«, verteidigte sich Roman.

»Nachdem der Karl mich vorgestern angerufen hat, weil er eine von den Tschechenschlampen in der Nähe der Jagdhütte g'funden hat, nackert, noch dazu mausetot, was bitte, hätt ich da denken sollen, wer's gewesen is? Wer, außer du? Ich weiß doch, wie du sein kannst, wenn du über den Punkt hinaus säufst, an dem dein Verstand aussetzt. Natürlich musst ich dann alles in Bewegung setzen, um dich aus der Schusslinie zu nehmen und unsere Geschäfte nicht zu gefährden. Zu erreichen warst du ja nicht ... Jedenfalls war mir klar, dass sie wegmusste. Also nehm ich den Traktor, fahr rauf, und der Holzinger hilft mir dabei, sie in den Vorderlader zu legen. Er hätt's freilich für mich erledigt, aber ich wollt nix riskieren. Wenn ich mich um die wirklich wichtigen Sachen nicht selber kümmer, wären wir sicher nicht da, wo wir jetzt stehen.« Sie strafte ihren Bruder mit einem eindeutigen Seitenblick. Wie es aussah, besaß auch er nicht ihr uneingeschränktes Vertrauen.

»Sie haben uns beobachtet«, sagte Simon. »Als wir den Wolf erwischt haben, da war jemand von Ihnen in der Nähe. Irgendwo im Wald. Ab da waren wir Teil Ihres Plans.«

Ilona widersprach nicht. »Es hat sich gefügt. Ihr zwei Hübschen tut mir den Gefallen und überfahrt eine tschechische Nutte, weshalb mein Gatte mit keinen unschönen Konsequenzen rechnen braucht.«

»Sie war keine Nutte«, meldete sich Roman plötzlich. Es klang wie ein letztes Aufbäumen, wohlwissend, dass es keinen Sinn hatte.

»Red's dir halt ein, du Aff«, erwiderte Ilona bissig. »Du weißt genau, was passiert, wenn Sergej spitzkriegt, was du getan hast.«

»Was hab ich denn getan?«, brüllte Roman. »Du glaubst doch nicht wirklich, ich hätt sie auf dem Gewissen? Das traust du mir zu?« Mit jedem Wort wurde er heiserer. »Ich ... geliebt hab ich sie ... und sie mich auch. So schaut's nämlich aus.«

»Alter Narr!«, kläffte Ilona zurück. »Jedenfalls war ich unterwegs, runter zum Weiher, da sehe ich hundert Meter voraus durch die Bäume hindurch das Wohnmobil von den zweien mitten auf der Straße stehen. Wildunfall, eh klar, denk ich. Und mit einem Mal wusst ich, dass ich das Flitscherl gar nicht versenken brauch.«

»Hörst du das?«, fragte Simon an Maggie gerichtet. »Deshalb will sie die Bilder löschen. Weil sich damit beweisen lässt, dass wir eben keine Frau totgefahren haben. Aber Sie können sie nicht löschen, solange sie den Zugangscode dafür nicht kennen. Und einfach zerstören konnten sie das Handy auch nicht, da die Bilder längst in der Cloud sind!« Simon sah nun Maggie an. »War ein Fehler, dass ich dich immer damit aufgezogen habe, dass du die Gesichtserkennung nicht aktivieren willst«, murmelte er. »Vermutlich lebst du nur deshalb noch.«

Ilona nickte anerkennend. »Dann wissen Sie ja jetzt, was zu tun ist!«, forderte sie Simon auf. »Ich nehme an, es steckt in Ihrer Hosentasche.«

Gruber streckte seinen Rücken durch, stapfte auf Simon zu wie ein brunftiger Walrossbulle und hielt ihm seine Pranke vor die Nase. Die Fotos des toten Wolfs waren so etwas wie ihre Lebensversicherung. Er konnte sie ihnen nicht einfach so überlassen. Verängstigt schielte er rüber zu der Theke, hinter der der offenbar immer noch besinnungslose Mann lag, den er trotz der zahlreichen Blessuren im Gesicht als den Wirt des Gasthauses erkannt hatte. Innerhalb der nächsten Minute würde er ebenso aussehen, wenn er nicht kooperierte. Lädiert, ohne Bewusstsein, gebrochen. Was bedeutete, dass er dann überhaupt nichts mehr ausrichten konnte. Für Maggie keinerlei Hilfe mehr war. Waren es wirklich nur die Bilder, die diese Kriminellen davon abhielten, sie unter die Erde zu bringen? Simon wurde noch schlechter, und als Gruber mit seinen Knöcheln knackte, war sein Widerstand endgültig gebrochen. Umständlich nestelte er das Handy aus seiner Hosentasche. Gruber nahm es entgegen und streckte es Maggie hin. Die schüttelte den Kopf. Natürlich. Das hätte er sich gleich denken können. Maggie gab nicht klein bei. Nicht diese *neue* Maggie. Und wenn er darüber nachdachte, hätte auch die *alte* Maggie das nicht einfach so getan. »Code vergessen«, behauptete sie. »Bedanken Sie sich beim Tierarzt!«

»Ernsthaft?«, knurrte der Polizist.

»Lass gut sein«, sagte Ilona. »Darum kümmern wir uns später.«

Trotzig verschränkte Simon die Arme vor der Brust. »Nur eins verstehe ich nicht. Wenn Sie Maggie doch wach brauchten, um ihr Handy zu entsperren, wozu dann die künstliche Ohnmacht, die ihr Erhardt verpasste?«

»Wir mussten erst sicherstellen, dass nicht noch mit einem anderen Gerät fotografiert wurde«, gab Ilona zu.

»Deshalb haben Sie auch die Spiegelreflex geklaut«, sagte

Simon. »So ganz leuchtet mir Ihre Farce trotzdem nicht ein. Ihr Bruder hat die Leiche doch ohnehin verschwinden lassen. Wieso soll ich dafür büßen? Kann mir das ...«

Ilona legte ihren Zeigefinger auf ihre schmalen Lippen, und Simon hörte auf zu reden. Sie tauschte einen Blick mit ihrem Bruder, der mit einem Mal unendlich müde wirkte, auch wenn seine Faust nach wie vor die Pistole auf sie richtete.

»Und was ist mit mir passiert?«, fragte Maggie.

Ilona funkelte sie an. »Ganz ehrlich, Schatzerl, ich weiß es nicht. Du bist einfach so im Wald gelegen. Der Holzinger hat dich gefunden und meinen Bruder gerufen. Der wiederum mich, und dann habe ich für medizinische Hilfe gesorgt.«

»Einen Tierarzt habt ihr geholt«, warf Simon anklagend ein. Ilona konnte nicht anders, als zu schmunzeln. »Besser, als wenn wir sie dort oben liegen gelassen hätten, oder? Ehrlich, mir wär's lieber gewesen, ihr hättet Fahrerflucht begangen, statt zu uns ins Dorf zu fahren. Das hätt's in mancher Hinsicht einfacher gemacht. Doch wie es sich für zwei rechtstreue Bürger gehört, habt ihr auf die Polizei bestanden. Womit euch mein Bruder an der Backe hatte. Nachdem der Volker zur Unfallstelle kam, wollte er freilich ganz vorschriftsmäßig seine Meldung machen. Aber er weiß freilich, dass er mich anzurufen hat, wenn's was gibt, was die Kollegen von auswärts auf den Plan ruft. Und, Bruder, was hab ich dir g'sagt?«

Gruber blinzelte irritiert. Wie es schien, wurde er nicht oft in Ilonas Vorträge eingebunden.

»Du weißt Bescheid, und i soll sie erst mal auf Eis legen«, murrte er.

»Genau! Der Sergej soll entscheiden, hab ich ihm g'sagt. Is ja auch eine von seine Weiber, also soll er sagen, ob's Ermittlungen gibt, oder er es auf elegante Art regeln will.« Sie sah auf die goldene Uhr an ihrem Handgelenk. »Weswegen ich ihn eing'laden hab«, verkündete sie, wobei sie alles andere als zuversichtlich dreinschaute.

61

»Ihr holts diesen Windhund her?«, entfuhr es Roman. Echauffiert über den Entschluss seiner Gattin, war er wieder aus seiner zwischenzeitlichen Lethargie gerüttelt worden.

»Selbstverständlich. Oder was glaubst du, warum wir diesen Zirkus hier veranstalten. Ich wollt sicherstellen, dass du aus dem Schneider bist«, erklärte sie ihrem Mann. Simon konnte kaum mehr gerade sitzen, vor lauter Angst.

»Er wird uns dann vermutlich auch die beiden da abnehmen«, erklärte Ilona ihrem Ehemann. Ihr anfangs so souveräner Tonfall war allerdings verschwunden.

»Wer hat eigentlich den Otto auf dem Gewissen?«, wollte der Bürgermeister unverhofft wissen. Sofort fiel Simon auf, dass er den zerquetschen Automechaniker bereits aus seinem Gedächtnis gelöscht hatte.

»Wie, der is auch hin?«, grunzte Gruber, der jetzt in der einen Hand die Pistole und in der anderen Maggies Telefon hielt. Er fuhr zu seiner Schwester herum.

»Was glotzt jetzt mich so an?«

»Na, weil ...«

»Weil, was?«

»Du warst doch gestern Abend noch bei ihm, wegen dem ... na, weil er doch mehr Geld wollt, dafür dass ...«

»Was willst mir damit jetzt sagen, Bruderherz? Dass mich seine ausg'schamte Forderung dazu bewogen hat, ihn abzumurksen? Drehst jetzt komplett durch?«

Gruber zuckte mit den Schultern. Ilona hob warnend den Zeigefinger. »Heh, i war's nicht«, beteuerte er nicht sonderlich glaubhaft.

»Otto hat unser Wohnmobil auf Ihre Anweisung hin manipuliert, stimmt's?«, warf Simon ein. »Damit wir nicht zu einer richtigen Polizeistation fahren.«

»Ich bin die richtige Polizei«, entgegnete Gruber lautstark.

Der Jäger lachte laut auf, und selbst Ilona musste grinsen. Dass sie die Situation immer noch amüsierte, brachte Simon noch mehr in Fahrt. »Und das Bier, das kam doch auch von Ihnen!«, herrschte er Ilona an. »Was haben Sie mir da reingemischt?«

»Nur ein leichtes Barbiturat, damit du beruhigter schlafen kannst und dir weniger Sorgen um deine Frau machst«, gestand sie unverfroren. Dann flog die Tür zur Gaststube auf und ließ alle herumfahren. Mit grimmiger Miene betrat ein kräftiger, glatzköpfiger Kerl in verschlissener Lederjacke den Schankraum. Simon erkannte ihn sofort. Es war Karel, der Türsteher des Klub Pussycat. Und wie angekündigt, kam er nicht allein. Ihm folgte Sergej, und Simons Unterleib krampfte sich augenblicklich ähnlich heftig zusammen wie bei seiner Begegnung mit dem elektrischen Weidezaun. Obwohl er es bis zu diesem Augenblick nicht wusste, war er dem Bordellbetreiber in seinem silbergrauen Anzug schon einmal begegnet. Nur hatte er ihn da noch für einen Immobilienmakler gehalten.

62

»Da schau her, die ganz Bagage beieinander«, stellte Sergej Krantz amüsiert fest und schaute in die Runde. An Simon blieb sein Blick dabei eine halbe Sekunde länger hängen als an allen anderen. Natürlich erkannte er ihn, daran hegte Simon keinen Zweifel. Aber Krantz wollte offenbar nicht, dass die Anwesenden das bemerkten. Auch Karel spielte mit und machte seinerseits keinerlei Andeutungen, Simon schon einmal gesehen zu haben. Aber was beabsichtigte Krantz? Und vor allem, wie lang war Simon schon Teil dieses Schmierentheaters? Die Gedanken in seinem Kopf kreiselten rasend schnell wie in einer Zentrifuge.

»Wie? Kein Prosecco zur Begrüßung?«, ließ Krantz verlauten.

»So lang wollten wir dich nicht aufhalten«, sagte Ilona, die sich nun gar nicht mehr selbstsicher anhörte. Augenscheinlich hatte sie ziemlichen Respekt vor dem Sexklubbesitzer. »Außerdem bist zu früh!«

»Bin meiner Zeit gern voraus, Gnädigste. Also, wo is sie, meine Matratze?«

Ilona tauschte einen Blick mit ihrem Bruder. »Also, vielleicht können wir erst das mit der Schuldfrage klären«, bot sie an. »Ich meine, alles, was zählt, ist doch, dass wir dich informiert und alles darangesetzt haben, die Behörden rauszuhalten.«

»Die Behörden habt ihr sicher nicht wegen mir rausg'halten, das wissen wir doch alle besser. Ihr könnt hier keine Polizei brauchen, und das hat rein gar nichts mit meinen Geschäften drüben zu tun.«

Ilona holte scharf Luft. »Sergej, Himmel noch mal, ich wollte nur sicherstellen, dass du nicht meinen Mann für das Verschwinden von deiner Nutte verantwortlich machst. Mehr is es gar nicht. Das einzige Vergehen von dem Trottel liegt darin, dass er sie sich unerlaubt zu sich über die Grenze g'holt hat. Aber ich denk, das können wir irgendwie regeln.«

»Hin is hin!«, erwiderte Krantz. »Was sie nicht wäre, wenn er sich im Klub mit ihr vergnügt hätt. Billig wird's demnach nicht für euch.«

»Herrgott, es war ein Verkehrsunfall, und außerdem war es nicht einmal jemand aus dem Dorf«, wandte Ilona ein. Plötzlich lagen alle Blicke auf Simon.

»Der, der soll es also g'wesen sein?«, fragte Krantz.

»Sie wissen, ich war's nicht«, entgegnete Simon, und es gelang ihm, nicht zu zittrig zu klingen. »Sie kennen mich doch noch. Von gestern früh.«

Diesmal war es Ilona, die überrascht die Brauen hob.

»Ilona hat uns gegenüber zugegeben, dass sie den Unfall inszeniert hat.«

»Geh weiter, jetzt will er sich auf einmal rausreden. Ich hab dir doch die Bilder g'schickt, Sergej. Die von der Unfallstelle und die vom Wohnmobil, von dem Scheinwerfer, der Delle«, sagte Ilona.

»Das ist doch gerade gut, wenn Sie die Bilder kennen. Da Sie sich dann doch sicher fragen, wieso sie nackt im Straßengraben gelegen ist«, führte Simon weiter aus. »Ich meine, das ist doch wohl nicht üblich, dass Ihre ... Ihre Damen unbekleidet zur Kundschaft gehen, oder?«
»Punkt für dich, Burli. Da wollt ich auch grad einhaken«, entgegnete Krantz. Wieder wanderte Ilonas Blick zu ihrem Bruder. »Krieg ich eine Antwort?«, verlangte Krantz. »Oder muss ich mutmaßen, dass sich einer von deinen Drecksäcken an ihr vergangen hat, nachdem sie hinüber war? Weil, das muss ich dann freilich noch mit draufrechnen.«

Simon hatte den Mann, der ihn am Vortag in seinem Mercedes mitgenommen und so halsbrecherisch über die Grenze kutschierte, irgendwie ganz anders in Erinnerung. Der Lude musste ein begnadeter Blender sein. Sehr wahrscheinlich war Krantz gestern nicht einmal betrunken gewesen.

»Wir wissen nicht, warum sie nackt war«, sagte Ilona, verlegen um eine Antwort ringend. Simon konnte nicht glauben, dass der Frau des Bürgermeisters so ein Fehler unterlaufen war. Verächtlich schielte sie rüber zu ihrem Mann, der mit verschränkten Armen neben Maggie stand. Er könnte uns beispringen, dachte Simon. Alles richtigstellen für uns. Aber vor dem Österreicher schien auch der Bürgermeister den Schwanz einzuziehen. »Lassen Sie sich doch mal die Leiche zeigen, Herr Krantz«, forderte Simon, einem Geistesblitz folgend. Er fühlte, dass er mit einem Mal Oberwasser bekam. Wenn er Ilonas Lügenkonstrukt noch mehr ins Wanken brachte, konnte er Maggie und sich tatsächlich aus dem ganzen Schlamassel rausbringen. Das Geschwisterpaar rückte näher zusammen, Gruber zog seinen Schädel ein Stück weiter zwischen seine wuchtigen Schultern. Seine Dienstwaffe steckte jetzt im Holster, offensichtlich darauf bedacht, jedwede Provokation gegenüber dem Zuhälter zu vermeiden.

»Da gibt's ein Problem«, gestand Ilona. Simon fühlte sich bestätigt. Er hatte endgültig ins Wespennest gestochen.

Krantz hob interessiert die Augenbrauen.

»Wir haben die Leich nach dem Unfall hier in die Kühlkammer verfrachtet«, begann Gruber anstelle seiner Schwester.

»Und?«, fauchte Krantz.

»Aber ...«, druckste Gruber. »Na, also, da is sie nimmer.«

63

Die Stille im Schankraum wurde erdrückend. Niemand rührte sich. Als wären mit einem Mal nicht nur die Viecher an der Wand ausgestopft. Nur hinterm Ausschank, dort wo immer noch der zusammengeschlagene Wirt liegen musste, war ein leises Stöhnen zu vernehmen. Und ab und an meinte Simon, von nebenan ein Klappern und leises Scheppern zu hören, als würde wer in der Küche herumwerkeln. Aber konnte das sein? War da jemand in der Küche zugange?

Krantz lachte mit einem Mal schallend, was für Simon noch schlimmer war als die Todesstille zuvor. Gruber schaute ratlos zu seiner Schwester. Der Bordellbetreiber hörte so abrupt auf mit seinem Gelächter, wie er es begonnen hatte.

»Sergej, ehrlich, wir finden ...«

»Sicher, gnädige Frau, sicher.«

»'S war der Horst«, fuhr sie fort. »Der hat g'meint, er müsst sie gegen meine Anweisung umlagern. Und jetzt rückt er nicht damit raus, warum und auch nicht, wohin er sie ...«

Krantz hob gebieterisch die Hand. »Wo is er?«

Gruber zeigte zum Tresen. Simon verstand jetzt, wieso der Wirt diese brutalen Prügel kassiert hatte. Karel stapfte los, bog um den Ausschank und zerrte den Gastronom, der immer noch am Stuhl hing, dahinter hervor. Der Türsteher beugte sich zu ihm runter und fühlte am dicken Hals nach Horsts Puls. »Lebt noch«, diagnostizierte er und klatschte ihm mit der flachen Hand mehrfach rechts und links ins Gesicht, ohne dass eine Reaktion erfolgte. Karel ließ von dem Wirt ab und zuckte mit den Schultern. »Braucht vielleicht kleine Schuss, um zu werden wach.«

Krantz seufzte laut. »Schad, wirklich schad«, sagte er. »Als du mich ang'rufen hast, liebe Ilona, und meintest, ich soll rüberkommen, weil du mir was wegen dem abgängigen Mädchen erklären müsstet, da hab ich mich richtig g'freut, endlich mal wieder prächtig unterhalten zu werden. Aber jetzt muss ich euch sagen, ihr langweilts mich dermaßen mit euren G'schichten. Dabei war ich so g'spannt drauf, was du dir einfallen lässt, wegen der Fanny und um deinen Hals zu retten. Und deine windigen Geschäfte. Was hättets ihr g'macht, wenn dieser naive Trottel mit seinem Flitscherl nicht zufällig bei euch durchg'fahren wär?« Krantz sah Simon direkt an. »Du hast's auch verschissen, Burli. Hast mir die ganze Inszenierung versaut.«

»Ich versteh nicht«, brabbelte Ilona.

Krantz fuchtelte mit seinem Zeigefinger in die Richtung der Bürgermeistergattin. »Das ist genau dein Problem. Ihr wollt's einfach nicht kapieren, was Sache is. Darum war's an der Zeit für eine Lehrstund. Genau genommen muss ich dir dankbar sein, dass du deinen Angetrauten nicht mehr über dich drüber lässt, weswegen er immer mal bei mir aufschlagen muss, um seinen Druck loszuwerden. Und die Fanny, mei, die hat's ihm halt angetan. Meinst wirklich, ich hab nicht mitgekriegt, wie er sie ständig bequatscht hat, dass sie mit ihm stiften geht. Ja, genau, abhauen wollt er mit ihr, nach Spanien.

Costa del Sol. Ein Haus hat er ihr dort versprochen und dass sie jeden Tag am Pool flacken kann. Und freilich wusst ich, dass er sie zuletzt immer in seine Jagdhütte b'stellt hat. Wobei, ich glaub, das wusst eh jeder hier im Ort.« Krantz schaute sich nach dem Bürgermeister um, dem eine ungesunde Röte ins Gesicht stieg. »Kannst schon schäumen, Wipplinger. Nix von dem, was du mit der Fanny getrieben und besprochen hast, ist geheim geblieben. Und wegen mir hättet ihr zwei Turteltäubchen euch noch weiter in eurer Illusion suhlen können, aber dann fällt's deiner Gattin ein, dass sie mich b'scheißen müsst, bei der letzten Lieferung ...«

»Das ist ...!«, setzte Ilona an, aber Krantz schnitt auch ihr das Wort ab. »Red dich nicht raus, ich weiß alles.« Er trat drohend nahe an sie heran, und Simon erkannte, wie sehr sie mit sich kämpfte, um nicht zurückzuweichen. »Was hatten wir von Anfang an vereinbart, Gnädigste. Wenn's nicht einwandfrei läuft, such ich mir einen anderen Vertriebspartner auf der deutschen Seite. Und seien wir doch ehrlich, reibungslos schaut anders aus, oder?«

»Was heißt das jetzt?«, fauchte der Jäger, weshalb Krantz nun auf ihn zuging. »Das heißt, deine Alte ist raus, und ihr geht beide in den Knast. Du wegen dem Mord an der Fanny und die werte Gattin wegen massivem Verstoß gegen des Betäubungsmittelgesetz.«

»Aber wieso, ich war's nicht!«, kreischte Wipplinger.

»Wieso? Muss ich wirklich noch deutlicher werden?« Wieder seufzte er theatralisch. »Also, rein hypothetisch, für die Dummen im Raum. Wenn bei euch die echten Ermittlungsbehörden anrücken, um den Mord an einer tschechischen Nutte zu untersuchen, werden sie früher oder später auch auf

die *speziellen* G'schäfte stoßen, die hier in eurer idyllischen Abgeschiedenheit ablaufen. So unfähig können selbst die deutschen Kriminaler nicht sein, dass sie euch da nicht auf die Schliche kommen. Dafür is g'sorgt.«
»Wenn's uns erwischen, reiten wir dich da mit rein, darauf kannst du einen lassen!«, drohte Ilona.

Krantz lachte grollend. »Ich bin deutlich besser aufg'stellt, als du es dir jemals vorstellen kannst, und meine Vertriebskanäle sind längst neu strukturiert. Du hast ausg'schissen, Ilona.« Der Zuhälter wirbelte einmal um die eigene Achse und hielt dann auf seinen Türsteher zu. »Geh, Karel, hättest mich nicht ausbremsen können? Jetzt hab ich alles ausgeplaudert ... Nur eins wissen sie noch nicht, Karel. Dass du es warst, das mit der Fanny.«

64

Für eine halbe Minute kriegte Krantz sich nicht mehr ein vor Lachen. Roman war alle Farbe aus dem Gesicht gewichen. Auch Ilona stierte ausdruckslos vor sich hin. Sie war reingelegt worden.

Karel lachte mit seinem Chef, doch er tat dies nicht aus Überzeugung. Maggie sah deutlich, dass es ihn anstrengte, den Amüsierten zu geben. Was letztlich auch Sergej auffiel.

»Was ist los, Karel, můj přítel? Hätte ich noch warten sollen, um die Katze aus dem Sack zu lassen? Aber ich war doch grad so schön in Schwung.«

»Is nix so einfach, Chef.«

»Wie jetzt? Was ist los, du Arschloch?«, zischte Sergej. »Verdirb mir jetzt bloß nicht die Laune!«

Eigentlich war der Mann in der Lederjacke größer und breiter als sein Arbeitgeber, weshalb er sich ducken musste, um seine Unterwürfigkeit zu verdeutlichen. »Mei, Chef, erst lief wie Schnürchen, wirklich. Ich kenn die Weg von Lenka durch Wald rüber auf deutsche Seit und zu Jagdhaus von die Birgermeister. Hab's dir erzählt, wie ich gefunden hab gute Stelle für Auflauern. Was ich also mach, vor drei Tagen. Alles wie besprochen, Chef. Nur sie nicht kommt, obwohl Lola hat angerufen und gesagt, sie unterwegs ...«

»Lola«, flüsterte Simon neben Maggie, auf eine Art, die ihr sagte, dass er wusste, wer gemeint war.

»... ich wart und wart und wart ...«

»Verflucht, Karel, komm auf den Punkt!«, fauchte Sergej.

Karel hob abwehrend die Hände und nickte heftig. »Ja, mei, also Stelle für Auflauern nix taugt, wenn Fanny nix kommt. Also ich geh entgegen, umschauen, wo bleibt. Brauch nix weit, nur drei Minut, vielleicht, dann sie liegt da in Heidelbeeren ... nackt und Maus wie tot. Außerdem, ich seh, wie einer rennt weg, wo ich mir denk, den kennst du.«

»Wer?«, entfuhr es Roman. »Wen hast g'sehen?«

Sergej machte erneut seine bewährte Handbewegung, die Karels Lippen versiegelte. Der eindringliche Blick des Zuhälters wanderte zu jedem Einzelnen der Anwesenden. Mit einem Mal fühlte sich die stickige Luft in der Wirtsstube wie elektrisiert an. Jeder wartete darauf, dass Sergej seinem Türsteher die Erlaubnis erteilte, endlich den Namen preiszugeben. Doch der rümpfte nur seine Nase. »Was stinkt hier eigentlich so gottserbärmlich?«

Von draußen vom Gang strömte ein auffällig stinkender Geruch in die Gaststube. Maggie dachte an die Tote, die zwar nicht mehr in der Kühlkammer verwahrt wurde, aber von diesem Horst dafür womöglich irgendwo anders im Gasthaus versteckt worden war.

»D' Oma kocht Sülz ei«, ertönte überraschend eine Stimme hinter Karel. Im gleichen Moment blitzte ein unterarmlanges Küchenmesser auf und versenkte sich tief im tätowierten Hals des Türstehers.

65

Blut spritzte fontänenartig aus Karels aufgeschlitzter Halsschlagader, gegen die Wände und die präparierten Tiere, die dort hingen. Der Glatzkopf in der Lederjacke balancierte noch fünf Sekunden auf wackligen Beinen, dann fiel er um wie ein Baum. Jemand stieß ein helles, kurzes Kreischen aus. Es war nicht Ilona, sondern ihr Bruder. Sonst regte sich nichts, keiner bewegte sich. Alle starrten gebannt auf die immer größer werdende Blutlache auf den Wirtshausdielen. Und gleichwohl auf denjenigen, der dafür verantwortlich war. Niemand war aufgefallen, dass der Wirt die Ohnmacht überwunden hatte. Und sich zudem auch aus den Kabelbindern hatte winden können, mit denen er an den Stuhl gefesselt war. Jetzt konnte man sehen, dass die Lehne durchgebrochen war, was passiert sein musste, als Gruber ihn vorhin hinter der Theke umgekippt hatte. Immer noch hielt Horst das Messer erhoben. Von der Klinge tropfte Blut. Maggie fragte sich, wie er mit seinen zugeschwollenen Augen überhaupt hatte sehen können, wohin er damit zielen musste.

»Warum?«, fragte Sergej, der als Erster seine Stimme wiederfand.

»Er hat sie ... um'bracht!«, stammelte der Wirt über seine zerschundene Unterlippe hinweg.

»Das hat sich jetzt grade aber ganz anders angehört«, widersprach Sergej.

»Er lügt, freilich war er's. Hab's doch g'sehen.« Der Wirt fasste sich an den Mund, doch er konnte die letzten Worte nicht mehr zurücknehmen.

»Willst damit sagen, du warst dabei?«, herrschte Roman ihn an. Auch der Jäger schien sich schnell wieder gefangen zu haben.

Doch der Wirt schüttelte nur den Kopf, dann rannte er aus der Gaststube.

»Hinterher!«, herrschte Sergej den Dorfpolizisten an.

Der machte zwei Schritte hin zur Tür, dann hielt er inne. »Warum ich?«

»Geh scheißen! Wer is hier die Polizei?«

»Es is dein Mann, der hin is«, stellte Gruber fest.

Sergej machte keine Anstalten, die Verfolgung aufzunehmen.

»Lasst ihr ihn jetzt wirklich abhauen, ihr Deppen?«, raunzte Roman.

»Der kommt nicht weit«, prognostizierte Gruber.

»Drauf g'schissen«, entgegnete der Jäger. »Es war doch g'wiss der Horst, den der Karel hat wegrennen sehen. I hol mir den Saukrüppl.«

»Nix da!«, befahl Gruber. »Keiner verlässt den Tatort!«

»Genau! Du hältst dich raus!«, mischte sich nun auch Ilona ein.

Sergej lachte laut, wurde aber sogleich wieder ernst. »Der Wipplinger hat recht. Womöglich hatte auch euer Wirt was mit der Fanny am Laufen? Schaut so aus, als könnt's noch mal lustig werden.«

Ilona nickte. »Der Angriff auf den Karel is wie ein Geständnis. Außerdem, wieso hätt er sonst die Leich fortschaffen sollen, wenn er nix damit zu tun hat? Volker, nimm ihn fest!«, verlangte sie.

»Festnehmen? Wegen was?«

»Mord!«

»Spinnst du? Es gibt offiziell gar niemanden, der ermordet worden is.« Er schielte zu Sergej, der zustimmend nickte. »Offiziell ist keiner hin«, sagte er, während der ausgeblutete Karel vor seinen Füßen lag.

»Egal, wir kümmern uns drum, ehrlich Sergej. Wir machen sauber, keine Spuren. Du kennst mich. Alles so, wie du's haben willst. Dafür lass uns das bitte wegen dem Geschäftlichen noch mal überdenken.« Ilona ging zu Sergej, nahm ihn beiseite und redete weiter leise auf ihn ein. Gruber wirkte hin- und hergerissen, ob er dem Befehl seiner Schwester nachgehen sollte, was vermutlich sonst die übliche Vorgehensweise war. Ilona erteilte die Anweisungen, der Polizistenbruder führte sie aus. Feinsauber in Uniform. Maggie blieb keine Zeit, sich weiter darüber Gedanken zu machen, wieso Gruber so zögerlich reagierte, denn in diesem Augenblick verlor Roman die Geduld. Er hechtete rüber zu dem Tisch, an den Ilona vorhin sein Jagdgewehr gelehnt hatte und bekam es zu packen, ehe sein Schwager reagieren konnte. Der Jäger wirbelte herum und feuerte eine Kugel in den neben dem Eingang zur Wirtsstube auf einem Holzpodest befestigten Auerhahn. Das schwarze Gefieder des ausgestopften Vogels explodierte. Federn, Vogelknochenfragmente und anderweitig undefinierbares Füllmaterial verteilte sich im Raum. Was nicht schwer genug war, um unverzüglich zu Boden zu prasseln, vernebelte die Luft.

Maggie bekam einen Stoß, der sie durch die Federwolke hindurch zur immer noch offenen Tür taumeln ließ. Roman tauchte neben ihr auf, zusammen mit Simon im Schlepp. Hustend drängten sie hinaus in den Flur. Statt zum Ausgang zu rennen, schlug Roman die andere Richtung ein, vorbei am Zugang zu den Toiletten, hinein ins Zwielicht. Gewissermaßen dem fettigen Mief entgegen, der aus den Eingeweiden der verwinkelten Architektur durch den rund gemauerten Gang waberte. Gruber schrie ihnen unverständliches Zeug hinterher. Roman hastete voraus, Maggie schob Simon vor sich her, der sich nach der jüngst erfolgten Gräueltat in eine willenlose Gliederpuppe verwandelt zu haben schien. Durch eine weitere Tür gelangten sie in die Wirtshausküche, einem engen, schlauchförmigen Raum, in dem ein überdimensionierter Gasherd für eine höllenmäßige Temperatur sorgte. Über blauen Flammen köchelte dort in zwei monströsen Töpfen jener Sud, der den penetranten Gestank verbreitete, der Maggie in jede einzelne Pore zu dringen schien. Offensichtlich war die ausladende Dunstabzugshaube darüber defekt, denn der tranige Dampf hing wie dichter Nebel über Ofen, Spüle und Arbeitsflächen. Vorm Herd stand die halbblinde Alte und schwang einen armlangen Kochlöffel. Mit ihrem ausgemergelten Körper versuchte sie, ihnen den weiteren Fluchtweg zu versperren. »Auf die Seiten, Ederin!«, zischte Roman. Die Greisin schlug ein Kreuzzeichen, wich allerdings keinen Millimeter. Roman deutete auf eine Tür jenseits der stumpfen Edelstahlmöbel. »Da muss er raus sein, der Horst«, deutete Roman die mutwillige Blockade der Alten. Unwirsch schubste er Maggie mit Simon an dem verhutzelten Mütterchen vorbei. Vom Gang her hallten bereits die schweren Stiefel des Polizisten.

Als Maggie die Klinke zu fassen bekam, drehte sie sich noch einmal um. Vom Kochdunst verschwommen, erblickte sie Gruber, der mit gezückter Pistole in die Küche stürmte. Und sie sah Roman, der nach einem der Edelstahltöpfe griff und ihn im Vorbeieilen vom Herd riss, woraufhin sich zusammen mit etlichen Litern kochender Flüssigkeit zerkochte Fleischstücke über den Fliesenboden ergossen. Für einen Wimpernschlag war Maggie davon überzeugt, dass es sich dabei um Körperteile von Lenka handelte. Doch dann rollte durch die schaumige Brühe ein vor der Auflösung stehender Schweinekopf auf sie zu.

66

Der heranstürmende Gruber rutschte auf dem fettigen Erguss aus und landete mit dem Rücken voran im Fleischmatsch. Begleitet von einer Litanei undeutbarer Flüche aus dem zahnlosen Mund der Alten, türmten sie aus der Wirtshausküche. Über einen kurzen Verbindungsgang landeten sie unmittelbar zwischen zwei Reihen von Rindviechern, die sie wiederkäuend aus großen Augen anglotzten, während sie über die betonierte Brücke auf das Tor am Ende des Stalls zuhetzten. Über Kuhmist schlitternd, gelangten sie nach draußen, wobei sie Simon mit Müh und Not davor retten konnte, in die angrenzende Güllegrube zu fallen. Schließlich erreichten sie um die Scheunen herum wieder die Dorfstraße. Dort sah Roman sich planlos um und suchte dann ihren Blick. Er wusste jetzt, wer seine tschechische Geliebte auf dem Gewissen hatte. Doch augenscheinlich hatte er keine Ahnung, wohin er geflüchtet war. Außerdem, wer konnte bei all den Lügen, die im Wirtshaus erzählt worden waren, überhaupt sicher sagen, was wirklich stimmte und was nicht? Und letztlich wusste Maggie immer noch nicht, wer sie überfallen hatte. Schon allein deswegen durfte sie sich jetzt nicht von Gruber schnappen lassen. Sie konnten demnach nicht weiter so exponiert mitten im Ort herumstehen, denn sobald der Dorfsheriff sich aus dem

Schweinesülzesud befreit hatte, würde er die Verfolgung wieder aufnehmen. Also übernahm Maggie die Führung. Im Laufschritt schafften sie es um die scharfe Biegung und bis vor Ottos Werkstatt. Sie bemerkte, dass Roman mitten auf der Straße stehen geblieben war. Sah, wie er das Gewehr hob, anlegte und auf den Wagen zielte, der sich von Osten her näherte. Es war dieses eine Auto, das hier abgesehen von Traktoren und Mähdreschern einmal die Stunde durchs Dorf tuckerte. Und es war eigentlich naheliegend, dass es jemand aus Heindlsäge sein musste. Durch die verschmierte Windschutzscheibe erkannte sie den Doktor, der dort hinterm Steuer hockte und jäh abbremste, als ihm die Bedrohung gewahr wurde. Ohne die Flinte zu senken, stiefelte der Jäger auf den Tierarzt zu und öffnete die Beifahrertür. »Bring uns hier fort!«, befahl er und blickte zu Maggie. Sie verstand, dirigierte Simon auf die Rückbank und rutschte neben ihn. Auch Roman stieg ein. Das Gewehr war damit zu lang, um Erhardt weiter anzuvisieren. Doch der signalisierte mit erhobenen Händen, dass er keine Dummheiten plante. »Wohin?«, wollte er kleinlaut wissen.

»Rauf zur Jagdhütte. Ich brauch Munition.«

67

»Was ist der Plan?«, fragte Maggie.

Der Jäger stand am Waffenschrank und stopfte sich die aufgenähten Taschen seiner Drillichhose mit Patronen voll. Dann zeigte er auf die Gewehre. »Jeder eins!«, ordnete er an. Der Doktor trat einen Schritt vor.

»Du nicht, du hast uns verraten!«

»Arschloch!«, zischte Erhardt.

»Du auch nicht!«, sagte Simon, als Maggie nach der Waffe griff, die Roman hervorholte. Sie sah ihn trotzig an und nahm die Flinte an sich. Sein Magen vollführte den nächsten Purzelbaum. Er fühlte sich schlecht. Zeitweilig immer noch wie in Trance, seit er mit ansehen musste, wie jemandem vor seinen Augen der Hals aufgeschlitzt worden war. Und jetzt wurde von ihm erwartet, ein Gewehr abzufeuern. Er beobachtete, wie sich Maggie vom Bürgermeister die Handhabung der Waffe erklären ließ. Sie wollte es fühlen. Er sah es ihr an. Ihm war fast, als gierte sie nach der Wucht, wenn das Geschoss den Lauf verließ, nach dem Rückschlag an ihrer Schulter.

»Ich kann das«, hörte er Maggie nach der kurzen Einweisung selbstsicher sagen. Das machte ihm Angst, gleichzeitig schämte er sich.

»Und du?«, wandte sich Wipplinger ihm zu und streckte auch ihm eine Flinte hin.

»Besser nicht«, raunte er.

Wipplinger krauste die Stirn. »Dann nicht. Erledigen wir's halt zu zweit.«

Obwohl es erst früher Mittag war, war es düster unter der niedrigen Holzbalkendecke. Vermutlich, weil der Berg um diese Uhrzeit immer noch seinen Schatten über die Lichtung warf, auf der die Hütte stand. »Ich glaube nicht, dass Sergej jemanden von uns davonkommen lässt«, murmelte er schließlich. Ein letzter, verzweifelter Versuch, sie zur Vernunft zu bringen. »Schließlich wissen wir Bescheid. Er hat Fanny umbringen lassen«, erinnerte er Maggie.

»Da 's der Karel gar nicht war, kann dem Sergej keiner was«, entgegnete Wipplinger.

»Anstiftung zum Mord ist Anstiftung zum Mord«, beharrte Simon. »Und tot ist sie ja wohl, oder? Aber das ist ja auch völlig Banane, wir wissen einfach zu viel. Auch über euch, darüber, dass ihr was Illegales am Laufen habt.« Er sah den Bürgermeister vorwurfsvoll an. »Euch ging's doch von Anfang an nur darum, nicht aufzufliegen. Deshalb durfte auch keine Polizei von auswärts ins Dorf kommen. Worum sich Ihr Schwager hinreichend kümmert, nehme ich an. Was hat Ihre Frau eigentlich gegen ihren Bruder in der Hand?«

»Spielschulden, bei den Tschechen. Ilona finanziert seine Sucht. Bezahlt immer mal wieder seine Ausstände, damit er am Leben bleibt. Krantz hat drüben nicht nur ein paar Puffs, sondern auch ein Casino«, verriet Erhardt. Wipplinger winkte abfällig.

»Wie ist Lenka eigentlich gestorben?«, fragte Maggie und hatte damit wieder die Aufmerksamkeit.

»Hast du sie untersucht?«, fragte Wipplinger den Tierarzt. Der Doktor schüttelte den Kopf.

Maggie wandte sich an Simon. »Du hast sie doch auch gesehen, als sie dich mit zur Unfallstelle genommen haben? Ist dir was aufgefallen? Äußere Verletzungen?«

»Meinst du wirklich, ich habe sie so genau angesehen?«

»Du wusstest doch auch, dass ihr richtiger Name Lenka war. Von irgendwem musst du's ja wissen.«

Simon senkte den Blick und knetete seine Finger. »Von Lola«, gab er zu.

»Da schau her, der Bub kennt unsere Nutten«, stichelte Erhardt.

Maggie schlug mit der flachen Hand auf den Tisch. »Du kanntest auch diesen schmierigen Zuhälter, vorhin im Wirtshaus. Kannst du endlich mit dem rausrücken, was du mir bisher verschwiegen hast?«

Simon geriet ins Wanken. Es war falsch gewesen, sie nicht gleich in alles einzuweihen. Er setzte sich wieder hin und berichtete mit gesenktem Kopf von seiner Begegnung mit dem Österreicher und wie dieser ihn zu seinem Bordell kutschiert hatte. »Ich kapier nur immer noch nicht, was er sich davon versprochen hat«, endete er.

»Wollt dich halt von seiner Schnallen aushorchen lassen, was du so weißt«, folgerte Erhardt, »aber was hilft uns das jetzt?«

»Gar nichts«, maulte Maggie. »Wir müssen Horst finden!«

»Nur damit er weiter abstreitet, dass er die Fanny um'bracht hat«, wandte der Bürgermeister ein.

»Wusste Horst von deiner Liaison mit Fanny?«, fragte Maggie. Wipplinger zuckte mit den Schultern. »Dass er zufällig im Wald war, als Fanny auf dem Weg zu dir in die Jagdhütte war, kann ich schwer glauben.«

»Kann er nicht einfach nur in die Schwammerl g'wesen sein?«, schlug der Tierarzt vor. »Und dabei entdeckt er dein Gspusi, und es brennt ihm die Sicherung durch.«

»Wenn er's war, denke ich nicht, dass er es geplant hat«, mischte Simon sich ein. »Ist doch naheliegend, dass er wusste, welchem Gewerbe sie nachging. Folglich wollte er die Gelegenheit nutzen, doch Lenka hat ihn zurückgewiesen. Da ist er ausgerastet. Laut Karel war sie schon nackt, als der sie gefunden hat.«

»Unser Wirt bringt eine Nutte um, weil sie ihn nicht ranlasst?«, stellte Erhardt zur Frage. Wipplingers Wangen liefen wieder dunkelrot an, während seine Fingerknöchel weiß leuchteten, so fest umklammerte er das Gewehr. »Maggie hat recht, wir müssen die Drecksau zur Rede stellen!«

»Euch is schon klar, dass die andern ihn auch suchen werden«, gab der Doktor zu bedenken.

»Drum müssen wir schneller sein«, verlangte Wipplinger.

»Und dann? Wollen Sie ihn erschießen wie den Hannes?«, fragte Simon. »Was spielt es denn groß für eine Rolle, wer sie auf dem Gewissen hat? An Ihrer Stelle würde ich mich fragen, was Lenka ... also, was Fanny ... wirklich von Ihnen wollte.«

Der Bürgermeister machte einen Satz und stellte sich breitbeinig vor ihn hin. »Was willst jetzt damit behaupten, Birscherl?«

Simon hob abwehrend die Hände, konnte sich aber nicht zurückhalten mit dem, was er loswerden wollte. »Ich frage mich halt, wie echt Lenkas Liebe wirklich war. Oder ob Krantz sie nicht doch nur auf Sie angesetzt hat, um rauszufinden, welche Geschäfte Ihre Frau hinter seinem Rücken treibt.«

»Geht mich nix an, was die treibt«, schnauzte Wipplinger.

»Drüber B'scheid wissen tust trotzdem«, mischte sich der Doktor wieder ein. »So unrecht hat er nicht, der junge Herr.«

»Hab ich vorhin nicht g'sagt, du sollst's Maul halten!«, erinnerte ihn der Bürgermeister und hob seine Flinte. Maggie stand auf und drückte den Lauf des Jagdgewehrs wieder zu Boden. »Das bringt doch nichts!« Sie sah in die Runde. Sechs Augenpaare, müde und irgendwie gebrochen, starrten ihr entgegen. *Wir wissen allesamt nicht mehr weiter*, dachte Simon. *Nur das Testosteron hält uns noch auf den Beinen.* Er sah aber auch, dass Maggie ihnen keine Pause gönnen wollte. Und natürlich wusste er auch warum.

Die für sie entscheidende Sache war immer noch nicht zur Sprache gekommen. »Wir müssen herausfinden, wie es dazu kam, dass einen Tag nach Fanny erneut eine Frau im Wald angegriffen worden ist!«, sagte sie.

»Wer?«, fragte Wipplinger begriffsstutzig.

»Ich«, erinnerte ihn Maggie.

68

Sie waren wieder unterwegs in Erhardts altem moosgrünem Volvo 245 GL, der vermutlich zwei Jahrzehnte vor Simons Geburt vom Band gelaufen war. Sie fuhren auf verschlungenen Waldwegen. Mal steil bergauf, mal abwärts auf engen Pisten. Ihm kam es wie die reinste Irrfahrt vor.

Maggie saß mit ihm auf der Rückbank, das Gewehr, das sie von Wipplinger bekommen hatte, zwischen den Beinen. Sie waren auf der Suche nach Horst. Bislang hatten sie zweimal bei einem Schuppen gehalten. Windschiefe, zum Teil zugewachsene Holzverschläge, die Wipplinger einmal umrundete, bevor er einen Blick hineinwarf und nach wenigen Sekunden kopfschüttelnd wieder herauskam. Natürlich verstand er, worum es Maggie ging. Und es war durchaus auch in seinem Sinn, dass sie herausfanden, was ihr widerfahren war. Wer oder was sie überfallen und niedergeschlagen hat. War es Horst? *Oder ein Wolf?* Nach etlichen Kilometern löchriger Schotterpiste überkam ihn unverhofft ein Gedanke. »Vermutlich glaubt jemand, du hast was beobachtet.« Kaum ausgesprochen wurde ihm bewusst, dass es auch dafür nur eine Antwort geben konnte. Horst. Der Wirt war an allem schuld. Maggie schüttelte den Kopf. »Ich kann nichts gesehen haben. Zumindest nichts, was mit dem Mord an Lenka zu tun hat. Es muss einen anderen

Grund geben für ...« Sie behielt für sich, was sie noch hatte sagen wollen. Simon glaubte zu wissen, was sie meinte. Dass sie ebenfalls tot oder zumindest ein Opfer sexueller Gewalt geworden wäre, wenn den Täter nicht etwas davon abgehalten hätte. So wie es Lenka ergangen war, nur dass Karel im Fall der Tschechin zu spät aufgetaucht war. *Horst. Verdammt!*

»Er muss mir gefolgt sein, nachdem ich bei ihm im Wirtshaus war. Vielleicht bin ich sogar wegen ihm in den Wald geflüchtet?«, mutmaßte Maggie. Das ergab Sinn. Warum sonst hätte sie dorthin gehen sollen, wo sie doch in der Absicht aufgebrochen war, Brötchen fürs Frühstück für sie zu besorgen.

»Womöglich waren Lenka und ich nicht seine ersten Opfer«, platzte sie heraus. Wipplinger drehte sich zu ihr um und musterte sie kritisch.

»Ist das so abwegig?«, herrschte sie ihn an.

»Ganz sauber war der Horst noch nie«, schaltete sich Erhardt in die Unterhaltung mit ein. »Hat sein Lebtag mit seiner Oma zusammengelebt, nachdem die Eltern früh gestorben sind. Autounfall. Und die alte Ederin, die war ja damals schon verkalkt.«

»Im Wirtshaus bin ich nur der Alten begegnet«, erklärte sie. »Das weiß ich wieder.«

»Nur weil du ihn nicht bemerkt hast, schließt das nicht aus, dass du ihm nicht aufgefallen bist. Vielleicht hat er das Gespräch zwischen dir und seiner Großmutter belauscht«, gab Simon zu bedenken. »Und, na ja, wie er uns vorhin bewiesen hat, ist er augenscheinlich unberechenbarer, als hier alle bislang geglaubt haben.«

Auf den Vordersitzen herrschte betretenes Schweigen. Erhardt scherte in einen Waldweg ein, der den Namen nicht verdiente. Zwei schlammige Spurrillen und in der Mitte ein Grasstreifen, dessen Bewuchs über die Motorhaube des Volvos hinausragte. Seltsam, dass es hier oben immer noch feucht und matschig war, obwohl es schon seit Tagen nicht mehr geregnet hatte. Die Reifen der alten Mühle wühlten sich voran, und von unten war ein beunruhigendes Scharren und Kratzen zu hören.

»Sie hat mich gewarnt«, sagte Maggie.

»Wer?«

»Horsts Oma. Nur war mir nicht klar, dass sie ihren Enkel meinte.«

»Bist du sicher?«, fragte Simon.

»Geh, die alte Ederin is seit Jahren so dement, dass sie mit niemandem mehr redt«, meldete sich der Tierarzt zu Wort. »Es is eh grob fahrlässig, dass der Horst sie immer noch kochen lässt.«

»Mit mir hat sie gesprochen«, beharrte Maggie.

»So muss es gewesen sein«, sagte Simon. »Angenommen, Horst bekommt mit, wie seine Oma vor Maggie diese Warnung ausspricht. Er geht natürlich sofort davon aus, dass sie sich damit auf ihn bezieht. Die Alte mag dement sein, aber sie kennt ihren Enkel und seine, wie sag ich's, seine Störung. Weiß Bescheid darüber, dass er Frauen belästigt. Womöglich hat er ihr sogar gebeichtet, was er am Vortag Lenka angetan hat. Folglich bekommt er es sofort mit der Angst zu tun. Wenn er die Unterhaltung zwischen dir und seiner Großmutter nicht von Anfang an verfolgt hat, denkt er womöglich sogar, dass sie in ihrem umnachteten Zustand vor Maggie ausgeplaudert hat, was ihr Enkel hin und wieder treibt. Dass er sich an Frauen vergeht und sie umbringt, wenn es zum Äußersten kommt. Horst geht in seinem Wahn davon aus, dass Maggie sein Geheimnis kennt, und verfolgt sie bis in den Wald, wo er auch sie niederschlägt.«

»Aber warum lebe ich dann noch?«, fragte Maggie.

»Weil er es diesmal nicht zu Ende bringen konnte. Ilona hat doch gesagt, dass dieser Holzinger dich gefunden hat. So wie es ausschaut, keine Sekunde zu spät.« Simon kam eine Erleuchtung. »Verdammt! Ich dachte bis eben, es wäre Karl gewesen, der mich vorletzte Nacht bedroht hat. Aber jetzt bin ich mir sicher, es war der Wirt.«

»Und Otto? Was ist mit Otto?«, will Maggie wissen.

Erhardt bekam große Augen, und der Bürgermeister bestätigte ihm das Ableben ihres Dorfmechanikers mit einem Nicken.

»Kreizdeife!«

»Wahrscheinlich war's in diesem Fall der Sergej«, mutmaßte Wipplinger und sah Simon an. »Weil er vom Otto wissen wollt, was Ilona mit euch zwei vorghabt hat.«

»Ich habe da noch eine Frage«, mischte Maggie sich ein. Wipplinger hob auffordernd seine buschigen Brauen.

»Wer ist Maria?«

»Maria? Was fragst jetzt nach einer Maria?«, hakte der Bürgermeister nach. »Im Dorf gibt's mindestens, ich weiß nicht, hilf mir Erhardt! Fünf, sechs Marias haben wir schon.«

»Aber hatte Horst mal eine Beziehung zu einer Maria?«

»Der Horst, hat der überhaupt schon mal eine Beziehung g'habt?«, gab der Tierarzt zu bedenken. Wipplinger schüttelte den Kopf. »Worauf willst raus?«, fragte er Maggie.

»Seine Großmutter hat mich mit einer Maria verwechselt«, erklärte Maggie.

»Himmel!«, kreischte Erhardt und bremste scharf.

TEIL 6

MEHR GEDULD ALS HUNGER

69

»Wennst den Deifi nennst«, entfuhr es dem Doktor. Beim abrupten Anhalten hatte er den Motor abgewürgt. Alle Blicke richteten sich nach vorne. Gekrümmt stand sie da, mitten auf dem Waldweg. Ihr getrübtes Auge prangte übergroß in ihrem runzligen Gesicht. »Geh verreck, die Ederin«, raunzte Roman. Maggie fehlte das Gefühl dafür, wie weit sie in dem endlosen Forst herumgekurvt waren. Umso rätselhafter, wie es die Greisin auf ihren dürren Beinen bis hierherauf geschafft hatte.

Der Jäger kurbelte das Fenster runter, und sie kam an seine Seite. »Was wuist, oide Hex?«

Sie stierte in den Innenraum, bis ihr einäugiger Blick bei Maggie hängen blieb. Womöglich hatte der Tierarzt nicht einmal unrecht damit, dass sie wegen ihrer Demenz gar nicht mehr in der Lage war zu sprechen. Womöglich hatte die Greisin gar keine Worte gebraucht, um sich mit ihr zu unterhalten. Auch jetzt glaubte sie zu wissen, was das Starren ihr sagte. »Sie haben ihn, Ihren Horst, richtig?«, murmelte Maggie, doch das zerfurchte Gesicht der Alten blieb versteinert. Der Wald um sie herum war totenstill. Selbst der Wind hielt den Atem an. Die Alte griff in die tiefe Tasche ihrer Kittelschürze, zog behände etwas daraus hervor und warf es durchs offene

Seitenfenster auf Roman, was dieser mit einem gellenden Schrei kommentierte. Maggie erkannte eine halb verweste Krähe, die dort auf dem Schoß des Jägers lag.

»Bist narrisch, verflucht's Weib«, brüllte Roman, packte den Vogelkadaver und schleuderte ihn zurück zu der Alten. Doch die stand nicht mehr dort, wo sie vor einer Sekunde noch gestanden hatte. Gerade noch so eben konnte Maggie sehen, wie sie auf flinken Beinen zwischen Weißdornsträuchern hindurchschlüpfte und der Wald sie verschluckte. Maggie sprang aus dem Wagen und schlang sich das Gewehr über die Schulter. Sie rannte, fand die Stelle, an der die Greisin verschwunden war, duckte sich, um dem dornigen Gestrüpp auszuweichen, und eilte ihr nach. Nur ein paar Schritte nach dem Gebüsch ging es steil bergab. Da war nur ein schmaler Tritt, vermutlich von Rehen gelegt, den sie nun entlangbalancierte. Beinahe sofort geriet sie ins Schlittern. Zum Glück wuchsen die Bäume hier dicht, und sie fand immer wieder einen Stamm, an dem sie sich abfangen und so auf den Beinen halten konnte. Nur, wie war die Ederin da heil runtergekommen? War sie womöglich abgestürzt und lag jetzt unter einem der niederen Nadelgewächse, welche die Böschung säumten? Hinter sich hörte sie die Männer. Das Rascheln, das Knacken der Zweige, die unter ihren Leibern brachen, die Flüche, die sie aussandten, kaum dass sie auf den abschüssigen Pfad gerieten. Steine wurden losgetreten und kullerten den Hang hinab. Maggie konzentrierte sich darauf, wohin sie trat. Nach den ersten hundert Metern schreckte sie das schwierige Terrain nicht mehr. Sie war die Jägerin und vertraut mit dem Wald. Die Alte war gleich vor ihr, auch das wusste sie, obwohl sie immer noch nicht zu sehen war.

Der Berg flachte ab, der Bewuchs lichtete sich. Mannshohe

Felsen bildeten mit einem Mal eine Art Irrgarten. Enge, moosbewachsene Schluchten, durch die sich kleine Rinnsale talwärts schlängelten. Ein gutes Versteck für denjenigen, der sich hier auskannte. Maggie stoppte und lauschte zwischen zwei der mächtigen, von Wind und Wetter geformten Granitblöcken. Sie hörte das Plätschern, spürte wie das kalte, klare Wasser, das vom Berg herablief, über ihre Stiefel hinwegspülte und dabei langsam durch das spröde Leder sickerte. Sie hörte Simon, der ihren Namen rief. Dazwischen das Geschimpfe von Roman und dem Tierarzt, die alle drei noch ein ganzes Stück über ihr mit dem unwirtlichen Gelände kämpften. Sie hörte Vogelgezwitscher und das stete Scharren einer Maschine von jenseits des Waldes. Nur die Alte, von der war kein Mucks zu vernehmen.

Also ging sie weiter. Leise ließ sie das steinerne Meer hinter sich. Und unmittelbar danach auch den Wald. Vor ihr wuchs hüfthoch Getreide. Weizen, der sich im Wind wog. Hinter dem Feld standen die Lagerhallen und die Silos. Von dort kam auch das metallische Schleifen. Irgendein Gebläse vielleicht? Maggie legte die Hand über die Augen, damit die Sonne sie weniger blendete. Sie kannte den Ort. Es war das Futtermaislager, zu dem Roman sie heute Morgen schon einmal gebracht hatte.

Wieder knackte es hinter ihr. Simon stolperte aus dem Unterholz. »Maggie, Himmel noch mal!«

Sie legte ihren Finger auf die Lippen, mit dem anderen zeigte sie auf die aluminiumbedachten Hallen, die matt im Nachmittagslicht glänzten.

»Was?«, fragte Simon im Flüsterton.

»Sie hat uns hierhergeführt«, sagte Maggie.

»Warum?«

»Wir sollen ihren Enkel befreien.«

70

Der Jäger und der Tierarzt brauchten keine Erklärung, nachdem sie dazustießen. »Dort unten schlagt ihr eure Drogen um«, klagte Simon sie an, was weder Roman noch der Doktor bestätigten. Allerdings stritt es auch keiner ab. Wenn sie richtig lagen, hatten Ilona und ihre Leute den Gastwirt geschnappt und hielten ihn in einer der Lagerhallen gefangen. Es gab nur einen Grund für die Königin, den Mann am Leben zu lassen. Lenkas Leiche. Sie mussten von Horst erfahren, wo er sie versteckt hatte. Sofern sie irgendwer entdeckte, der nicht der Verschwiegenheit von Heindlsäge unterlag, konnte nur die tote Prostituierte noch zu einem Problem für Ilona werden. Abgesehen von Simon und ihr.

»Wo könnte er sein?«, fragte sie Roman.

»Die Hallen haben Keller, die in keinem Grundbuchamt vermerkt sind. Viel Platz also, um jemanden ...«

»Einzusperren und weiter zu foltern«, vollendete Simon den Satz und wandte sich dann an Maggie. »Bitte, es hat keinen Sinn, lass uns abhauen, solange sie anderweitig beschäftigt sind!«

»Wir gehen nicht ohne die Wahrheit«, beschloss Maggie, schob das Gewehr zurecht und machte sich am Weizenfeld entlang geduckt auf den Weg, runter zu den Silos. Maggie arbeitete sich vor bis zu dem etwas abseits der Lagerhallen gelegenen Schuppen, in dem ausrangierte Landmaschinen dem Zahn der Zeit überlassen wurden. Von dort hatte man über eine dichte Brennnesselhecke hinweg einen recht guten Blick auf die Stirnseiten der Hallen und die Tore, die im Gegensatz zu heute Früh jetzt verschlossen waren.

»Verladen wird erst wieder morgen«, erklärte Wipplinger. »Aber wenn alles is wie immer, beschäftigt Ilona dort drinnen an die zwölf Leut.«

»Außerdem is der Krantz da und dein Schwager«, ergänzte der Doktor und zeigte rüber zu der Schotterfläche bei den Gärfutterwannen. Dort parkten der Mercedes, der Simon sehr wohl bekannt war, Grubers Streifenwagen und der Traktor, den Ilona gerne benutzte.

»Was schlägst du vor?«, fragte Maggie den Bürgermeister.

»Wir warten, bis finster is, dann sind zumindest keine Arbeiter mehr da.«

»Bis dahin is er hin, der Horst«, gab der Tierarzt zu bedenken.

»Das kann schon sei, aber die dort drin sind besser bewaffnet als mir hier draußen.«

Simon kam wieder das kalte Grausen, auch wenn die Sonne im Moment ungefiltert auf ihr Versteck niederstach. Er warf einen bedenkenvollen Blick zu seiner Frau, denn wie es aussah, war sie es allein, die jetzt die Entscheidungen traf. Maggie dachte eine Weile nach, bis sie schließlich nickte.

Sie setzten sich ins Gras auf die andere Seite des Schuppens. Hier blieben sie verborgen vor denjenigen, die aus den Lagerhallen kamen, und hatten zugleich Schatten.

»Maria, freilich«, regte sich der Doktor plötzlich. »Der

Horst hat wirklich mal eine Zeit lang hinter der Moosbauer Maria her scharwenzelt. Weißt das nicht mehr, Wipplinger?«
»Jetzt, wo du's sagst. Stimmt. Das war doch die, die dann nach Kanada ausg'wandert is. Hat's zumindest g'heißen.«
»Was vielleicht gar nicht stimmt, das mit Kanada. Oder hast du je wieder was von der g'hört?«, fragte Erhardt.
Der Bürgermeister schüttelte den Kopf. »Meinst, er hat sie ...« Wipplinger fuhr sich mit ausgestrecktem Daumen über die Gurgel.
»Scheißdreck«, erwiderte der Tierarzt, dann war Stille, und die Zeit wurde wieder lang. Schließlich bot der Bürgermeister an, sich hinter den Brennnesseln auf die Lauer zu legen und die Lage zu sondieren. Bald darauf hörten sie den Doktor schnarchen. Simon beschloss, die Gelegenheit der unerwarteten Zweisamkeit zu nutzen, und rutschte näher zu Maggie, die sich das Gewehr über die Oberschenkel gelegt hatte. Grillen zirpten um sie herum, die Bergkette im Osten gleißte unter der Nachmittagssonne. »Ich will nicht darüber diskutieren«, machte sie sofort deutlich.
»Wir könnten dabei sterben«, sagte Simon, woraufhin sie ihm lange in die Augen schaute. Dann brach sie ihr Schweigen.
»Ich bin mit fünfzehn vergewaltigt worden. Von meinem Onkel«, sagte sie schließlich. Das machte ihn fassungslos, er fand nichts, was er darauf erwidern konnte. Er wagte nicht einmal, sie in den Arm zu nehmen. »Warum ...?«, presste er hervor.
»Ich habe nie etwas gesagt, weil ich sehr wohl weiß, dass du über so etwas nicht wirklich reden kannst. Und das musst du auch jetzt nicht. Nicht einmal meine Eltern konnten damit umgehen. Zumindest nicht auf die richtige Weise. Obwohl sie

etwas ahnten, weil mein Onkel danach nie wieder eine Einladung von ihnen erhielt. Das war alles, was sie unternahmen, um ihre Tochter zu schützen. Doch das war vermutlich auch weniger für mich. Sie ersparten sich damit nur jedwede Peinlichkeit und mussten nicht vor anderen Leuten um Erklärungen ringen. Keep life simple.«

Das traf ihn hart, gleichwohl musste er ihr im Stillen eingestehen, dass sie vermutlich recht hatte. Dass er sogar froh war, es bis jetzt nicht gewusst zu haben, weil er damit in all der Zeit, in der sie zusammen waren, nicht hätte umgehen können.

Als sie fertig war, berichtete er leise von dem Drama aus seiner Kindheit. Vom leiblichen Vater, vor dem er und seine Mutter geflüchtet waren. Maggie unterbrach ihn nicht und stellte auch keine Fragen, als er damit fertig war. »Wir sind schon zwei«, blieb ihr einziger Kommentar. Der Schatten des Schuppens wurde länger. Erhardt schlief immer noch, und von Wipplinger hörten und sahen sie nichts. Vielleicht hatte er sie im Stich gelassen und war ins Wirtshaus gegangen? Oder er verriet sie gerade an seine Frau.

»Das Zeug, das der Doktor mir gespritzt hat, ich glaube, das hat bei mir zu einer Art Bewusstseinserweiterung geführt«, sagte Maggie.

»Wie kommst du da drauf?«

»Nur so ein Gefühl. Ich muss das googeln, falls ich jemals wieder ins Internet komme.« Er mochte ihren Galgenhumor nicht. »Was?«, fragte er aufgebracht.

»Na, ob diese Mittel, dieses Diazepam und das Natriumdingsbums, wie sich die aufs zentrale Nervensystem auswirken und ob es auch Symptome gibt, bei denen tief vergrabene tierische Urinstinkte eine neue Ausprägung erfahren.«

»Du machst mir Angst«, sagte Simon und erschrak gleichzeitig, weil der Bürgermeister mit hochrotem Kopf um die Ecke bog. Schweißbäche strömten unter seinem Hut heraus und von dort übers ganze Gesicht bis hinein in seinen Hemdkragen. »Auf geht's!«, raunte er, laut genug, dass der Tierarzt mit einem Grunzen erwachte.

»Jetzt schon?«, fragte Maggie.

»Ilona hat alle heimgeschickt, kein Grund noch länger zu warten.«

»Hab immer g'meint, die erfolgreichsten Jäger san die, die mehr Geduld als Hunger haben«, erwiderte Erhardt.

»Nicht jede Jagd is gleich«, verkündete Wipplinger und lud sein Gewehr durch. Geduckt rannte er zu den abgestellten Autos, verschanzte sich hinter dem Streifenwagen und schielte über die Blaulichter hinweg rüber zum Eingang der linken Lagerhalle. Nach ein paar Sekunden winkte er, und Maggie sprintete los. Die Verzweiflung zerrte an Simons Beinen, doch er konnte sich befreien und folgte seiner Frau. Danach sahen alle drei erwartungsvoll zurück zum Schuppen. Dort linste der Tierarzt um die Ecke, winkte kurz und zog sich wieder hinter die Bretterwand zurück. »Besser so, als dass er uns in den Rücken fällt, wenn's brenzlig wird. San ma halt nur zu dritt«, sagte der Bürgermeister.

»Ich hätte besser doch eins der Gewehre nehmen sollen«, murmelte Simon, was dem Jäger ein Schmunzeln entlockte. »Wart!«, verlangte er und schlich zum Kofferraum des Polizeiautos. Er öffnete ihn eine Hand breit und spickte hinein. Dann zuckte er zurück, vergaß völlig, in Deckung zu bleiben, und schob den Kofferraumdeckel ganz hoch. »Sauhund elendiger«, zischte er. Simon fasste Maggie am Arm, um zu verhindern, dass sie zu Wipplinger ging. Der blickte sich in alle Richtungen um, bevor er neben einer doppelläufigen Flinte auch noch etwas anderes herausholte und damit wieder zu ihnen zurückkam. »Zwei Schuss, große Streuwirkung«, erklärte er Simon und streckte ihm die Waffe hin, die er mitgebracht hatte.

»Und das?«, fragte Maggie und zeigte auf den braunen Sack aus grobem Leinen, in dem für gewöhnlich Kartoffeln transportiert wurden. Was das Volumen durchaus hätte vermuten lassen, doch dafür hielt der Jäger ihn zu locker in der Hand. Der Sack konnte unmöglich einen halben Zentner wiegen. Die Lippen aufeinandergepresst, betrachtete Roman den Sack.

»Ich weiß jetzt, wieso der Otto dran glauben musst«, verkündete er.

71

»Diese Säcke verwahrt der Otto für Ilona in seiner Werkstattgrube. Also, nicht in der stinkenden Grube natürlich, die is nur Tarnung. Dort runter geht's zu einer versteckten Stahltür, quasi Tresorqualität, und dahinter gibt's jede Menge Stauraum. Für die Panzertür haben nur zwei Leut einen Schlüssel. Ilona ...«

»... und Otto«, vollendete Maggie.

»Otto, der Schatzmeister«, bestätigte Roman. »Der Einzige, dem sie vertraut, was ihren Diridari angeht.« Er öffnete die Kordel, mit der der Kartoffelsack zugebunden war, und gestattete ihr und Simon einen Blick. Maggie sah Euroscheine, Fünfziger und Hunderter, wild durcheinander und teilweise zerknüllt, in der Absicht, dass der Sack aufgebauscht und prall wirkte.

»Auch wenn's ungeordnet ausschaut, was freilich Absicht is, es san ziemlich genau zehn Kilo Scheine, Wert eine Million, sofern der Hundling noch nix davon verprasst hat.«

»Gruber hat es genommen«, stellte Simon fest.

Roman nickte. »War kürzlich g'wiss wieder im Casino und musst seine Schulden begleichen. Wahrscheinlich hat er gedacht, er nutzt das Chaos der letzten Tage aus und bedient sich aus Ilonas Depot. Keine Ahnung, wie er das später hätt erklären wollen.«

»Und um ans Geld zu kommen, musste er Otto...« Simon brauchte den Satz nicht zu beenden. »So schaut's wohl aus«, pflichtete Roman ihm bei. Dann stapfte er rüber zum Traktor und warf den Sack in die auf Mannshöhe angehobene Frontladerschaufel. Er verzichtete darauf, sich weiter an die Lagerhalle heranzupirschen, sondern marschierte mit angelegtem Gewehr einfach auf den Eingang zu. Maggie rechnete damit, dass Simon noch einen letzten Versuch startete, sie davon abzuhalten, dem Jäger zu folgen. Doch er unterließ es. Vielleicht hatte er ja auch recht damit, dass es verrückt war, für die Wahrheit sein Leben zu riskieren. Doch ihr ging es nicht allein um die Wahrheit, es ging um mehr. Sie konnte es nicht erklären, doch sie wusste, wenn sie das nicht zu Ende brachte, würde sie nie erfahren, wer sie wirklich war. Und das hatte nichts mehr damit zu tun, ob ein Neuroleptikum ihr Bewusstsein geöffnet hatte oder sie deswegen nur an Wahnvorstellungen litt. Sie musste herausfinden, wie viel Wölfin in ihr steckte.

Simon sah unbeholfen aus, wie er da mit der Schrotflinte in den Händen hinter ihr hertrottete. Unbeholfen und angespannt. Ein großer Krieger, auf den die tausend Schlachten und Abenteuer, die er in digitalen Fantasiewelten bewältigt hatte, in der Realität nicht abgefärbt hatten. Sie sollte Angst um ihn haben, aber das ließ sie nicht zu. Diesmal ging es nicht um ein vergeudetes Studium, nicht um erdrückende Kreditschulden oder um die steten Vorwürfe ihre Eltern, nichts aus sich gemacht zu haben. Diesmal war es einzig und allein sie selbst, die zählte.

Der Zugang der Halle ließ sich mittels einer Tastatur öffnen. Roman kannte den Code und ließ sie ein. Die Halle war bis auf etliche Paletten mit Tierfuttersäcken überschaubar leer. Rechts gab es eine Produktionsstraße, auf der die Säcke gefüllt und verschweißt wurden. Es roch sauer und auch irgendwie chemisch. »Maissilage«, erklärte Roman. »Überdeckt alle anderen G'rüche, so spart man die teure Filter- und Absaugungsanlage, um zu verheimlichen, was im Unterg'schoss verarbeitet wird.« Der Treppenabgang war versteckt hinter einer Verblendung der Lkw-großen Abfüllvorrichtung. Sie nahmen die Stufen runter in den nicht genehmigten Keller. Die Beleuchtung in dem betonierten Gang, den sie betraten und der sich augenscheinlich schnurgerade über die ganze Länge der Halle erstreckte, war spärlich. Aber Roman wusste sehr genau, wohin er sie führen musste. Sie wurden begleitet von einem leisen Surren. Das Klima hier unten war trocken, es musste demnach doch eine Art Luftumwälzung geben. Alle paar Meter zweigten Stahltüren ab. Ohne Schilder oder sonstige Beschriftung. Nichts ließ erkennen, was sich dahinter verbarg. Niemand stellte sich ihnen in den Weg. Roman schien diesbezüglich auch keine Bedenken zu haben. »Das ist eine Falle«, flüsterte Simon ihr zu, und vermutlich lag er damit nicht falsch. Es war zu einfach. Aber es gab auch kein Zurück.

Schließlich bog der Jäger ab. Der Gang glich dem ersten, nur dass er kürzer war und vor einer erneuten Stahltür mit Tastenfeld endete. Roman sah sie an. »Könnt unschön werden«, warnte er, dann tippte er vier Zahlen ein. Die Tür entriegelte. Er hob das Gewehr an und trat in den Raum. Es stank nach Fäkalien und Todesangst. Horst hatte sich eingeschissen.

72

Der Raum war quadratisch, nackter Beton, eine Neonröhre an die Decke geschraubt. In der Mitte ein rostiges Gitter im Boden über einem Kanalschacht, leicht abgesenkt, sodass die Körperflüssigkeiten, die aus Horst herausliefen und -sickerten, nach dorthin ablaufen konnten. Der Wirt lag auf dem blanken Boden. Sie hatten ihn übel zugerichtet. Es kostete Simon Überwindung, hinzusehen. Auch Wipplinger erstarrte. Und sogar Maggie, die zuletzt so unerschrocken gegenüber allem war, zögerte.

Dass sie überhaupt bis in diese Zelle gekommen waren, bestärkte ihn in der Vermutung, dass Ilona sie genau hier haben wollte. Es war idiotisch, so offensichtlich in die Falle zu laufen. Er hielt sich an der Schrotflinte fest wie an einer Reling, die in großer Höhe eine Aussichtsplattform absicherte. Aber das Gefühl der Sicherheit war trügerisch. Eine Lüge, wie nahezu alles in Heindlsäge.

Maggie stellte das Gewehr gegen die Wand, ging zu Horst und kniete sich neben ihn. Er lebte noch. Irgendwie. Reagierte auf ihre Berührung an seiner Schulter. »Hab sie nicht um'bracht«, kam es stockend über seine Lippen. Leise Worte, die von rosafarbenen Schaumbläschen transportiert wurden. »Sie lag schon da. So schön. So schön, hab i sie da liegen sehen. Und so still«, fuhr der halblebige Horst fort. Er konnte nicht wissen, wer sie waren, denn dort, wo mal seine Augen gewesen sind, war nur noch blutige Masse. »Du glaubst mir doch, gell?«

Maggie drückte einmal kräftiger, und auch wenn es absurd war, allein schon, weil auch der Mund des Wirts nur noch aus Fetzen bestand, so meinte Simon trotzdem ein Lächeln zu erkennen.

»Ich weiß, ich hätt sie nicht ausziehen sollen. Aber ich musst sie mir noch mal anschauen«, murmelte Horst. »Ich musst ...«

»Und was war mit mir?«, fragte Maggie sanft. Ohne Groll in der Stimme.

»I kenn di gar nicht«, antwortete der Wirt, wobei der Satz in einem beunruhigenden Röcheln endete.

»Er war's nicht«, sagte Simon. Maggie sah zu ihm auf. »Er stirbt, was hat er für einen Grund, weiterhin an einer Lüge festzuhalten?« Das Argument war dürftig, dennoch war er überzeugt. Und fand Bestätigung in Maggies Augen.

»Sauber«, raunte Wipplinger, dann betrat jemand die Zelle, und alle fuhren herum.

73

Krantz und Gruber richteten jeweils eine Pistole auf sie. »Hat er noch was g'sagt?«, fragte der Österreicher.
»Dass er's nicht war«, erklärte Wipplinger.
»Dann seits ja nicht viel weiter'kommen wie mir«, folgerte der Polizist.
»Wissts meine Herrschaften, mir is eh vollkommen egal, wer's war oder wo er die Leich hing'schafft hat. Machts das untereinander aus, ich vergeud hier nur meine Zeit. Und richte deiner Schwester aus, sie kann mich am Arsch lecken.«
»Hey, wart!«, sagte Gruber und drehte sich zu Krantz. Eine Bewegung, die Roman ausnutzte, das Gewehr nach oben riss und abdrückte. Genau wie auch der Zuhälter. Der doppelte Mündungsknall hallte gewaltig laut zwischen den nackten Wänden. Bis Simon seine Handballen gegen die Ohren presste, war die Druckwelle schon einmal durch seinen Schädel geschwappt. Tränen schossen ihm in die Augen. Dazu kam der Pulverdampf, der sich wie feiner Nebel unter der niedrigen Zellendecke ausbreitete. Als er wieder einigermaßen sehen konnte, lagen neben Horst noch zwei weitere Männer auf dem Boden. Maggie hatte sich an ihn gedrückt. Der Österreicher war verschwunden.

Gruber hielt sich den Oberschenkel. Blut quoll zwischen seinen Fingern hervor. »Helfts mir!«, stöhnte der Bürgermeister. Auf Bauchnabelhöhe breitete sich ein dunkelroter Fleck aus. Maggie rutschte an seine Seite, knöpfte sein Waidmannshemd auf und legte eine haarige, blasse Wampe frei. Aus einem Krater, so groß wie ein Zwanzigcentstück, sprudelte das Blut nur so heraus. Maggie drückte mit beiden Händen übereinander auf die Wunde, was Wipplinger aufschreien ließ. »Bauchschuss, zefix!«, ächzte er. »Das wird nichts mehr.«

»Rede keinen Unsinn«, sagte Maggie, doch Simon sah ihr an, dass sie es ebenfalls wusste. Dem Bürgermeister blieb nicht mehr viel Zeit. Der Dorfsheriff schaffte es derweil, sich an der Wand hochzudrücken. Sein verletztes Bein möglichst nicht belastend, humpelte er aus der Zelle. Das sollten wir auch tun, dachte Simon, aber er wusste, dass Maggie den Jäger so nicht zurückließ. »Bringen wir ihn raus«, bot er deshalb an. Sie schüttelte den Kopf. »So können wir ihn nicht transportieren.« *Stures Weib!*

»Jetzt hauts ab, ihr zwei!«, verlangte nun auch Wipplinger. »Hauts ab, solang ihr noch könnt!«

»Er hat recht«, sagte Simon. Maggie warf ihm einen verzweifelten Blick zu. Der Bürgermeister packte mit letzter Kraft nach ihrem Handgelenk. »'S war nicht der Horst, das mit dir«, keuchte er. »Mir tut's wirklich leid, wie's euch wegen mir mitg'spielt hat.«

»Was meint er?«, entfuhr es Simon, doch Maggie deutete ihm an zu schweigen.

»Der Wotan«, redete Wipplinger weiter. »Ich konnt nix machen, für ein paar Sekunden war er wie von Sinnen. Er is an dir hochgesprungen, hat dich bös gekratzt.« Roman schielte hin zu ihrer Hüfte. »Du hast g'schrien, dass ich den Scheißköter an d' Leine nehmen soll und dass du mich anzeigst deswegen. Da hab ich zug'schlagen. Im Affekt, mit dem Gewehrlauf. Ich schäm mich, weil du doch nachher die ganze Zeit so gut zu mir warst ...« Der Bürgermeister erschlaffte. Seine Augen wurden glasig. Maggie lief eine Träne über die Wange.

»Können wir jetzt!«, verlangte Simon und streckte ihr die Hand hin. Sie ließ sich auf die Beine helfen, doch er bereute es, ihr dabei in die Augen gesehen zu haben.

74

Maggie war wie betäubt. Romans Geständnis, unmittelbar vor seinem Tod, gab ihr die ersehnte Antwort, doch das Gewicht war nicht von ihrer Seele gewichen. Was hatte sie sich erhofft? Jedenfalls nicht noch ein verlorenes Leben. Während sie darum rang, sich nicht wieder aufzulösen, zerrte Simon sie hinter sich her. Sie ließ es einfach geschehen, denn sie wusste, er brachte sie nach draußen. Fort aus diesem Kellerlabyrinth und der grausamen Unmenschlichkeit, die hier unten die Oberhand über alles zu haben schien. Als sie endlich die Treppe nach oben erreichten, zögerte sie, statt wie von Sinnen hinaufzustürmen. Simon bemerkte ihre Reaktion und sah sie herausfordernd an. Spürte er es nicht?

Sie hielt sich am Geländer fest, damit er sie nicht weiter mit sich zog. Ihre Hände lösten sich voneinander. »Was ist jetzt schon wieder?«, fauchte er. Sie wollte ihm sagen, dass er vorsichtig sein sollte, aber es gelang ihr nicht, die Worte auszusprechen. »Bitte Maggie!«, flehte er, und als sie sich nicht rührte, erklomm er die Treppe ohne sie. Oben blickte er sich um. »Es ist niemand hier«, rief er zu ihr hinab. Tat sie ihm den Gefallen, nur weil er es nicht besser wusste? Sachte setzte sie ihren Fuß auf die erste Stufe der Metalltreppe. Er nickte ihr aufmunternd zu. Womöglich irrte sie sich auch? *Du vielleicht, aber sicher nicht die Wölfin.* Nein, sie war nie von einem Wolf angefallen worden, dessen Kräfte dadurch in sie übergegangen waren. Die Wölfin war tot im Straßengraben gelegen. Sie hatte das Tier nie berührt, nur ein paar Fotos davon gemacht. Mehr war da nicht gewesen. Für alles andere hatten die Psychopharmaka gesorgt. Sie stieg nach oben. Simon stand schon am Ausgang und hielt ihr die Tür auf. Eine Lichtkaskade flutete herein. Der Tag war nur unwesentlich älter geworden. Simon trat hinaus in das gleißende Hell. Drehte sich nach ihr um und winkte ihr zu. Dann raste der Traktor über ihn hinweg.

75

Sie überholte das Echo ihres Schreis. Die Sonne stand tief. Maggie sah direkt hinein und wurde in diesem Moment blind. Trotzdem stürzte sie ins Freie. Der Schotter vor der Halle knirschte unter ihren Sohlen. Beim dritten Schritt verhakte sich ihr Fuß in etwas am Boden, und sie fiel unsanft auf den steinigen Grund. Irgendwo rechts von ihr hörte sie das Hämmern des Dieselmotors. Mit tränengetrübtem Blick versuchte sie zu erkennen, wo sich der Traktor befand. Gleichzeitig tastete sie nach dem Hindernis, das sie zu Fall gebracht hatte. Sie wusste, was es gewesen war, wollte es gar nicht anschauen, musste sich aber trotzdem vergewissern. Sie krabbelte einmal im Kreis. Die kantigen Schottersteine schnitten in ihre Handflächen. Nicht weit entfernt heulte das Aggregat des Treckers auf. Maggie blinzelte gegen das Brennen in ihren Augen an. Verschwommen machte sie das grasgrüne Ungetüm aus. Die Fahrerin hatte offenbar auf dem weitläufigen Platz vor den Futtermittelhallen eine Schleife gezogen und fuhr nun wieder in ihre Richtung. Direkt auf sie zu. Wie viel Zeit blieb ihr? Panisch stieß ihre Hand gegen einen Schuh. Ihre Finger wanderten hoch bis zum Knöchel, den sie umfassen konnte. Sie packte zu, zerrte daran, erzielte keinen Effekt. So schwer wie er war, war der

Körper noch an einem Stück. Wo war das zweite Bein? Wo war der Trecker? Er kam aus der Sonne. Wuchs zur Größe eines Hauses. Maggie rutschte über den Schotter, Steine bohrten sich unter ihre Kniescheiben. *Lass ihn liegen, rette dich!* Nein! Aus dem Nichts trat ein Schatten heran und stellte sich zwischen sie und den heranrollenden Traktor. *Die Wölfin.* Erschrocken von dem plötzlichen Hindernis riss Ilona am Lenkrad. Anders konnte Maggie sich den abrupten Richtungswechsel der Zugmaschine nicht erklären. Das Ungetüm schoss mit fünf Metern Abstand an ihr vorbei. Geriet auf dem losen Untergrund ins Schwimmen, steuerte mit einem Mal auf die Betonwanne zu und kippte seitlich über die Wandung. Schrammte mit Karacho in das Gärfutter, das explosionsartig auseinanderspritzte. Dann erstarb der Dieselmotor, und es knackte und knisterte nur noch.

Maggie konnte sich nicht erinnern, wann sie aufgestanden war. Auf unsicheren Beinen ging sie zu dem Fahrsilo, in dem der Schlepper wie ein verendeter Dinosaurier auf der Seite lag. Sie wischte sich den Rest Tränen aus den Augenwinkeln. Der kreisrunde Abdruck der Sonne auf ihrer Netzhaut wurde mehr und mehr transparent. Die Glasverkleidung des Führerstands hatte einen Sprung. Ilonas schlanke Gestalt klemmte zwischen Sitz und Lenkrad. Ihr Kopf bildete einen unnatürlichen Winkel zum Rest des Körpers. Sie rührte sich nicht.

Maggie drehte sich um. Ihr Herz setzte zwei Schläge aus. Vor ihr stand der Schatten, der Ilona dazu gebracht hatte, die Richtung zu ändern. *Dachtest du wirklich, es sei ein Wolf?*

Die alte Ederin schaute sie mit ihrem einen Auge an. Die Hände tief in den Taschen ihrer Kittelschürze vergraben. Maggie fand keine Erklärung, wo sie von einer Sekunde auf die andere hergekommen war. Und erst recht nicht, warum Ilona nicht einfach auch über sie hinwegfahren konnte.

»D' Sülz muss in Eisschrank«, verkündete die Greisin und schlurfte davon.

Ehe sie reagieren konnte, drang ein leises »Maggie!« an ihr Ohr. *Simon!* Unmöglich. Sie drehte sich um, sah ihn auf dem Schotter liegen. Rannte zu ihm, sank erneut auf die Knie, fand sein Gesicht, nahm es in ihre Hände, drehte es zu sich. Rechnete mit dem Schlimmsten.

Er blutete aus der Nase. Nur ein dünnes Rinnsal, das schon auf seiner Oberlippe antrocknete. Andere Verletzungen entdeckte sie nicht. Keine verrenkten Gliedmaßen, keine offenen Brüche, keine Fleischwunden. Wie war das möglich? Hatte das überstrahlende Sonnenlicht ihren Augen auch hier einen Streich gespielt? Es sah alles danach aus. Der Traktor war nicht über ihn hinweggefahren, hatte ihn höchstens gestreift. Vermutlich war es sogar nur der Luftzug gewesen, der ihn umgerissen hatte. Allenfalls ein leichter Stoß. Simon war jedoch nicht völlig bei Bewusstsein. Von seinen nach oben gerutschten Pupillen war nicht einmal die Hälfte zu sehen. Womöglich eine Gehirnerschütterung, wie bei ihr. Nicht durch den Schlag mit einem Gewehrlauf, sondern durch den Kuss eines vorbeidonnernden Traktors. Diesmal fand sie die Kraft. Sie schleifte ihn in den Schatten der Lagerhalle und lehnte ihn gegen die Aluminiumverkleidung. Dort versuchte sie ihn wach zu bekommen, bis sie die Schritte hinter sich vernahm. Sie wirbelte herum. Es war der Tierarzt. Seine sarkastischen Züge, die er seit ihrer ersten Begegnung mit sich herumgetragen hatte, waren verschwunden.

»Kümmer dich um Simon!«, herrschte sie ihn an.

Der Doktor deutete über seine Schulter. »Dort hinten verblutet der Gruber.«

Maggie sah an ihm vorbei. Der Streifenwagen war das einzig verbliebene Fahrzeug auf dem Platz. Gruber lehnte am Hinterreifen. Seinen Weg von der Halle bis dorthin konnte man aufgrund einer rot glänzenden Blutspur nachverfolgen.

»Erst ihn!«, bestimmte sie. Der Veterinärmediziner zuckte mit den Schultern und ging dann mit knacksenden Knien vor Simon in die Hocke.

»Wo ist der Zuhälter?«, fragte Maggie, während der Doktor Simons Augenlider auseinanderschob.

»Stiften gegangen. 'S hat ihm scheinbar nicht mehr g'fallen bei uns«, erklärte er und begann damit, am Handgelenk nach Simons Puls zu fühlen.

»Wie steht's um ihn?«

»Wird wieder«, diagnostizierte der Tierarzt.

»Gut, ich bin gleich zurück«, sagte Maggie und marschierte rüber zum Polizeiauto. Gruber war nach wie vor damit beschäftigt, die Wunde an seinem Bein abzudrücken. Er blinzelte zu ihr hoch. »Was willst?«

»Mein Handy!«, verlangte sie.

Sein Widerstand dauerte keine zwei Sekunden. Er fummelte es aus einer der aufgesetzten Hosentaschen, hielt es ihr hin und hinterließ dabei blutige Fingerabdrücke auf dem Display. Sie tippte den Code ein. Simons Geburtstag, nur andersherum, erst das Jahr, dann Monat und Tag. Sie hatte Empfang. Und der Akku stand bei drei Prozent. Das reichte für einen Anruf.

76

Sie forderte alles an, was ihr einfiel. Polizei – die echte –, Notarzt, Feuerwehr. Zwanzig Minuten, versprach ihr die Frau am anderen Ende der Leitung. *Und bleiben Sie am Unfallort!* Maggie blickte runter auf Gruber und entschied, dass er die Zeit bis zum Eintreffen der Einsatzkräfte auch ohne ihre Hilfe überleben würde. Drüben an der Halle brachte der Doktor Simon gerade in eine stabile Seitenlage. Allem Anschein nach war er immer noch nicht bei vollem Bewusstsein. Aber ihr war nicht danach, sich neben ihn zu setzen und ihm die Hand zu halten, wohlwissend, dass er an ihrer Stelle genau das getan hätte. Stattdessen ging sie noch einmal zu der Betonwanne. Vorhin, als Ilona mit dem Traktor dort hineinkippte, war etwas aus der Schaufel des Vorderladers geschleudert worden. Sie brauchte nicht lange, um den ein Stück abseits im Gras liegenden Kartoffelsack zu finden. Maggie bückte sich danach. Die zehn Kilo, die Roman angedeutet hatte, kamen ihr nicht besonders schwer vor.

Eine Bewegung oben am Waldrand erregte ihre Aufmerksamkeit. Gerade tauchte das Tier ins Weizenfeld ein, das sie voneinander trennte. Maggie konnte sehen, wie es sich den Weg durch das im Wind sanft wogende Feld bahnte. Schließlich teilten sich die Getreidehalme, und Wotan kam auf sie zugelaufen. Sie ging in die Knie, und er schnüffelte an Maggies Hand. Während sie ihn am Hals kraulte, so wie es sein Herrchen immer getan hatte, ließ sie ihren Blick über den Platz schweifen. Simon lag an der Wand der Lagerhalle. Sie konnte sehen, wie sich sein Brustkorb unter den regelmäßigen Atemzügen hob und senkte. Der Doktor versorgte mittlerweile den Dorfpolizisten. Niemand achtete auf sie. Maggie stand auf. *Du hast das Auge.* Gut möglich, aber was hatte es ihr bis hierhin genützt? Sie sah runter zu Wotan, und der blickte treu ergeben zu ihr zurück. Es fühlte sich nach einem Versprechen an. Sie schulterte den Kartoffelsack. Zehn Kilo ließen sich leicht tragen. Mit dem Hund an ihrer Seite ging sie über die Wiese und hinein in den angrenzenden Wald.

TEIL 7

SIMON UND MAGGIE

77

Einen leichten Schlaf kannte er früher nicht. Jetzt weckten ihn schon leiseste Geräusche. Er öffnete die Augen. Es war stockdunkel. Sollte er nach seinem Handy tasten? Schauen, wie spät es war? Dafür müsste er sich bewegen, den Arm unter der Zudecke hervorschieben. Aber etwas hielt ihn davon ab, sich zu rühren. Es war das Geräusch, das ihn aus dem Schlaf geholt hatte und ihn nun so sehr beunruhigte, dass er kaum zu atmen wagte. Er horchte nach Maggie, ob sie sich regte, weil sie es ebenfalls gehört hatte. Doch da war nichts. Kein Rascheln des Lakens. Überhaupt kam es ihm vor, als war ihre Bettseite leer. Jetzt musste er doch seine Hand hinüberwandern lassen, wenn er sich vergewissern wollte. Das Knurren hielt ihn davon ab. Innerhalb des Bruchteils einer Sekunde gefror ihm das Blut in den Adern. Aus den dunklen Tiefen des Schlafzimmers ertönte ein weiteres Grollen, rau, bedrohlich. Obwohl die Furcht ihn entzweiriss, dachte er an den Mondzyklus. Dass der Erdtrabant gestern schon voll aussah und es heute Nacht vermutlich so weit war. Und dass damit nun doch passierte, was er in den vier Wochen davor immer weiter von sich weggeschoben hatte.

Selbst die fast völlige Finsternis konnte nicht verhindern, dass sich von irgendwoher Restlicht auf der Retina des

Raubtiers spiegelte und dessen Augen ihm nun in einem kalten Gelbton entgegenleuchteten. Alles andere ergänzte seine Fantasie. Das buschige, verfilzte Fell, die aufgestellten Nackenhaare, die messerscharfen Krallen an den übergroßen Pfoten. Die hochgezogenen Lefzen über den vor Geifer triefenden Fängen. Maggie lag nicht mehr neben ihm im Bett, doch sie hielt sich noch im Schlafzimmer auf. Wenn auch in anderer Gestalt. Simons Hände verkrampften sich in der Zudecke, die er sich bis unter die Nase gezogen hatte, obwohl er ganz genau wusste, dass sie ihm nicht den geringsten Schutz bot. Der Wolf folgte seinem Instinkt und sprang ihn an.

Schreiend wachte er auf. Schweißgebadet, das entsetzliche Knurren immer noch in den Ohren. Sein Herz hämmerte wild. Von der Anspannung schmerzten die Muskeln von den Waden bis hinauf in den Nacken. Außer ihm war niemand in dem Zimmer, das er nicht kannte. Durch die halbherzig zugezogenen Vorhänge sah er den am Fenster herabströmenden Regen. Dafür war es schon hell genug. Er hoffte, dass sein Schrei ungehört geblieben war. Doch das Gebäude in der Prager Neustadt war alt, die Wände vermutlich dick genug. Es war seine zweite Nacht in dem Hotel, das direkt am Vrchlického sady Park lag. So weit konnte er sich nach dem jähen Erwachen aus dem Albtraum wieder erinnern.

Simon wälzte sich aus dem Bett, tapste ans Fenster und schaute hinaus in den tristen grauen Herbsttag. Nichts deutete darauf hin, dass die bleiernen Wolken sich heute öffneten und der Regen endlich aufhörte. Das stürmische Wetter begleitete ihn, seit er vor zehn Tagen zu seiner Irrfahrt aufgebrochen war. Er wusste nicht, wieso er damit bis Oktober gewartet hatte. Eine Weile glaubte er, ihn quälten die Nachwirkungen der Gehirnerschütterung, die er sich bei Ilonas Attacke auf ihn mit dem Traktor zugezogen hatte. Aber das war ein Trugschluss. Woran er litt, nannte sich Depression, und die sorgte sehr schnell dafür, dass er unfähig wurde, irgendetwas zu unternehmen. Wäre der Sommer ähnlich verregnet und grau gewesen wie die letzten Wochen, würde er vermutlich gar nicht mehr leben. Das bleierne Grau in seinem Inneren hielt ihn gefangen, und wahrscheinlich verdankte er es dem Gegengewicht von außen, diesen zahlreichen Sonnentagen der letzten Monate, dass er sich nicht umgebracht hatte. Oder aber seiner Feigheit. Was auch den Ausschlag gab, es hatte die Suizidabsichten so lange hinausgezögert, bis der Sinneswandel einsetzte, der ihn auf einen neuen Weg brachte. So reifte bis weit in den September hinein der Entschluss, die Sache auf andere Weise zu Ende zu bringen. Nicht, indem er der Verzweiflung nachgab, sondern indem er es Maggie gleichtat, die ihr Ding ohne Rücksicht auf Verluste durchgezogen hatte.

Simon beschloss, das letzte Rätsel zu lösen. Er hatte in den Wochen und Monaten nach den Vorfällen in Heindlsäge viel nachgedacht. Darüber, was sich wirklich in den ewig feuchten Wäldern rund um den verfluchten Ort ereignet hatte. So lange und ausgiebig, bis sich für ihn eine Alternative zu dem Tathergang abzeichnete, der im Polizeibericht stand und dazu führte, dass der Fall als abgeschlossen zu den Akten gelegt wurde. Er hätte es dabei belassen sollen. Doch das konnte er nicht. Dafür hatte ihn diese Geschichte zu viel gekostet.

Nachdem alles vorbei war, war er ohne Maggie zurückgefahren. Ein herbeigerufener ADAC-Mechaniker hatte keine fünf Minuten benötigt, um beim Wohnmobil den Fehler zu finden, die Batterie wieder anzuklemmen und damit Ottos

Manipulation zu beheben. Natürlich war da weiterhin der kaputte Scheinwerfer, aber der konnte Simon nicht aufhalten. Zu Hause angekommen, hatte er Lars das Gefährt einfach vor die Tür gestellt. Mit leerem Tank und ohne Ordnung zu machen oder es gar zu putzen. Er hatte ohnehin nicht vor, es je wieder auszuleihen.

Während er durch die Nebelfetzen hindurch über den Park rüber zum Prager Hauptbahnhof sah, versuchte er sich zu erinnern, wie es ihm während seiner danach aufkeimenden Depression überhaupt gelungen war, die Wohnung zu verkaufen. Sogar noch, ohne Verluste zu machen. Und ohne die Unterschrift von Maggie, die notariell als Miteigentümerin vermerkt war. Eigentlich wusste er kaum mehr etwas von dem zurückliegenden Sommer. Abgesehen davon, dass er seinen Job gekündigt hatte. Was er auch jetzt und nachdem er wieder klar denken konnte, nicht bereute. Über seine Zukunft wollte er erst wieder nachdenken, wenn er seine Mission hier zum Abschluss gebracht hatte. Diese neue Denkweise widersprach komplett dem Spießerdasein, das er bis zu ihrem Urlaub im Bayerischen Wald geführt hatte. Maggie wäre bestimmt stolz auf ihn.

Maggie ...

Simon wischte sich die Träne aus dem Augenwinkel und ging ins Bad. Er verzichtete auf die Dusche. Sobald er nach draußen ging, war er innerhalb von zehn Minuten ohnehin wieder durchnässt. Der verfluchte Regen sorgte kontinuierlich dafür, dass er von Prag bislang nur schwarzgraue Konturen kannte. Allerdings war er auch nicht hier, um sich an der angeblichen Schönheit der tschechischen Landeshauptstadt zu erfreuen. Heute würde er seine Suche in dem von der Moldau umflossenen Stadtteil Holešovice fortsetzen. Zehn Minuten mit dem Taxi oder zu Fuß eine knappe Stunde. Das miese Wetter sprach für Ersteres.

Vermutlich konnte er von einem Segen sprechen, dass der Familienname im Prager Adressverzeichnis nur sieben Mal auftauchte. Jedenfalls hatte er es gestern bereits geschafft, vier davon zu überprüfen. Sollte er bei den verbliebenen drei keinen Erfolg haben, musste er seinen Plan noch mal überdenken. Doch noch war er einigermaßen zuversichtlich, als er aus dem City Park Hotel hinaus in den Sprühregen trat. Auf der dem Bahnhof zugewandten Parkseite fand er schnell ein Taxi und streckte dem Fahrer den Zettel hin, auf dem er die für deutsche Zungen unaussprechliche Adresse notiert hatte. Die Recherche bis hierhin war weniger schwierig gewesen, als er sich das vorab ausgemalt hatte. Bis Passau nahm er den Zug, dann mietete er einen Leihwagen und fuhr damit nach Freyung, wo er in einer billigen Pension unterkam. Das WLAN war unter aller Kanone, aber er versuchte es positiv zu sehen. Die lahme Übertragungsrate schulte seine Geduld.

Doch er hatte Glück. Schon die zweite Reinigungsfirma, in deren System er sich hackte, ergab einen Treffer. Die Daten waren zudem nicht sonderlich gut gesichert. Das Foto, das man vor fünf Jahren von ihr gemacht hatte, wurde ihr nicht gerecht. Dennoch erkannte er sie wieder und hatte plötzlich eine Adresse in seinen Händen. Er brach noch am selben Tag auf und fuhr rund achtzig Kilometer nach Osten. Das Dorf hieß Neuturkowitz und war so etwas wie ein Vorort von Krumau, dessen historische Altstadt als Kulturdenkmal der UNESCO geführt wurde. Ihm war klar, dass er davon nichts sehen würde, nicht allein des Dauerregens wegen. Die Leute, die er bei der Adresse antraf, waren nicht diejenigen, die er suchte. Doch das ältere Ehepaar war freundlich und arglos. Außerdem sprach die Frau gebrochenes Deutsch, was ihm gelegen kam. Sie verrieten ihm, dass sie zurück zu ihren Eltern nach Prag gegangen war. Und dass Kuchta ein nicht allzu gängiger Name war.

Er musste nicht einmal klingeln. Sie kam aus dem Haus, kaum dass er aus dem Taxi gestiegen war, ohne ihn zu bemerken. Hätte er sich zu Fuß auf den Weg gemacht, er hätte sie verpasst. Er hielt sich auf der anderen Straßenseite, während er ihr nachging. Sie hatte zugenommen, aber sie war es, da hatte er keinen Zweifel. Das rote Haar leuchtete sogar unter dem aufgespannten Regenschirm. Sie bog um eine Ecke und steuerte einen Coffeeshop an. Er folgte ihr in den Laden und stellte sich direkt hinter sie in die Schlange. Als sie dran war und ihre Bestellung aufgab, fragte der junge Mann hinter der Theke nach ihrem Namen. »Tereza«, sagte sie, und er schrieb ihn auf den Pappbecher. Damit erhielt Simon endgültig Gewissheit. Er hatte sie gefunden: Tereza Kuchta, im einstigen Pussycat Klub auch bekannt unter dem Namen Lola.

78

Sie drehte sich um, sah ihn direkt an. Ihre grünen Augen wurden groß. Er rechnete damit, dass sie ihm den Karamell-Macchiato ins Gesicht kippen würde. Doch auch dafür war sie zu perplex.

»Setzen wir uns!«, forderte er sie auf und deutete auf einen Zweiertisch direkt am Fenster. Sie widersprach nicht, ging rüber und schob sich den Stuhl zurecht. Simon wartete auf seine Bestellung und nahm ihr gegenüber Platz. Dort saßen sie eine Weile und musterten sich. Lola rührte in ihrem Kaffee, trank aber nicht davon. Ebenso wenig wie Simon seinen Espresso anrührte.

»Wie hast du mich gefunden?«, fragte sie schließlich.

»Offenbar habe ich Talente, von denen ich bisher nichts ahnte.«

Sie nickte. Natürlich wusste sie, dass er sie nicht wegen des *Wie* aufgespürt hatte. Es war das *Warum*.

»Ich will es verstehen, sonst kann ich nicht weitermachen«, sagte er.

»Die Polizei war gekommen, nachdem man Sergej verhaftet hatte. Sie wollten nichts von uns wissen, haben uns nur erklärt, dass der Klub jetzt geschlossen ist und wir verschwinden sollen. Es ist meinen Eltern nicht leichtgefallen, mich wieder bei sich aufzunehmen. Ich arbeite jetzt seit ein paar Wochen in einer Kneipe am Moldauufer bei der Štefánik-Brücke ...«

Simon hob die Hand, was sie zum Schweigen brachte. »Wenn die Polizei dich nach Lenka gefragt hätte, was hättest du ihr erzählt?«

Lola stocherte mit dem Trinkhalm im zusammengesunkenen Milchschaum herum.

»Was war das, zwischen Lenka und dir? Ich dachte, sie war mehr als nur eine Kollegin?«

»Das war sie auch«, entgegnete Lola aufgebracht. »Verdammt, Simon, warum bist du hier?«

Es überraschte ihn, dass sie immer noch seinen Namen wusste. »Da war eine Sache, die hat mir keine Ruhe gelassen.«

»Was meinst du?«

»Etwas, das du gesagt oder vielmehr, wie du es gesagt hast. Darüber, dass Lenka Pläne hatte. Hat sie mit dir darüber gesprochen?«

Lola schob ihre Brauen zusammen, wodurch sich eine vertikale Falte auf ihrer Stirn bildete. »Im Klub hast du nicht ein Mädchen gefunden, das keine Träume hatte. Was denkst du, das ist doch normal bei diesem Job.«

»Zwischen Träumen und Plänen gibt's durchaus Unterschiede. Erzähl mir, was passiert ist! Ich muss es wissen«, verlangte er. »Habe nicht vor, es irgendjemandem zu verraten. Ich will einfach meinen Frieden machen.«

Sie sah ihn verwundert an. Er nippte von dem Espresso, der kalt geworden war.

»Karel hat gesagt, ich soll ihn anrufen«, begann Lola im Flüsterton, »sobald Lenka sich auf den Weg macht. An dem

Tag, als sie … Du weißt schon. Natürlich habe ich getan, was Karel verlangt hat. Doch dann habe ich Skrupel bekommen. Ich ahnte, dass er was plante. War mir mit einem Mal sicher, dass er ihr was antun will. Im Auftrag von Sergej natürlich.«

»Warte!«, unterbrach Simon sie. »Hat Sergej dich instruiert, mich auszuhorchen, als er mich am nächsten Morgen in den Klub gebracht hat?«

Lola nickte. »Er war stinksauer, als ich ihm später sagte, dass du von nichts eine Ahnung hast. Was ja nicht ganz stimmte, aber er hat's mir abgekauft.«

»Gut!«, sagte Simon. »Und wie ging es weiter, nachdem du Lenka an Karel verpetzt hast?«

Lola zögerte, und er bekam Bedenken, dass sie nun doch einen Rückzieher machte. »Ich wollte das wirklich nicht«, sagte sie schließlich. »Sie war dort meine beste Freundin, das musst du mir glauben. Deshalb bin ich ihr doch auch hinterher. Ich hatte plötzlich Angst um sie. Ich wollte sie warnen, ihr sagen, dass sie nicht über die Grenze soll, weil ihr drüben etwas zustoßen wird. Doch als ich sie einholte, waren wir schon auf der deutschen Seite. Und sie ließ sich nicht umstimmen, mit mir zurückzugehen. In einem fort kam sie mir damit, dass sie mit *ihrem* Roman weggehen wollte. Und ich ihr dieses Glück nicht gönnen könnte. Ich war wirklich wütend, weil sie zu dumm war zu verstehen, dass ich sie nur vor Karel beschützen wollte. Also habe ich sie gepackt, wollte sie mit mir mitzerren. Es kam zu einem Gerangel, sie hat mir eine gescheuert. Da hab ich sie geschubst. Nur ganz leicht, ehrlich. Aber sie ist trotzdem gefallen. Mit dem Hinterkopf auf einen Stein.«

79

Eine Schar Kinder tobte um sie herum, doch niemand von den Erwachsenen, die mit ihr warteten, nahm Anstoß daran. Sie saß in der Wartehalle des Bahnhofs von San Sebastián. Der Zug nach Santiago de Compostela hatte fünfzig Minuten Verspätung. Es störte sie nicht. In ihrem Leben gab es keine Termine mehr. Es war egal, wann sie die berühmte Pilgerstadt im Norden Spaniens erreichte. Auch konnte sie noch nicht sagen, ob sie zwischendurch noch einmal ausstieg. In Bilbao, in Santander, in Avilés oder Gijón. Es spielte keine Rolle, denn sie wusste ohnehin nicht, in welche Richtung sie von dort aus ihre ziellose Reise fortsetzen wollte. Nur weiter nach Westen konnte sie nicht mehr, außer sie bestieg ein Schiff. Aber das war keine Option. Sie war jetzt ihr eigener Leuchtturm.

    Wie es Simon wohl ging? Sie dachte viel an ihn. Schließlich war sie einfach und ohne ein Wort gegangen. Ob er sich immer noch fragte, wann sie zurückkam? Oder hatte er sie mittlerweile aufgegeben? Gar vergessen? Letzteres bezweifelte sie. Es war noch keine fünf Monate her. Vielleicht war es falsch gewesen, einfach zu gehen. Aber den Moment zu nutzen, der sich ihr bot, nachdem alles vorbei war, war die einzig mögliche Entscheidung für sie gewesen.

Seither versuchte sie, den Wölfen auszuweichen. Früher wäre sie davon überrascht gewesen, wie schwierig dieses Unterfangen in Europa in der Zwischenzeit war. Es gab sie nahezu überall. Natürlich auch in Spanien. Genauso wie im Norden Portugals, dort, wo sie nach Santiago de Compostela vermutlich als Nächstes landen würde. Sie war nicht nur ein Leuchtturm, sie war auch ein Segel im Wind. Das widersprach sich, aber es war auch gut so. Ihr Handy hatte sie verschenkt. Wo war das noch mal gewesen? Irgendwo in Holland. Danach war es noch einfacher geworden, sie fühlte sich noch befreiter. Anfangs war sie ab und an in ein Internetcafé gegangen, um herauszufinden, ob die Polizei nach ihr suchte. Nicht etwa, weil sie glaubte, dass Simon sie als vermisst gemeldet hatte, sondern da sie nach wie vor davon ausging, dass sie aufgrund der tödlichen Vorfälle in Heindlsäge weiterhin als relevante Zeugin galt. Vielleicht hing über ihr auch der Verdacht einer Mittäterschaft, nachdem sie spurlos verschwunden war. Eine Zeit lang hatte sie deswegen echte Angst, befürchtete, irgendwann aufgegriffen zu werden. Dass man ihr dann unangenehme Fragen stellen und es Dinge geben würde, die sie nicht erklären konnte. Doch nachdem sie nie irgendwelche Hinweise entdeckte, wurde sie nach und nach ruhiger.

Ihr fehlten nach wie vor ein paar Momente ihrer Zeit in Heindlsäge. Bislang war sie nicht dahintergekommen, was sie nach der Unterhaltung mit der alten Ederin dazu bewogen hatte, hoch in den Wald zu gehen. Sie glaubte nicht, dass sie vor dem Wirt geflüchtet war. Was also hatte sie dort hinaufgelockt? Es war keineswegs so, dass diese Frage ihr den Schlaf raubte. Allerdings säße sie jetzt auch nicht hier, wenn sie sich damals gegen den Wald entschieden hätte. Dann wäre alles anders gekommen ...

Das Geld aus dem Kartoffelsack stapelte jetzt sauber glatt gestreift in ihrem Rucksack, den sie auf ihrem Weg nach Westen bereits in Regensburg gekauft hatte.

Wotan neben ihr regte sich. Die Wunde im Hinterlauf war gut verheilt. Sie kraulte ihn zwischen den Ohren. Gelegentlich stellte sie sich vor, wie Lars nicht allein wegen der Delle in der Stoßstange tobte. Sondern auch, wie er komplett ausgerastet wäre, hätten auch noch überall Wotans Hundehaare herumgelegen. Es war gut, dass sie nicht mehr mit zurückgefahren war. Vielleicht fand sie ja doch ein Schiff, auf dem ein Hund als Passagier akzeptiert wurde ...

Wolfsölden, 30. Mai 2023